佩里罕·马登

Perihan Mağden

Muhsin Akgun摄

少女生长

İki Genç Kızın Romanı

佩里罕·马登 著
Perihan Mağden

孟捷 译

SPM
南方出版传媒
花城出版社
中国·广州

合同登记号：图字 19—2014—016 号

Copyright © 2002 by Perihan Mağden.
Published in agreement with Kalem Agency through The Grayhawk Agency.

图书在版编目（ＣＩＰ）数据

少女生长 / （土）马登著；孟捷译. -- 广州：花城出版社，2015.3
（现代土耳其女性小说系列）
ISBN 978-7-5360-7437-8

Ⅰ．①少… Ⅱ．①马… ②孟… Ⅲ．①长篇小说－土耳其－现代 Ⅳ．①I374.45

中国版本图书馆CIP数据核字(2015)第041756号

出 版 人：詹秀敏
责任编辑：揭莉琳
技术编辑：陈诗泳
装帧设计：李咏瑶

书　　名　少女生长
　　　　　ShaoNü ShengZhang
出版发行　花城出版社
　　　　　（广州市环市东路水荫路 11 号）
经　　销　全国新华书店
印　　刷　佛山市浩文彩色印刷有限公司
　　　　　（广东省佛山市南海区狮山科技工业园 A 区）
开　　本　880 毫米×1230 毫米　32 开
印　　张　8.875　1 插页
字　　数　180,000 字
版　　次　2015 年 3 月第 1 版　2015 年 3 月第 1 次印刷
定　　价　32.00 元

如发现印装质量问题，请直接与印刷厂联系调换。
购书热线：020－37604658　37602954
花城出版社网站：http://www.fcph.com.cn

İki Genç Kızın Romanı

目录
CONTENTS

001 / 致中文版读者

001 / 芦苇丛中

007 / 贝希耶处境　　067 / 森林

013 / 莱曼黎明　　　074 / 梦

020 / 贝希耶的家　　083 / 第一次到涵丹家

028 / 涵丹的家　　　092 / 柳叶刀

036 / 塔克西姆　　　101 / 席丹和贝希耶

043 / 相识　　　　　109 / 星期六夜晚

052 / 家庭夜晚　　　119 / 泳池

060 / 见面　　　　　129 / 邪恶之眼

138 / 课程费　　　　211 / 不速之客

146 / 十月一日，星期一　218 / 绞肉机

155 / 海岸　　　　　227 / 服药睡觉

162 / 酒精弥漫的一周　237 / 胃痛

170 / 点唱的歌　　　247 / 事变

179 / 天秤座女人　　255 / 搜捕

187 / 准备工作　　　265 / 城市

195 / 莱曼的生日　　273 / 伤口

203 / 谎言

致中文版读者

中国是一个地大物博的国家；这儿的一切都引人入胜，令人热血沸腾，但想要深入地了解这个国家却并非一件易事。这是我的亲身体会。

青年时代，我曾背着背包，搭乘火车，在中国穷游了一个月。那时候我的落脚之处是国营旅社，同屋的都是跟我一样的背包客。

当我一越过香港的边境，就感觉自己真正置身于这个神奇的国度。

是时，我身处广东省深圳市，于此处踏上了一个大国的广袤国土；这片土地神秘莫测，风光旖旎。当时，世界对中国不甚了解；即使今天，我也不清楚中国是否真正为外界所知。

确实，一个历史积淀如此厚重的大国是很难被外人真正理解的。

因而，在我眼中，今日中国的形象或许更为亲切熟悉，但与此同时它的本质却更令我琢磨不透。

多年后，透过岁月的迷雾，我仍清晰地记得那些令人叹为观止的兵马俑；我也无法忘记攀登长城时我心中的激动和雀跃，还有那遍布中国各地的美食，特别是诱人的北京美食。

中国的魅力无人能够抗拒；我亦为它深深地倾倒。

但最令我震惊的是中国人和土耳其人在心理上的高度相似性。

回国之后，我就是这么跟朋友说的。我说，中国人和我们太像了，我们潜意识的思维习惯非常相似。

这就是我在那段短暂而奇妙的游历时光中对中国形成的简单印象，虽然感悟寥寥却已弥足珍贵。

今天，我的作品能被译成中文，我只想说，对此我心潮澎湃，满怀感激，亦不乏自豪。

我的小说已经被翻译成多种文字出版，但我敢保证，没有哪种语言的译本能比得上中文译本在我心中的分量！

我的作品能被译为中文出版将带给我无可比拟的欢欣喜悦！

能见到我的文字被译成中文后焕发异彩，这份不可思议也是无与伦比的！

因此，我倍感欣慰，也衷心希望读者诸君能喜欢我的作品。

佩里罕·马登

（银珊译）

芦苇丛中

终于，冬天的太阳像拔鞘而出的利刃般刺穿黑暗。

大海从未如此美丽。

可是兄弟甲却没心情留意美景。在寒冷刺骨的清晨，沐浴着晶莹的光芒，在他看来，大海为他们奉上的，是黎明的尖叫声。有多少鱼呢？他渴望回到他那温暖、舒适的床上去。他讨厌捕鱼的工作，讨厌受制于大海。然而，他却以此为生，命运啊。这让他感到沮丧。

他烦躁起来。"快点，"他说，"快，你在磨蹭什么？"

"看，那边有个东西，"兄弟乙说。他是掌舵的人。他没有惆怅地望向远方，而是专心地注视着奔腾的流水。

"管他是什么。加速，继续前行。"

"看那个飘来荡去的东西。我敢说，那儿绝对有什么。看，你看。咱们过去仔细瞧瞧。"

"那关我们什么事！我们在这儿屁股都快冻掉了。快走吧。"

"你看看。它移动的方式。那是件夹克，老兄！我敢说，那儿有个人。我们去看一眼，看看到底是什么。这会是我们的今日善行。"

他们把船驶到芦苇丛深处。

他们之前看到的移动物体，是一件巨大的淡紫色夹克。

尸体脸朝下漂浮着，就像被困住了似的悬在水面上，来回荡漾。

看上去好像尸体正在窥视海洋深处。

双臂和双脚垂入水中。

夹克在水面上。被空气填得满满的。

"看，他淹死了。我怎么隔这么远也能看见他啊？我没告诉你有人淹死了吗？"兄弟乙兴奋地说。

他取下桨，对着夹克戳了两下。因为夹克被芦苇丛缠住，所以即使它像帆一样被风鼓胀，也没有飘向大海，只是随着水流荡来荡去。

夹克上被喷了红色油墨。是个字母吗？是个乘法符号。一个X。

多么愚蠢、幼稚的标志。它使尸体显得没那么令人沮丧、没那么可怜、也没那么沉重了。它使整个场景轻松了一些。它令人迷惑。掌舵的兄弟受不了这个X；他拿桨又戳了两下夹克。

"够了，"兄弟甲说，"别弄那可怜人了。你把一切都搞砸了。捕鱼变成了捕尸体！"

他们只好回岸上去报警。他们会面临一连串问题，一大堆麻烦。但兄弟甲的心情却意外地愉悦。至少今天他不用捕鱼了。几个小时后，就能再次回床上躺着了，这不是很美妙吗？嗯，非常美妙。

兄弟乙，也就是发现尸体的那个，热心地扮演了良好市民的角色。

他把警察带到芦苇丛中的"犯罪现场"。他在沙滩上一动不动地待着，等了很长时间，一直等到尸体从水里运出来。尸体被搬上救护车时，他也陪在一旁。他一直盯着尸体，目光一刻也不曾离开，直到工作人员把尸体袋子合上。

那具大尸体的双手多皱啊（就像女洗衣工的手），脸上呈现出奇怪的粉色，一只鞋还在脚上，另一只脚上的袜子正在从浮肿的肉上慢慢滑落……（他在想要不要把袜子套回去。他担心一旦袜子脱落，关于尸体的某些信息就会丢失。）

尸体属于一个年轻男性。高高，胖胖，一头金发，十九、二十岁。

兄弟乙如饥似渴地将所有细节印在脑子里。

他和警察一起回到警局，录了口供。然后来到村里的咖啡屋，向所有人讲述了这一切。

故事结束时，咖啡屋里的人们说："哦，他死了很久了。"

用法医的话来说，那个男孩的喉咙和其他地方有"锐器所致的伤口"。换句话说，他不是淹死的。他是先被刺，再被扔进水里。扔进了村子的芦苇荡里。这可有些无礼。像是在亵渎芦苇荡。

兄弟乙讲故事时还流了几滴泪，真诚的眼泪。兄弟甲喝着第五杯茶，说："看见尸体又怎么样。你毁了我的一天。我们外出捕鱼，和尸体一起回来。我错就错在选了你做搭档。"

"生活本就包含一切。"咖啡屋里的一位智者说，"有生，有死。但他还年轻啊，他只是个孩子。"

"他还很胖，"兄弟乙说，"六名警察艰难地把他抬上救护车。好大个。"

"死亡无分年龄，无分胖瘦，"为引起更大的反应，智者提高了音量，"我们每个人都随时可能中彩。"

"这可真是个倒彩，"另一个没那么睿智的男人附和说，"轮到谁，谁就去死。"

"他们划开了他的身体，"兄弟乙说，"从这儿到这儿。还在他的夹克上画了个红色标志。一个X。"

兄弟乙对这起谋杀案的好奇在咖啡屋激起了波澜。

"别放在心上，"智者说，"你赶在鱼和鸟吃掉他之前，发现了他。这就够了。"

"住嘴，"兄弟甲说，"你说了一遍又一遍。有个可怜人死掉了。闭上你的鸟嘴，把这事儿忘了吧。"

"我做了件好事。有人在等他。"

"他们会在阴暗中重聚，"兄弟甲说，"那个死人会回家的。"

"那比什么都没有强，"兄弟乙说。尸体的画面再次划过他的脑海，他打了个战栗。他感到背上一阵寒意流过。这种感觉掩盖了他的喜悦。他没告诉任何人。

警局的第一份报告显示，受害者很可能死于利器所致的伤口，之后才被扔进水里。已经证实，在受害者的脖子、心脏部位、双臂和手掌上，有12处不同大小的伤口。

性别：男

身高：183 厘米

体重：102.5 公斤

依据法学教科书，有以下疑问：

1）受害者是谁？

2）死亡时间是什么时候？

3）尸体在水中泡了多久？

4）受害者被扔进水里时，是否已经死亡？

5）受害者有溺水吗？死因是什么？

6）经过检查犯罪现场、尸检和毒理检验，才能确定死亡地点。

7）区分生前伤口、死后伤口和文身图案。

伤口边缘整齐。伤口两端细窄。伤口的宽度大于深度。伤口边缘附近没有发现尸斑。

警局的报告显示，死者身穿夹克、长裤、衬衫、内裤、一双袜子和一只鞋。

淡紫色夹克：保罗鲨鱼

淡紫色、红色和白色相间的运动衫：汤米·希尔费格

白色汗衫：玛莎

蓝色牛仔裤：拉夫·劳伦

淡紫色袜子：法国鳄鱼

白色内裤：玛莎

44码鹿皮鞋：古驰

阴茎长度：9厘米

　　没有任何报告提到保罗鲨鱼夹克的背面被喷上了一个红色符号。

　　同样也没任何报道指出他的衣服是什么品牌。

　　报告也没有说明他的阴茎尺寸。、

贝希耶处境

悲伤驻扎在贝希耶心里，像个不速之客。她在街上游荡着。

好像谁轻轻一碰，她就会立刻大哭。她也不太明白自己为什么会这样。还没到痛苦那个程度。嗯，比痛苦要好受多了，比痛苦容易消化、容易忍受。痛苦是什么样？是一个血红的气球被鼓胀到快要爆掉。悲伤时，有另一种情绪存在，但它却无法与痛苦契合，它被扼住，被抑制，被掐住了喉咙，掐住了灵魂的喉咙，压制，约束。

那是最糟糕的处境。最难忍耐，最难逃离，最具有摧毁性，最令人毛骨悚然。让你自我厌恶。那种状态下的贝希耶，被翻腾的情绪吞噬着，快要窒息，痛苦的气球压得她无法呼吸，她渴望换一副新的躯壳。

那种处境下的贝希耶，渴望逃离这副精疲力竭、令人窒息的16岁身躯，把它扔进城市边缘的垃圾桶里，然后搬进一个新的身体里。

贝希耶内心还有第三种处境：愤怒。当她愤怒时，她能感受到头上的脉搏在跳动。僵在原地。脑袋嗡嗡响，像有一只疯狂的蚊子，只是她看不见。这时候，她什么都做得出来。放火烧，搞破坏，不顾一切。

贝希耶害怕的是第三种处境，其他处境都没那么令她困扰。因为她知道，当她被怒火遮蔽双眼时，她无所不能。她也喜欢这种处境。权力。力量。这种狂暴、阴暗、冷酷的处境，简直是超能力。

她的步伐不自觉地左右摇摆，她很想大声哭诉，她知道自己被判永远禁锢于悲伤、痛苦和愤怒这三种处境中，禁锢于沉重和苦难中。

虽然想哭，但她没流泪。这已经持续了好几年。长久以来，想哭的欲望困扰着悲痛的她，这种欲望堵住了她的泪水。严重堵塞。像一个塞子，或石头。

麻木。

七岁半之后，贝希耶再没哭过。七岁半时——她记得那天——她为了妈妈放声大哭，她怜悯妈妈，她为妈妈感到羞愧，她既怜悯又羞愧。从那天起，她不爱她的妈妈了。她不爱任何人。她不会发自内心地哭泣，不会嚎啕大哭。

她只是深深感到羞愧，为她的妈妈、爸爸和哥哥，为亲戚、邻居、老师、街上见到的每个人、电视机里见到的每个人，事实上她为她见到的每个人，感到羞愧。每个人都令她感到羞愧。她是唯一感到羞愧的人。除她外，没有任何人感到羞愧。

她厌倦了为自己见到的一切事物感到羞愧。但她始终为她的妈妈感到最羞愧。这是她最羞愧的，比其他任何事都更羞愧。

在秋日傍晚轻柔的暖意中，贝希耶继续前行，拖着越来越沉重的东西，拒绝任何安慰。她是一块庞然大物。黑色的沥青石头。压着自己。沥青石头。石头。

她不知道自己到底走了多久：她走过许多路。朝向自己的内心深处。

她很不舒服，因为她想哭但哭不出来；因为想哭的感觉如影随形，无法摆脱；因为她为所有人感到尴尬；因为无论她的灵魂多么痛苦，即使拿铲子挖，也无法在她的心中发现一丝温暖，没有任何慰藉，寻不到安宁。她被扯成了碎片，全身肿胀。彻底毁了，破烂不堪，麻木不仁。难过至极。她承受不了。到此为止吧。难过的——日子。贝希耶。

她无法逃离这个金三角，这三种处境。她好像被锁链铐住了一样。被钉住。被黏住。被卡住。完了。结束了。她想逃离这个丑陋的包装，这个她用了 16 年的讨厌的躯壳。然后远走高飞。

对！这个躯体不会再往远处走了。

她的悲伤不断聚集，越过了痛苦的边界。痛苦的浪潮正在涌来，将她淹没。她期待着。浪潮没有停下。她阻止不了。痛苦的浪潮。

她必须停下这一切。她不想这样。她不想这样。

贝希耶把右手伸进嘴里，疯狂地咬着。疯了一样。她的牙齿嵌入了手掌。

她把手从嘴里拿出来，看见手在流血。

你走得太远了，她对自己说。你走得太远了。看看你对自己的手做了些什么。看！你对你的手做了什么。看！你做了什么。你走得太远了。够了。够了。

突然，她感到脚在剧烈颤抖。她太累了。累坏了。她想直接瘫倒在人行道上。

天哪，多美的人行道啊。两边都是大树的人行道。她瘫坐在一棵巨大的老树下。她想抬头看看树叶。好像它们能懂似的。她想看看这是棵什么树。

她没力气了。她没力气抬头看。突然，在这棵古老的悬铃树下——她将永远记得这棵树是悬铃树；她之前无论如何也不知道——在这棵老树下，手流着血，四肢疲乏无力，头靠树干坐在那儿，贝希耶忽然有种柔软的感觉。

"你会被拯救的感觉。"这就是这种感觉的名字。

即将发生。三个小时后，五个小时后，七个小时后。也许没那么快，三天后，七天后，几周后，几个月后。别难过。真的，即将发生。你从七岁痛苦到现在。从七岁半开始。你不接受任何安慰。你一直如此悲伤。你等了这么久。现在就待在这副身体里。哪儿也别去。愉快的事正朝你来。非常愉快、美好、甜蜜的事。你将迎来美妙的心情；健康的、飘飘然的心情，愉快、幸福，幸福得让你疯掉。其实这一切已经发生了。血发挥了作用。别洗掉。终于，属于你的奇迹："你会被拯救的感觉"。

贝希耶以一种奇怪的方式感受着内心的这一切。

她倾听着。难以置信。美妙至极。仿佛她内心的狂犬已死。沥青石头落在地上。水在内心喷洒。就是这样。水在内心喷洒着。石头落地了。落地了。

一个老人说："你还好吗，姑娘？"

"我很好，叔叔。我很好。"

"那就好，姑娘。可别病了。"

他妈的离我远些。别来捣乱。我就是要瘫在树下。关你什么事？

往常，贝希耶会这么回答。但这次她没有。相反，她想哈哈大笑。她在树阴下咯咯咯地笑了。

过了一会儿，她从地上站起来，把流血、发疼的手放进裤袋里。她竟然还剩 100 万里拉。①她拦下的士，坐了上去。她乘车走了 100 万里拉的路程，然后下车从主干道步行到公寓。她的双腿还在颤抖。但她感觉比过去几年都好。像小鸟般轻盈。轻盈的小鸟贝希耶。新的鸟儿。

对这栋建筑，没有任何一丁点描述。她爬到三楼的五号公寓。

她按了门铃。她的妈妈应了门。

"妈，我要去躺下睡觉了。"

"去吧，贝希耶。"

她关上卧室房门，不敢相信自己的情绪。

刚才，她差点说出"亲爱的妈妈"。

"亲爱的妈妈，我要去睡了。"

她赶在脱口而出之前控制住了自己。如果她的妈妈听到这句话，可能会晕过去吧。

---

① 指土耳其旧货币。

亲爱的妈妈？没门！

她没脱衣服就直接扑到床上。她太困了。困得要死。这种情绪，明早还在吗？你会被拯救；会有好事发生在她身上的这种感觉。她试着别那么恐慌。那没用。她非常确定这种感觉。非常确定。

困意袭来，她不再坚持。她为明早的贝希耶处境感到兴奋。会有甜蜜的感觉。

甜蜜？没门！随便啦。

莱曼黎明

黎明时分，谢夫科特先生把莱曼女士送回家。就在快到雅克马尔克兹购物中心的那里，靠马路右边。石油集团里。

不管莱曼女士什么时候出门，她总是黎明时分到家。在那之前，她会花很长时间和绅士们共进晚餐，她会把酒言欢，嬉戏作乐，忧郁伤感；她会把点播的歌化为自己的情绪。然后换个地方。然后去最后一站。莱曼还是不满足，她不想回家。只有那些牛杂汤餐馆还开着门，他们会举行牛杂汤聚会，越晚回家越好。

涵丹的妈妈和"新男友"还处于相敬如宾的阶段。因为他们才刚开始约会，她觉得别扭。但无论她多痛苦，无论她多不舒服，只要一开始喝酒，她就完全沉浸在欢乐旋风里，停不下来，直到精疲力竭，在外面玩到越晚越好。

谢夫科特先生在莱曼的家门前发动了他那辆蜜色奔驰，"宝贝，昨晚棒极了。你回去好好休息吧，嗯？"

莱曼默默地叹了口气。第三次约会，他们发展到了"宝贝"阶段。她回过半边脸。她知道她的妆都掉得差不多了，发型也塌了。但她最最清楚的一点是，她不再年轻，不再充满活力，她不再拥抱一切可能，她精疲力竭了。新恋情给她带来更大的包袱、更重的负担。

两周后，她就要满35岁了。很快，青春美丽的日子就没了。这位中年的谢夫科特先生也许是她最后的机会。最后一件战利品。她嘴唇颤抖着，像个婴儿的嘴唇那样。

"我的美人累了。说实话，我本来想提议一起去旅馆。但今天不行，因为家庭责任，我女儿的婚礼，我在俄罗斯的生意，总之不行。"

噢，他终于提议去旅馆了。

尽管不可能，但他还是说了。

莱曼感到重获新生，充满生气。很快，她就开始考虑到底是问他拿钱，还是等他自己主动拿。

谢夫科特把她拉入怀里，紧紧抱了一下。

莱曼用诱惑的招数做出回应。

他们不再是谢夫科特先生和莱曼女士。他们的关系发展到了"谢夫科特"和"莱曼"。这让她高兴。这样一来，她也越过了亲吻这个问题，她伸出双手，摸了摸这个男人的身体。毕竟，她觉得可以从他身上搞到七八亿里拉。

"我最好离开这里。如果邻居看到，会说闲话的。"他放声大笑起来。

为了从互相了解这一阶段向前更进一步，莱曼伸手擦去了留在他脸上的唇印。

"我不愿你被捉到，我的小公牛。你会在甜蜜的梦中见到我，亲爱的。"

"去吧，你这个绮丽的女子。我还能品味你。我一从莫斯科回来就给你打电话，好吗？"

莱曼一只脚已经伸出车门，她回头说道："你的电话在俄罗斯用不了吗，谢夫科特先生？"

"当然能用。我可以从俄罗斯打给你。我工作起来忙得不得了。但我会找时间打给你的。我保证我会打给你。放心吧，别难过。"

15天，不，14天后，她就35岁了。在那之前，这个男人就会受不了和她分开这么久。他会从莫斯科打来电话！

她下车，砰一声关上门。她已经在车里亲吻了他。这家伙一个子儿也没拿出来。这就是她最后的战利品。她想让这头蠢牛滚蛋。如果她不用考虑涵丹的开销那该多好……

莱曼心底涌起巨大的悲痛。每当她喝了这么多酒，却没有男人约会时，就会有这样的悲痛。被遗忘、被压垮、被忽视的痛：一种悲哀的处境。这是职业危害，是职业的影响，像难闻的味道侵入了她的灵魂。

她推开楼的前门，爬上二楼。

她使劲找，可怎么也找不到钥匙。

去他妈的！难道钥匙就不能在你需要用的时候，自己从口袋里蹦出来吗？

她瘫坐在房门前，脱掉鞋子——涵丹称之为女巫鞋——一把甩开。轻松多了！穿着那双方形高跟鞋走路，就像在陡峭的山坡上往下走，腿疼死了。她背的是个小小的红色包包。这么小一个包，钥匙能跑哪儿去？

愤怒了，她把包里的东西全倒在衣裙上。镜子的银质背面朝向她。她受不了这。莱曼也是一个无法忍受不照镜子的女人。她捡起镜子，举起来正对着自己的脸。

这是莱曼吗？发生了吗？

发生在美丽的莱曼身上了吗？连蓝色的眼睛都褪色了。莱曼消失了：但她去哪儿了呢？当然，会有个从莫斯科回来的男人给这个疲惫不堪、失去活力、有眼袋的女人打电话。可他不会殷勤地往她包里塞七八亿里拉。

但这不是她应得的，是吗？她被渴望吗？她挑起了对方强烈的欲望吗？

她轻轻地哭了起来。没有哭出任何声音。她看了眼镜子里哭泣的面孔，哭得更厉害了。越哭越厉害。莱曼发自内心地哭泣。她控制不了自己。完全控制不了。她如此无助，如此柔弱。

她的鼻涕流了出来。鼻涕一流，她就恢复理智了。她从包里找了一张餐馆的大餐巾，擤了擤鼻子。

你大清早坐在家门口又哭又闹是个什么意思？你是个成熟的女人，你应该为自己的行为感到羞耻。你是个女孩的妈妈。你是个大人了，莱曼。重新振作起来吧。

她一边对自己反复念叨着这些话，一边找到了钥匙。她把那双方形高跟女巫鞋给忘在门口了。

不管怎样。现在她总算进屋了。

熟悉的家的味道，她自己的家，她的小屋。闻到这样的味道是多么美好啊。

这是我的家。这味道，这些家具，每一寸地方，都是我的。我女儿和我的家。这是我们的小窝。我们的窝。

我女儿的窝。

莱曼看着穆济，她在客厅的折叠床上沉睡着，喘息着。穆济取下了假牙，穿着兔图案的睡衣，躺在那儿，像个死人，她的嘴凹陷进去，整个就是一副干枯的骷髅。多么悲哀，多么可怜，穆济睡在那儿，喘息着离去。

涵丹的房门半开着。她关上门完全睡不着觉。莱曼注视着躺在窄木床上的女儿，每次家里重新粉刷时，都会给这张床刷上粉色。涵丹的棕色头发散开在枕头上，像个婴儿。而且她的睡姿也是平躺着，就像婴儿时一样。她那又长又翘的睫毛在脸上一动一动的。大嘴唇也是，一动一动的，好像在说什么悄悄话。莱曼望着女儿的脸颊、睫毛、眉毛、小小的翘鼻子。然后又望着女儿那纤细的手指、她的手掌、她那肉肉的细手臂、盖着毯子也明显可见的胸部形状、她的腰、她的腿。

莱曼看着她的宝贝，在这个屋檐下，长大了，而且还在继续长，漂亮，而且越来越漂亮。最漂亮的宝贝，世界上最有涵丹味道的宝贝。我的宝贝。莱曼的宝贝。

她是上天派给我的。是我的宾客。天哪，看看她多么美丽。我生出她就是个奇迹吧。我凭什么配拥有这样的尤物？天哪，看看我女儿多么美。我凭什么配得上你，我的宝贝？是上天把你派给我这个满身伤痕的女人吗？最美的宝贝，为这个有缺陷的女人而来，是吗？拥有你，是我生命中最美好的事。你是最美的。你是上天派来给我的。你是上天赠予我的。

莱曼又哭了起来。

我凭什么配得上你？我曾经爱过哈伦。我曾经那么爱哈伦。他们从哈伦那里把你派来给我了。

涵丹闭着眼睛，说："妈妈，你回来了？"

莱曼亲了亲涵丹的脖子和脸颊，同时闻了闻她。

"妈妈，我困。"

"睡吧，宝贝。现在还早。睡吧，宝贝。继续睡。"

她擦掉留在涵丹脸上的泪渍。她忍不住轻抚涵丹的脸颊。

我的漂亮孩子。我的漂亮礼物。他们把你派来给我了。他们派你来了。

她到洗手间上了个小便。她小心翼翼地刷牙，卸妆。她往眼部涂上很多杏仁洁面乳。Bebak牌，苦杏仁洁面乳。她用湿的化妆棉擦拭眼部。然后又沾湿一些化妆棉，继续擦。化妆棉全变黑了。她用来擦脸的化妆棉沾上粉底，变成了泥土色。擦掉口红，变成了红色。

厕所旁的小篮子装满了脏的化妆球。她看着卸妆后的脸，疲惫不堪的脸：这样好多了。比起刚才那张乌七八糟的脸，这样更漂亮、更镇定自若。

她花了很长时间梳头发。这一切惯例——闻屋里的气味，穆济睡在折叠床上，涵丹睡在她自己的床上——让她感觉好多了。

她脱掉黑色蕾丝紧身衣，扔进洗衣袋里。她走进卧室，穿上宽松、干净的白色棉短裤。她不和男人约会时就穿这条短裤，涵丹说这是"小女孩的短裤"。

然后她穿上宝贝蓝睡衣。她穿着这件睡衣时，涵丹叫她："我的宝贝，我的蓝兔子，我的宝贝妈妈。"

她穿成这样，等着听涵丹早上会对她说的这些话。

她爱夜晚睡着的女儿。

女儿爱白天的她。这样很好。

我爱女儿爱得不够吗？我的爱有缺陷吗？我有缺陷吗？我不是一个完整的人吗？这就是我。我有缺陷。哈伦，你给了我涵丹，然后起身离去。你抛弃了我，离开了我，我现在还很受伤。不是为了你，不是因为我想你。我甚至已经不记得你了。也不记得那时的莱曼，我也把她给忘了。但悲伤是有生命力的。我心里受了伤。我感到空虚。因为我记得。

莱曼又哭了。但她累了，这已经结束了。哭不会为她做伴，哭无济于事。她停止哭泣。她把自己裹进被子里，一只腿伸出来。她一头扎进了睡梦中。像条鱼。她已经睡着了。

贝希耶的家

　　贝希耶被厨房传来的破碎声吵醒了。她的房间是从另一个房间隔出来的，就挨着厨房。贝希耶半睡半醒已经有十几分钟了，她的妈妈一直在厨房进进出出。听到盘子破碎的声音，她彻底醒了。

　　"又来了，我那折腾人的妈妈又在厨房表演滑稽动作。"

　　她差点产生生理反应，想冲进厨房顶撞妈妈。（她说过一万次了：别在厨房里做任何事，妈妈。别做，妈妈。别做。）可怕的话堵在她嘴里，她要喷口而出，她阻止不了，她收不回去，她要一吐为快，就在此时此地，说出来。类似这样的话。类似这样。

　　这个女人，这个可怜的人儿，连摆个桌子也会把东西掉在地上打碎。她一定会打碎、弄掉或者烧坏什么东西，而且毫无疑问，真的毫无疑问，会弄伤自己。她会烧到自己的手、头发或者眼睫毛，要不就是切到手指、撞到手腕、烫伤自己或者撞到头：厨房意外事故。

她的妈妈不断成为厨房事故的受害者。执迷不悟的受害者。连环受害者。从不厌倦成为受害者的受害者。自己就是凶手。她处于完美的自我了结状态。

　　瞬间，贝希耶就来到厨房门口。她眼中带着尖刻的目光，这种目光，独属于她的妈妈，混杂着讽刺和厌恶。她的嘴唇都看不见了。她把上嘴唇和下嘴唇压进嘴里。嘴微微弯曲，看起来像在咧嘴笑。就像在咧嘴笑着说："真鄙视你。你惹火了我。你这可怜的小东西。你什么事也做不好。"咧嘴。磨碎。妈妈，是种负担。

　　"贝希耶，我的孩子，我吵醒你了吗？对不起，女儿。你懂妈妈的。"

　　你懂妈妈。

　　你的妈妈就是你的地图。你和你妈妈一样坏。一样坏。如果你想，可以去雅加达那么远的地方，但你还是不会开心，还是那么悲伤，那么痛苦。窒息。痛苦得窒息。无法呼吸。你是你妈妈的女儿。你妈妈的延伸。你妈妈的厨房就是你的生活。你的生活就是那样的地方。事故不断的地方。

　　没有实实在在的伤害。没有实实在在的毁灭。还不足以被迫重新开始。一场大火、一场龙卷风、一场洪水、一场地震——没有！只有恰好足以应对的伤害，布满日常生活。小厨房和各种家庭事故。小小的、受伤的妈妈。"把药膏给我行吗？"仅此而已。但是，总是这样。从不间断。各种小事故。到处都在发生。

　　"妈妈，你为什么又在厨房做事？我不是跟你说过一百遍了吗？妈妈，我不是说了很多次吗？别管厨房的事，妈妈，我会做的。"

突然，贝希耶一只手握成拳头，敲自己的头。她的声音。小声点贝希耶！小声点说话，贝希耶，脑海中的声音对她说。手，她的手，她的右手，握成拳头，正在敲自己的头。她在朝妈妈尖叫和咆哮。咆哮是最危险的事。

咆哮是最危险的事。

最危险的事就是咆哮。

终究还是发生了。

妈妈手中的粉红色塑料簸箕跌落在桌子前面的地上。她崩溃了。她把头埋在两手之间。跟着，她撑不住自己的头了。她的手臂撞向为贝希耶准备的盘子——新盘子，有小方块花边点缀的白色盘子。旧盘子的碎片从簸箕里掉出来，落在地上。

她把头靠在桌子上时，手臂撞到了它。

贝希耶回过神来，一个箭步跳过去接住那个为她准备的盘子。不然的话，也会打烂。也会打烂吗？

贝希耶看着这一切。从簸箕里掉出来的盘子碎片。桌子上的人造黄油，橄榄和酱——玫瑰酱——都是为她准备的，为她切好的新鲜面包片。母猫形状的盐瓶，公猫形状的花椒瓶。这间小厨房。廉价的橱柜。裂开的瓷砖，用来滴干餐盘的塑料架，架子下面的托盘，挂在墙上的布口袋，变形的地毯，把手被烧过的烤面包机，嗡嗡作响的老冰箱，脏兮兮的窗帘用卷边和白底蓝心图案无力地活跃着厨房的气氛。妈妈做的厨房窗帘。不可能发生的事。

妈妈在哭。

这是她最不愿发生的事。这是她最怕的事。

哭泣环节。这次妈妈要哭多久？贝希耶该说些什么？她该告诉她什么？她该做什么？

她已经救下了这个盘子。新盘子安然无恙地躺在桌子上。她该做的都做了。但妈妈还在哭？她要怎样才能停下来？如果她去拿块毛巾，如果她把毛巾按在她的头上。她就能不哭了吗？她要做什么？怎样做才能停止这一切？为什么今天一天是这样的开始？为什么大多数日子都是这样开始，这样一塌糊涂地开始？为什么新的一天从伤害开始，为什么要让贝希耶无法呼吸？

"妈妈！妈妈，我会准备好早餐的。妈妈，我没说什么不好的话。妈妈，你看，如果你别哭的话……"

呃？她得接着说些什么。事情会好起来？我会给你买新鞋？到此为止吧：我快窒息了。我要窒息了。一天，一秒钟，我再也受不了了，受不了她打碎东西后的哭闹。我再也受不了了。

"妈妈，我受不了了。"

她哭得更厉害了。更厉害。这样好吗？

我是不是应该去把水池放满水？塞上塞子。把头栽进水里。或者，把她那哭个不停的脑袋摁进水里。她会挣扎吗？她会挣扎。她会把水溅得满地都是吗？她会。

贝希耶一边趴在地上擦干地板，一边这样想。

我可以不弄哭你吗，妈妈？我可以让你停下来别哭吗？我要怎么做，妈妈？怎样做才能了结？怎样才能让你停下来？

"你可以安静下来吗？"

妈妈抬起头，从两只鸟造型的木盒里取出一张纸巾。她擤了下鼻子。这下好了。这是个好迹象。她擤鼻子的声音。

突然，贝希耶拿起扫帚。她把碎片扫进粉红色的塑料簸箕里。旧盘子渣也不剩。碎片。破碎的。分子。一丁点也没留下。全部倒进垃圾桶。

"妈妈，我……"她还是有可能按到某个按钮，这个按钮连着一根不知名的线，通往新的一轮哭泣。成千上百根线。几百个按钮。几千个。我的意思是，许多按钮。许许多多。

"是我的错，贝希耶。我老是弄掉东西。是我的错。"她打了个嗝。

贝希耶吓得心都差点跳出来了。害怕她又要开始哭。让她走吧。走。让她离开这个屋子。让贝希耶独占这个屋子。

"妈妈，你要迟到了。现在已经十点了。"

"现在十点了吗？我迟到了。你自己做早饭吧，女儿。我会买水果和蔬菜回来。我的意思是，我会告诉你爸爸，让他去艾米诺努买。你今天好好玩吧。你就快开学了。"她吸了口气。

贝希耶的心又提到嗓子了。怕哭。怕哭泣的妈妈。恐惧。害怕。洞穴。

妈妈扣好羊毛衫上的屎黄色扣子。她脱掉了保姆拖鞋，换上保姆鞋。她带上丝巾。妈妈准备好要去上班了。去店里，去她的小隔间里。缝缝改改。在游乐场三楼，她整日待在那儿，改短裤脚，收紧袖口，量裙子，收腰。这些衣服大多从一家商店送来，贝希耶的爸爸是那家商店的高级职员。她挤在小隔间里，用小茶具给自己泡茶。她泡茶，喝茶，缝纫。

女裁缝热尔德兹。

贝希耶妈妈的名叫热尔德兹。怎么可能？这么愉快、欢乐的名字？

一个特别容易惹出事故的名字。伤。瘸。烧。一只蜗牛。一只蜗牛的名字。像蜗牛一样可爱。

贝希耶妈妈轻手轻脚地打开门，离开屋子。

天哪，这间屋子终于属于我了！

她应该喝茶吗？茶会安抚她支离破碎的灵魂吗？会使她重新振作起来吗？会舒缓她疲惫的灵魂吗？她那颗枯萎的心呢？会被治愈吗？茶会治愈她吗？

贝希耶爱喝茶。但现在茶成了与她妈妈有关的东西。

茶属于妈妈。贝希耶讨厌任何与妈妈有关的东西。任何让她想起妈妈的东西。任何和妈妈有联系的东西。妈妈的一切。对妈妈重要的一切。

厨房也是。妈妈在这儿弄伤自己。但厨房也能安抚贝希耶。等妈妈走了，厨房就是贝希耶的了。她收好桌上的东西。放进冰箱和柜子里。只有两只小鸟亲吻造型的木制纸巾盒留在桌面上。公猫和母猫在。水壶在。这些东西属于桌子。还有新盘子。妈妈捂着哭过的那个盘子。妈妈为贝希耶准备的新盘子还在。

贝希耶讨厌那个盘子。妈妈捂着那个盘子哭过。她没有捂着哭，她推开了盘子。她用手臂碰了那个盘子。就在她哭之前。贝希耶拿起盘子，扔在地上。让它碎裂吧，甩开它。盘子没有碎。顽固的盘子。坏盘子。

没关系：盘子赢了。

她洗了这个漂亮盘子。用的是柠檬味的 Pril 牌洗洁精。

她擦干净水池。用的是 Cif 牌清洁剂。有氨的那种。

她把瓷砖擦得闪亮。然后拖了厨房地板。她拖了石板。拖石板让她感到平静。她净化了厨房。好像她妈妈从来没踏足过厨房一样。她把厨房打扫得一尘不染。她驱逐了悲痛、厌恶和哭泣。厨房是她的了。

现在，厨房就在眼前。厨房准备好了。准备好了举行美食烹饪的仪式。她可以走进去，做晚饭。她已经打扫干净厨房，把厨房变成自己的了。新厨房。贝希耶的厨房。

她还把客厅也收拾了一下。

她整理好爸爸和妈妈的床铺。他们分别睡在两张坚硬、狭窄的单人床上，中间隔着衣柜。她叠好爸爸的条纹睡衣，放在床脚。沙林的睡衣，可怜人，可怜的男人。沙林！

哥哥的房门紧闭，一如既往的紧闭。她打开门。不！她不会进去帮他叠被子。她朝他床头板上的费内巴切海报吐了口水。这是她清早仪式的一部分。有时，她用两根手指戳图凡的眼睛，他那张突击队士兵的照片横挂在床头的墙上。往他的杯子里吐口水。有时候。股票经纪人图凡。办公室勤杂工。以为自己是个股票经纪人的民族主义办公室勤杂工图凡。草包一个。脑袋就扁豆那么大。脑袋那么小。扁豆脑袋图凡。

她关上图凡的门。今天就没图凡的事了。

她饿了。但她不会吃东西。她要减肥。没办法逃离这个挤憋的容器。她要瘦到可以穿过针眼。贝希耶要减肥。她一点也不高。但她也不矮。减肥后，看起来会更高些。就像一条丝带。一根鞭子。一把尺子。一根棍子。像许多东西。

她不会吃东西。她绝不会吃任何食物。

她为这个主意感到心情愉悦，再也不吃任何东西，她想起了昨天的感觉。"你会被拯救的感觉"。她会被拯救，她将不再是一条不爱任何人也不被人爱的虫子。美妙的事会发生在她身上。感觉。

早上醒来时，她整个人都慌乱了。太慌乱，头都晕了。激怒、恼怒、厌恶、憎恶、厌倦、仪式：记忆中你会被拯救的感觉，从打扫、净化、整理的讨厌仪式中被拯救出来。她记起来了。感觉好多了。

她的头还在晕。她要马上到屋外去。她穿上紫色大靴子。靴子是在阿特拉斯回廊商场买的。她穿着长袖黑色 T 恤和黑色牛仔裤。42 码的牛仔裤。尴尬。很快，她就会变成 36 码。

她穿上黑色的连帽外套。她抓起双肩背包，又扔掉。她不想这样，背包也是紫色。这令她看起来像只穿黑色和紫色。但这是事实。她只穿这两种颜色。虽然她不希望人们这样想，但那些人想对了。

公车来了。她跳上公车。塔克西姆广场。对，很好。她知道那个地方。她不可能知道所有地方。你不可能知道所有地方，贝希耶。

你会被拯救的感觉。

你会来拯救我吗？还是说，你会把我扔在这儿？把我扔在这个黑暗潮湿的地方？

活生生的。掩埋。

掩埋。太阳闪亮。贝希耶用尽所有力气，紧紧抓住"你会被拯救的感觉"。有可能发生，也许吧。

涵丹的家

涵丹睡到十一点醒来，发现妈妈在厨房里，喝着咖啡，抽着沙龙香烟，随着厨房收音机播的那首歌哼唱。

呐呐喃
呐呐　呐喃
呐呐呐　呐——

"无心私语。"涵丹说。

"什么？你说什么？"

"这首歌的名字：这首歌有意义的，意思是无心的悄悄话。胡言乱语之类的。"

"无心私语。"莱曼自言自语地说，语气自信，就像一个深海潜水员潜到很深的地方，然后带着美丽的珍珠浮出水面。

忽然，她从这个深沉的、有意义的白日梦中清醒过来。

"我最漂亮的宝贝涵丹，早上好吗？"

涵丹妈妈的声音曾经沙哑过，因为她从 17 岁就开始喝咖啡、抽雪茄，后来嗓子恢复了，变得更醇厚、更美，一个历经沧桑、克服困境的女人的声音。一种令涵丹感到愉悦的鼻音。

"穆济走了吗，喝咖啡、抽雪茄的蓝色小兔？"

"早上 7 点左右走的，那时我在床上。她说了声再见，就走了。"她不太可能一整个星期都和我们在一起，你知道的。她那把年纪，打扫房间都会累得精疲力竭。涵丹，你妈妈我没两个钱。想想看，我连最亲近的人都帮不了，想想你外婆。莱曼，你太令人羞愧！羞愧，羞愧。

"妈妈，别这样。别又开始没完没了的自责。你已经非常棒了。你独自一人养大了我，你操持了整个家……而且，去年是谁付了穆济的手术费和住院费？你还能做些什么呢？我的蓝色小兔，看，你又穿上了这件蓝色睡衣。多可爱啊。"

涵丹亲了亲妈妈的脸颊和脖子。然后靠在妈妈的膝盖上。

"你为什么问起穆济呢？如果她在的话，会给我们做好吃的鸡蛋吧。不是吗？所以你才问起她。"

"嗯。我想念穆济做的蛋。我饿坏了。家里有什么可以当早饭吃的吗？"

"等等，我打电话给彻尔廷。他可以从哈耶里家给我们带点吃的。我会让我女儿饿着吗？"

涵丹一边往屋里走，一边叹气说："从来不会。"

很难有像涵丹这么饿的小孩。在涵丹的生命中，莱曼连一个鸡蛋也没给她煎过。有时，她会买贵得离谱的凉菜，或者直接打电话订购。这些菜大多数都没吃，放在那里变坏了，然后扔掉。

她直到要吃饭的时间，才开始考虑食物问题。然后，打电话去餐馆、熟食店、烤肉店点菜成了首要的问题。下了订单，问题就解决了。直到下一次有人饿了，她才会再次考虑这个问题。

莱曼一整天都不会饿，她以雪茄和咖啡度日。她从来没想到别人会饿，所以她总在最后一刻面临不得不点菜的惨剧。莱曼式解决方案。

当涵丹再次回到餐桌时，她已经扎好了马尾，蓝色牛仔裤紧裹翘臀，粉红色Ｔ恤下的胸部小而坚挺。她的妈妈伸手拿起沙龙牌香烟，想着可能降临在这个小女孩身上的一切，以她的美貌，走在街上回头率很高。

"现在别抽烟。吃点东西再抽吧，我的蓝色小兔。"

门铃响起来。莱曼看着自己的脚，在透明塑胶高跟拖鞋里晃来晃去，还大声吼着："修脚！"她瞬间感到沮丧。事实上，夏天就快过完了。但她还没修过脚，两只脚看上去糟糕透了。她照顾不好自己。她就是没精力照顾好自己。

"我的包在卧室。去拿出来，宝贝。"

涵丹打开门说："等一下，彻尔廷。"然后跑向卧室。

"妈妈，你包里没钱！"

莱曼起身，扭着腰快步走向门口。

"彻尔廷，让你姐夫记在账上。我忘记去银行取钱了。"

彻尔廷故意避开莱曼的胸部，眼睛盯着地上，说："我姐夫哈耶里想你先把欠的账付清。"

莱曼向前两步，靠近彻尔廷："宝贝孩子，你姐姐莱曼我什么时候赖过账呢？这么多年来，谁是你们最好的主顾？"

"你赖过账，莱曼。"彻尔廷鼓起勇气，看着莱曼的蓝眼睛。

莱曼是他最早的自慰幻想对象。像幻想电视节目里的那些女孩一样幻想着"大姐姐"莱曼。他发觉，莱曼的声音、气味、脸、身体，是那么令人兴奋。

"好吧，大姐姐莱曼。真的不好意思。"

"噢，彻尔廷，我看着你从小长大。我什么时候恼过你？"她伸出手，抚弄他的头发，打了很多发胶的头发。

彻尔廷心想，她看着我长大？你知道吗，莱曼？我想说的是，她明不明白？难道她不知道，我如此无礼地幻想着她？

他羞得全身通红。他跑下楼。今晚当然是献给大姐姐莱曼。毫无疑问。

"妈妈，这个周末之前，你要弄到我的课程费。"

"课程费是多少？"

"最好的是每周四天课。还能参加研究小组。十七亿三千四百万里拉。"

"妈妈会想办法弄到。来坐下，吃顿美美的早餐。"

"你是说吃点心吧。"

"你知道的，你爸爸和我在一起时侮辱了我，从那以后，我就没法辛勤做饭了。你为什么要为难我？我是会让小公主饿着的妈妈吗？"

"别这样，别唱老调了。"

"别取笑我。"莱曼撒娇地说。

她取出一支雪茄，点燃。她的银行账户里一分钱也没有。已经彻底用光了。她正努力还清信用卡债。

"我们试试能不能让你不交课程费先注册吧。我会去和课程主任谈谈。我们五天或十天后交钱。反正我们哪儿也不会去。"

"妈妈！你不会跑去让课程主任以为你会和他鬼混吧？请你不要去。我会很尴尬。我会无法直视任何人。"

"涵丹！可别这样跟你妈妈说话！"她哽咽着。她的涵丹。她的宝贝怎么能这么跟她说话？她变了。随着她逐渐长大，她变得恶毒了。她在伤害莱曼。

甜心涵丹怎么了？

"瞧，妈妈，你不会去找课程主任谈话什么的。我们要么在两天内凑够钱，要么就忘了这事儿。我会去雅克马尔克兹购物中心的商店里工作。怎么样？"

"我的涵丹会变成女售货员！我不准！别傻了，涵丹。别让我难过。你想就这样毁掉我的一天。"

"总比当情妇好。"涵丹抿起嘴唇。

"什么？你说什么？"

"没什么。我什么也没说。没法和你一起吃东西。"涵丹嘴唇上沾着橙汁胡子，起身离开桌子，向客厅走去，坐在电视机前。

莱曼抽完那支"疼痛的雪茄"。发生痛苦的事之后，她总要抽一根疼痛的雪茄。也有欢乐的雪茄。安慰的雪茄。悲伤的雪茄。渴望的、耐心的、固执的雪茄。等待的、镇定的、太阳的、下雨的雪茄。在人生的每个阶段、每一段时间、每一种感觉中，总有一根雪茄来陪伴你的情绪，他们都拥有同一个名字。莱曼雪茄。

她拿水又冲了一杯雀巢咖啡。过了一会，她扔掉了桌子上的食物。她无法忍受看着这些食物躺在桌子上等着被吃掉。

做完这一切，她在咖啡前坐下。点燃了一根疲惫的香烟，想着可以去谁那儿弄点课程费。

她能找谁要？只有杰夫代特了。她和杰夫代特在涵丹12岁时就分居了。至今已有四年了吧？杰夫代特给他们买了这套公寓。他把她们从波蒙第的屋子里救了出来，逃离了那些八卦、吵人的邻居。杰夫代特是涵丹的"叔叔"。

那之后，是一段愤怒、痛苦的关系。艾汉几乎摧毁了莱曼，击垮了她，烧毁了她。莱曼甚至不愿想起他。艾汉之前和之后还有两三个人，两三个人渣。他们耗尽了莱曼。

她不能给艾汉打电话。否则，她一手建立起来的平衡和力量都会被颠覆。她会再次坠入火坑。还有她的誓言。上次和艾汉通话时，她以涵丹的名义发誓，从此不会再打给他。

"又要打给你了，杰夫代特。我的生命里除你之外，还有谁呢？"疲惫的雪茄之后，来跟沉思的雪茄，心情愉快。

客厅里，涵丹打开外国音乐电台，听着重击声。莱曼一生中从来没对涵丹说过"关掉电视机。"想到这，莱曼发现，她从来没为任何事情责怪过涵丹。考试成绩，什么时候回来，什么时候出去，什么时候上床睡觉，和谁约会，跟谁打电话，吃什么，喝什么，穿什么，做什么……从来没有责怪过。

我可怜的孩子。我的涵丹。上帝派来的贵客。你自己长大了。我的漂亮礼物。我的女儿。

她极其渴望涵丹。她向客厅走去。

"我知道找谁要课程费了。"

"谁？你要打电话给杂货店的哈耶里吗？"

"宝贝……别对妈妈这么残酷。今天几号？"

"我怎么知道？9月底吧。"

"宝贝，今天四号。乌卢斯商场的特殊日。我们还没去过新站点。我们打个车去吧。我们给自己买点新衣服。例如冬天的羊毛衫。那不是很好吗，宝贝？"

"妈妈，你没钱，那怎么买？还有，你会去找谁要课程费？"

"涵丹，拜托……商场可以刷信用卡。你要去找杰夫代特拿课程费。跟他说要花35亿。交了课程费，剩下的钱我们拿去还卡债。但我们不会告诉他，是吧？"

"妈妈，理智点！我们好几年没见过他本人了。我们摆脱他很久了。你利用我，会感到羞愧吗？而且，你有注意到，我们每个月为你的信用卡付了多少利息吗？"

"我会打给他的，涵丹。"莱曼说，眼里噙着泪水。她瘫坐扶手椅上，伸手拿起咖啡桌上的一包雪茄。

"来吧，来让可怜的莱曼心碎吧。反正都要碎，放马过来吧，打碎它。"

"我的蓝色小兔，"涵丹跳到她的膝盖上坐着。"别难过。行啦，我去给杰夫代特叔叔打电话。但我只会问他要课程费。来，穿好衣服，我们去乌卢斯商场。给你买一两样好东西，让你开心一下。我可以吃些贵气的橄榄油大米羊肉菜叶包。我又要饿了。存钱罐里还有钱吗？够打车钱和吃大米羊肉菜叶包吗？我的蓝色小兔花光了所有钱吗？还有剩吗？"

涵丹安抚地亲了一下妈妈。孩子气的妈妈。妈妈忍不住要这样。她饱受折磨、精疲力竭、精神崩溃，但她从未长大。小女孩。涵丹一生中从未如此爱过一个人。她情不自禁。我这孩子气的妈妈。她一直这样。我的小女孩妈妈。莱曼宝贝：我的妈妈。

塔克西姆

贝希耶在塔克西姆。

站在报刊亭旁，看着水流过石头——假瀑布。瞎子弹奏着电子键盘，巨大的扩音器把音量放得很大。

他们是瞎子，真正的瞎子。

一个瞎眼的男孩，坐在白色塑料凳上弹奏。一个瞎眼的女人，对着麦克风高声歌唱。

适应比爱更艰难
适应似流血的创伤

"屎一样的瞎子音乐。"贝希耶说。要知道，这么热的天气，这样的声音听起来太过嘈杂了。瞎子们的音乐好像让天气更热了，令贝希耶窒息。这就像她妈妈掏出一件毛衣，非要绕在她的脖子上。这就是瞎子的音乐给她的感觉。她想伸出紫色大靴子踢向电子键盘。去捣毁一切，毁掉扩音器和其他所有东西。

这些人瞎了。还在做音乐。他们看上去过得比我好。他们似乎一切都很顺利。他们的处境比我好。

处境。陌生的词汇。这就是处境。每个人的处境都比我好。我最痛苦。最沮丧。在这样的处境中。

离开家时，她就一直努力回忆"你会被拯救的感觉"。那令她舒服些。今天，就今天，她想感觉好一点。她想要那种感觉像柠檬水一样流遍全身。她脱掉外套，系在腰上。她穿着紫色大靴子，沿着独立大街大步前行，感觉凉爽了一些。她饿了。她一饿，恶魔就在她身边聚集起来。

许多恶魔，像童话故事里那样戴着面罩，在她头上聚集，停靠在她的红色短发上。一想到这个画面，她就笑了。她一笑，就皱起鼻子。她笑的时候就是这样。她笑的时候，总是皱起鼻子。这令贝希耶看起来甜甜的。她的鼻子上有许多小雀斑。

贝希耶永远留着一头红橘色头发。她有一双棕色的眼睛和数不清的小雀斑。她剪了短发，发色令她感到尴尬，因为现在有许多人把头发染成红色。如果不是因为害怕理发师，她会把头发染成黑色。雀斑也令她尴尬。因为那让她显得与众不同。她不想成为一个"有雀斑的红头发女孩"。因此她走到哪儿都一副粗笨、弓腰、短发、长脸的模样。无人注意的女孩。对，就是这样，这样更好。

她有什么会引人注意？最好不要引人注意。

贝希耶最喜爱的书店就在道路尽头。她最喜爱的书店。

这是个很棒的书店，因为工作人员友善。有个友善的女孩在那儿工作。她知道贝希耶经常偷书，但她假装没看见。

书很贵。贝希耶从 12 岁起就一直读书，从未读够。她不能读够，否则她会死。她会自杀。她会承受不了那个名字叫"家"的痛苦气球。她不停地阅读，除此之外，没有别的求助对象。书是她的药。除此之外，别无他路。不读书，她会死。

这家书店顶楼有个阅读的地方。贝希耶爬上去，假装浏览书。她拿出袖珍小刀，撬开黏在书封面上的塑料物。她只会撬开要偷的书。在偷书之前撬开。她先把塑料物撬掉，然后把书扔进包里。包从来不关。友善的、好心的包。很旧了。

然后，她下楼把一些书放回原位。"我看了所有这些书，决定只买这本"这种把戏。这时，当中的几本书摆脱了塑料物，像宝宝似的躺在贝希耶的包里。她去柜台结账，买下最便宜的那本。警钟不会响。有一次，警钟响了。但是因为她已经付账的那本书。工作人员向她表示抱歉。真是令人愉快。

她买了阿尔贝托·莫拉维亚的《嫉妒》，这是最便宜的一本。

她偷了卡夫卡的《美国》和萨特的《恶心》。她不能没有这两本。她把他们从塑料物里拯救了出来。她必须这样。

她出了书店，在《羊羊》的音乐声中，走在独立大街街上。

如果你愿意，把我扔出去，如果你愿意，亲吻我
但请先听听，看着我的眼睛
相信我，这一次
我知道是怎么回事，我发了誓。

什么玩意儿，贝希耶说。这是什么意思？要我说的话，我会把你扔出去。我会把你扔进无比庞大的劣质唱片垃圾堆里。

贝希耶有这样一个垃圾堆。她喜欢将身边的东西扔进去，处理掉。

贝希耶完全不听土耳其音乐。土耳其音乐让她心情低落。她买盗版CD，有一段时间还偷过CD。但偷CD很难。难多了。所以她等着盗版碟出来。虽然慢，但干干净净。她能做些什么？

街道两边的商店传出刺耳的《羊羊》音乐声。

塔尔坎①式困扰，贝希耶说。但歌声中有种散漫感，令人感到舒服。它不会让你发狂。它营造了愉快的气氛。

我有三本书。我有了三本很棒的书。这会带来美妙的三个星期。我有三本书。三本！三本！

她有种冲动，想在街上大叫着奔跑。

停下来，贝希耶。喝杯茶。现在几点了，你还什么都没吃也没喝。控制一下自己。控制一下。

"现在几点"这个问题让她想起了席丹。他们本来约好了在贝西克塔斯的学校门前见面。

他们今年从同一所学校毕业。同一所高中。两个女孩的高中，就在电车站对面。她们上了同一所初中，同一所小学。

贝希耶无法逃离席丹，她带着席丹走来走去，就像带着

---

① 塔尔坎是土耳其著名歌手，他的歌风靡欧洲大陆，主要代表作有《Yine Sensiz》、《Simarik》等等。

一个装满废物的行李箱。她厌倦了席丹，可是，如果没有席丹，她会怎样？席丹是她在世界上唯一的朋友。贝希耶的大多数想法和感受，席丹都不知道。席丹说个不停，贝希耶听着。每当席丹说了些什么，总是需要人给她意见。从来都是这样。

席丹接收意见，然后用思维的利刃剪成碎片。意见化作一只小鸟。席丹让它适合自己的想法。她不停地从贝希耶那儿获取建议。她不停地索求建议。但是，她接着就忘了。或者说，她转化成了自己的思想。

贝希耶知道，无论她和席丹一起经历多少事，席丹永远不会真正理解她。可是，他们的友谊从小时候就开始了。席丹是贝希耶当时并非百分之百孤单的唯一原因。因此，贝希耶珍惜席丹。贝希耶对席丹不好。她斥责她，骂她，逼她，强迫她。但贝希耶不会把席丹扔出自己的生活。贝希耶牢牢抓住她。她的老朋友席丹。席丹是她的必需品。她需要席丹。

席丹不能进大学。她填表格时，高估了自己的能力。她很固执，没听贝希耶的话。她一直被冷落了。

现在，她选了个贝西克塔斯的私立大学预备课程。离他们住处最近的在阿克萨赖。但不能选那些，她要选一个在贝西克塔斯的。

"更高阶层的人都去那儿。让我们逃离火焚柱——贝亚泽特——蓝色清真寺——艾米诺努——阿克萨赖这个三角。"

"五角。有五个地方。"贝希耶纠正道。

席丹等着贝希耶。要选一个持续一年的课程。两点。就在他们最想去的私立大学门口，右边，山脚。

现在两点半。她被遗忘了，被扔在了那里。席丹很容易被遗忘：因为她是一个沉重、鼓胀的行李箱，装满烂伞和破旧披肩。

席丹习惯了贝希耶的迟到。贝希耶总是最后一分钟才来。席丹总是要等。对席丹来说，等贝希耶不是问题。贝希耶最后总会来。也许有点晚，或者非常晚，但她总会来。

贝希耶跳上去萨勒耶尔的小巴士。在学校正门口下车。席丹不在前楼梯，也不在门口。贝希耶到刚进大门左边的注册办公室找了找。

贝希耶在楼梯脚坐下，开始等。考生们没有打来闹去。谢天谢地。她可以坐得舒舒服服。

天气很热，一切都好。说这句话时，她看到一个女孩。一个径直向她走来的女孩。轻轻跳跃着。望向她的眼睛。

她的头发在头顶系成一条马尾。她穿着一件粉红色的紧身T恤，松垮的蓝色低腰牛仔裤。脚上是一双灰白色的厚底运动鞋。她蹦蹦跳跳地。朝着她过来。

T恤和牛仔裤之间，有三四根手指宽的肉露在外面。不多。刚刚好。她的眼睛如此漂亮。大眼睛，还是丹凤眼。猫的眼睛。闪亮的眼睛。至少，在贝希耶看来是这样。一双闪亮的眼睛，就像在发光。

她在粉红色T恤外面套了件粉红色毛衣。毛茸茸的，是马海毛。一种给宝宝做的小毛衣。毛衣没领子。前面用粉红色的线吊着两个马海毛球，末端打了个蝴蝶结，就像宝宝的毛衣那样。两个粉红色的球，在她面前一蹦一跳。

天呀，多美的尤物！她正朝贝希耶过来！她向贝希耶挥手。

贝希耶用手捧着脸。她感觉发烫。这个穿着宝宝毛衣的女孩怎么会认识她？

她站起来，靠着楼梯栏杆。她的腿差点垮了。两条腿疯了似的不停摇。膝盖直发抖。她异常兴奋。但是，为什么？

"嘘。你终于来了？"

贝希耶吓了一跳，看看身后。

席丹！那个女孩两步并作一步爬上楼梯，和席丹站在一起。

"她终于来了。我们等你等得饿死了，贝希耶。你就不能准时一次吗？看，这是涵丹。"

"你好，"穿着宝宝毛衣的女孩说，"我们有些事想听听你的看法，贝希耶。"

她知道她的名字。她也知道了她的名字。她的名字：涵丹。我的名字：贝希耶。她说了我的名字。她知道。"你会被拯救的感觉"流遍贝希耶全身，从脚趾到头顶。你会被拯救的感觉。一种不可思议的愉悦侵入她的灵魂。她臣服了。这个美丽的尤物，这个小女孩，怎么会知道她的名字？而且，我也知道她的名字。她的名字：涵丹。她的名字：你会被拯救的感觉。她来拯救我了。

相识

"走，咱们去哪儿坐坐。"涵丹说。

小女孩的嗓音。伴着呼吸声的温暖嗓音。粉色羊毛嗓音，触感柔软。

贝希耶想吃涵丹的声音。那件毛衣，那个马尾，她全都想吃掉。这个女孩给她小婴儿般柔软的感觉。她想坐在她的膝盖上，吻吻她，摸摸她。

她见到这个女孩不到五分钟。也许你已经疯了。她感到自己想要绑架这个女孩。别傻了，贝希耶。去喝点茶。清醒一下。你已经疯了。

但她忍不住微笑。她的鼻子整个皱了起来，多么愉快，开心。她高兴得想跳起来。她想大叫，好像她已经抱住了这个小女孩。

谢天谢地。席丹没注意到。席丹活在她自己的世界里。她总有自己的大问题要解决。即使她和贝希耶坐在一起，贝希耶告诉她自己的妈妈又在厨房打烂东西，弄伤了手指；即使贝希耶告诉席丹自己拿起面包刀，想要一劳永逸地从这些小事故中解脱出来，永远解脱，席丹也不会注意。不管你跟席丹说什么，她只会不停地谈论自己的事。她对贝希耶的事没有任何感觉。她没注意到。狭隘的席丹。席丹的界限：她只关心自己。已占用所有空间。她的整张桌子上没有空间可以容纳他人的感觉。已满的席丹。头脑空空。

"咱们去马路对面的糕饼店吧。"席丹用尖细的嗓音说。像可怕的管乐器，把贝希耶拉回现实。管乐器席丹。

"行，"贝希耶说，"我有时间。"

小女孩给自己点了杯柠檬水和点心。

贝希耶也点了一样的东西，因为这些是那个女孩点的。席丹点了些小小的披萨。她点了一盘小糕饼店披萨和一杯茶。独立自主的席丹。她考虑着自己的大问题，饿了。微型披萨会让她恢复体力。

"涵丹前几天在培训会上遇见。多漂亮的女孩呀，是吧？"席丹唐突地说。

"噢，席丹，拜托。"小猫女孩咕噜道。她闭了下眼睛，垂下头。

她被弄尴尬了。当然，每个人都会觉得她漂亮。我们走进糕饼店坐下时，许多人回过头来。这是多么奇怪啊。每个人都看见了她。每个人都看着她。看着这个美丽的尤物。但对我来说，她是"你会被拯救的感觉"。她是我的福音，不是他们的。她为我而来。

再一次，她感到自己想绑架涵丹。就像有些女人看到婴儿会说："如果我拐走这个婴儿，亲他，闻他，会怎样呢？"就像你看到小动物时的那种感觉。

"贝希耶进了博斯普鲁斯大学。"席丹用"你漂亮但我朋友聪明"的语气说。

"博斯普鲁斯大学？真不敢相信。"

"进了个垃圾院系。我语文部分成绩很好，但结果就是这样。"

"我最想进入博斯普鲁斯大学的翻译系。"小女孩说，语气中有一丝忧伤，"我的语文和外语成绩刚刚及格。"

"但要进入翻译系还不够。"席丹像马一样嘶嘶说，马席丹。她的笑声像马在嘶叫。

涵丹垂下头，说："成绩不够好。"

贝希耶想往席丹那微不足道的脸上扇一巴掌。她想把椅子从她屁股下拉出来。摔在地上也许会把她撞清醒。笨猪。猪席丹。

"你那好成绩也进不了博斯普鲁斯大学。"她斜着眼睛说。贝希耶生气时就会斜着眼睛。然后，她的小眼睛，几乎消失了。

"博斯普鲁斯大学不是这周一开学吗？""你会被拯救的感觉"说。

贝希耶的脸色又缓和下来。她皱起鼻子。她情不自禁微笑。那个女孩的声音对她有某种效用。"开学了。"她说，"我英语考试没过。我要读一年的预科。我想，下周开始，也没什么。反正第一周也是一团糟。"

"我不信！"管乐器嘟嘟响起，"你的外语成绩这么棒。

你不可能通不过考试。你故意的。我敢说，贝希耶，你一定是故意的。"

"我想，我会休息一年。"贝希耶说。她大笑起来。因为涵丹。她死也不会向席丹承认这点。席丹不懂这样的事。

"也就是说，你下周会莅临新学校。你就是如此不凡，贝希耶。我跟你说，她超级棒。"席丹又在嘶鸣。

这让贝希耶感到心烦。如果她有遥控器，她想按下按钮，让席丹消失。消失。永远消失。

"如果是我，我会想立刻开始博斯普鲁斯的生活。"涵丹说。她和贝希耶四目相遇。

贝希耶垂下目光。

她的眼睛是绿色的。棕色的。她的眼睛是绿色和棕色。最漂亮的猫眼睛。她的眼睛如此漂亮。漂亮得她不敢看。她脸红了。

席丹没注意到我脸红了。她没注意到我有多么开心。她不知道，我终于遇到了属于我的"你会被拯救的感觉"。涵丹不是她能理解的。涵丹。

"涵丹。"

"是。"她用那双猫一般的婴儿眼睛捕捉着贝希耶的目光。"是，贝希耶。"

她没话对她说。但她想应道那个声音说出她的名字。想要那双眼睛触到她的目光。就像小鸟在心里飞。就像小鸟会拉着她离开座位飞上天空。

也许我会飞。也许我离开座位浮在空中。她来了。

"我们应该在这儿注册吗，贝希耶？你懂这些。"

她转身，看着席丹那双抽搐的玻璃蓝眼睛，看着她微不足道的胖脸。尽管如此，她知道，人们会觉得席丹漂亮。人们喜欢土豆脸。真是荒谬！

"是的，这地方好。"贝希耶说，"我会帮助你学习。今年我不用太努力。我会特别有空。我是指，帮助你们两个，我会帮助你们。"

"你是独一无二的，贝希耶。你是我的超级朋友。周二、周三、周四、周五的课，从早上八点半到中午；研讨会进行到晚上七点。他们是这么说的。"

"嗯，我们可以在研讨会上问问题。"穿着婴儿毛衣的女孩说，"如果你可以帮我们，那就棒极了。"

"走吧。"贝希耶说，"我要回家做饭了。"

她不敢相信自己说了这话。她根本不想离开涵丹。她想把涵丹放进包里，和偷来的书放在一起，带着她一起走。不能没有她。带着她一起。但她很激动，她想在街上奔跑。她再也坐不住了。

涵丹睁大了眼睛说："你会做饭？我家里没人会做饭。我和我妈妈都不会。我们都快饿死了。"

她大笑起来。多么甜美的笑声，像婴儿的笑声，发自内心地笑。就像她想留住笑，不让笑跑掉。她内心的笑。为自己而笑。她的笑声。大笑。

"你最喜欢什么？"贝希耶问，"你喜欢吃什么？"

"我喜欢柠檬肉丸。"涵丹说，"我喜欢番茄肉菜烩饭。大米羊肉菜叶包。土豆拌肉、鹰嘴豆。茄子。我什么都喜欢。我流口水了。"

"我会做给你吃。我会给你做柠檬肉丸。我会给你做你想吃的任何东西。"那一刻，她愿意奔跑到几英里外去给涵丹做柠檬肉丸。这种欲望如此强烈，在她的耳边呼喊。

饥饿的宝宝。饥饿的女宝宝。没人喂她。她给饿着了。我会喂你的。我会照顾你。

"真的吗？太好了。也许我们会成为很亲密的朋友。那不是很好吗，席丹？我们三个。"

贝希耶可以看到席丹脸上嫉妒的神情。涵丹加入了我们。多么甜美。席丹滚开吧。消失吧。我会和你在一起。来我身边。你来我身边了。来拯救我。你来到我身边，让我爱你。这样我将不再是一只虫子。涵丹。

涵丹打开粉色的小背包，拿出两个贻贝壳。把紫色那个给了贝希耶，把棕色那个小些的给了席丹。

"作为今天的纪念吧。我很喜欢贻贝壳。这些是我在贝西克塔斯得到的。"

"这不是你自己在马来西亚海岸捡的吗？"贝希耶说。她突然提高音量，努力搞笑。

小女孩再次垂下眼睛，说："是我收集的。"

我做了什么？我刚才表现得多么无礼！我就像个吓人的推土机。像洋娃娃家里的机器。

"我不是那个意思。我……这是我这一生中收到过的最美的礼物。我只是想开个玩笑。我会做柠檬肉丸给你吃。我会做任何你喜欢吃的。大米羊肉菜叶包，鹰嘴豆。"

贝希耶停下来。席丹鼓着一对牛眼盯着她。席丹明白了。这就是我想要的。我把事情搞得一团糟。我会吓走她的。我就是个无药可救、愚不可及、粗鲁笨拙的邮轮。邮轮。推土机。我是一个，粗壮如牛、力大无穷的，前进着的机器。

她不知不觉伸出手，握住涵丹的手。她完全没意识到自己这么做了。如果她知道的话，她死也不会这么做。当她看到自己握着涵丹的手时，都快尴尬死了。那只轻柔、优雅、雪白的手。她尴尬极了。但她没有放开那只手。如此轻柔的手，像一只鸟儿。她又全身羞红了。

"走啦，贝希耶。你不是要迟到了吗？"立管般的声音说。

"不是的。开玩笑倒没什么。如果这些贻贝壳是我自己亲手捡的，那就好了。但我是在奥塔科伊的商店买的。"

她笑了。露出酒窝。她没有看不起我。她懂。她知道。她理解我。她开始理解我了。她理解我。

接下来几天她们都计划好了。席丹和涵丹会一起来注册。贝希耶也会来。"我也来。"她说。搞定。不然她不会回家。除非知道下次还能见到涵丹，否则她不会回家。

小女孩的电话响了。"好的，妈妈。""是的，亲爱的妈妈。我明天注册。""当然啦，宝贝妈妈。"

宝贝妈妈？她低吟着跟她妈妈说话。

"对不起。"她挂电话时说。她好有礼貌，就像童话故事里的公主。她喜欢吃柠檬肉丸。

"我们明天见。"分别时贝希耶说，"一点，在大门前面。"她皱起鼻子上的雀斑。她笑了。

"再见。"小女孩说，"照顾好你自己。"

贝希耶讨厌这句话。多么愚蠢的道理。但当涵丹使用时，这句话变得不一样了。涵丹把一句令人厌恶的话，变成了美好的东西。

"我会照顾好自己的。"贝希耶说。

"再见，贝希耶。"席丹说。语气傲慢。她撅起番茄嘴唇。她的表情在说——我一点也不开心：这都是怎么回事？

愚蠢的管子。随便你。

我找到你了。我找到了你。为了爱你，我找到了你。贝希耶想大叫出来。

但她阻止了自己。你已经够疯狂了。你都说了些什么乱七八糟的。你完全疯了。在那头公牛席丹面前。向前。向，前。

在巴士上，她想放声歌唱。真尴尬，她居然想唱《羊羊》。她忍不住一直微笑。大笑。她一直在跟席丹乱扯。她一直说话，为了能笑得自然一点。

"它来了。"贝希耶突然说。

"什么来了？"

你会被拯救的感觉，她对自己说。木头木脑的席丹。你怎么会懂我这种"你会被拯救的感觉"？

"随便什么都可以。"贝希耶说。突然，像沙漏被倒转了，她心中涌起对席丹莫名其妙的爱。可怜的席丹。呆头呆脑。

她亲了一下席丹的脸颊。"我们就在这里下车吧。跑回家。看看天气多美，没人坐得住。"

"你怎么了，贝希耶？"席丹微笑着说，"你今天很特别。你像个小孩。"

"我没事。来吧，席丹，我们赛跑，就像小学时那样。先跑到转角的人就赢了。"

贝希耶开始跑。她转身，放声喊道：

蠢席丹，笨席丹。

有本事来抓我呀。

　　她一边笑一边跑。笑得眼里都有了泪水。她停下来，擦了下眼睛。她不记得上次这么开心是什么时候。她不记得。

家庭夜晚

　　公寓大楼的门上有一根尼龙绳。一根脏尼龙绳系在门闩上。一拉绳子，你就被公寓的味道包裹了：发臭的公寓。煮洋葱的味道。你一进来，这个味道就笼罩着你。罩子大楼。贝希耶走进去。它包裹着贝希耶。气味大楼的毯子。

　　每个门前都有鞋。这样一来，你知道有多少人住在里面（除了婴儿）。婴儿不穿鞋。你不知道里面有多少婴儿。

　　贝希耶爬上三楼，数了 14 双鞋。有一次放假，贝希耶数了 62 双鞋。这还不包括婴儿。婴儿的数量属于未知，用 X 代替。未知。

　　大部分鞋都穿破旧了。又旧又破。扭曲变形。把我扔掉，请把我扔掉，他们看上去像在恳求。鞋背压扁了，鞋尖磨损了。落满灰尘，沾满污泥，无人照看，悲惨的鞋。

　　无数次，无数次，贝希耶想收走所有的鞋，扔进垃圾袋里（Koroplast 牌，蓝色，80×110 厘米，超大号，贝希耶的最爱），全扔进垃圾袋。把鞋的主人从这些恐怖的鞋里拯救出来。这样，他们就能摆脱这些沮丧的鞋，变得开心。她每次数鞋，都忍不住觉得鞋的主人没有了它们会更快乐。

但对贝希耶来说，扔掉这些鞋并重新放上新鞋，是不可能的。不可能的，贝希耶。她不能扔掉这些鞋，重新放上童话般的鞋。毕竟，她不是女巫。她不是魔术师。她也不富有。恰恰相反。不可能的，贝希耶。

贝希耶的妈妈不会让人们把鞋脱在门口。有多少次？谁知道她向邻居们要求过多少次？他们来我家时不把鞋脱在门口，为了不被这个陌生女人当做"坏人"。也就是说，他们记得不脱鞋。这也令贝希耶感到尴尬。好像他们很有钱似的，好像他们是电视里演的那种穿着鞋子进屋的家庭……同样，她妈妈不会为了避免老打碎东西就买塑料盘子。好像这是一间没有伤痕的屋子，好像她没有不开心，好像她不是容易出事故的女人。好像她生活在更高的社会阶层。真令人尴尬。

今天，当她穿过这气味爬上楼梯时，她没有去数那些令人沮丧的鞋。她不准自己数。邻居门口有两双孩子的鞋，一双女士的鞋（一共三双）。她只是看在眼里。即使孩子的鞋不好。

想到自己完成了高中学业，摆脱了可怕的女子学校（高中），她就开心死了。而且，虽然大楼破烂是贫困的标志，一直使她痛苦和沮丧，但今天有比大楼破烂更重要的事：贝希耶遇见了她。她找到了她。

当她想起这点，就好像内心的钟声响起。她感觉到了活力。她感觉很好。似乎任何事请都有可能发生。充满可能性的贝希耶。

现在五点了。还有一小时，或一个半小时，武装部队就会占领这间屋子，她在厨房做饭，干净的小窝还没被妈妈的意外事故玷污，她暂时拥有一片贫困但健康的天地。她一边烹饪，一边想着涵丹。开心极了。

幸福之环。没人能进入这个环，没人能破坏它。光环。被幸福的光环包围。她明天会见到涵丹。明天，以及今后每一天。在每个上天赐予的日子，她会见到涵丹，每个上天赐予的日子。一天也少不了涵丹。在她知道她的名字那一刻，她就明白这一点。在她知道她的名字是贝希耶那一刻，她就明白这一点。

冰箱里还有三个嫩南瓜。她正在做南瓜茄盒。做红扁豆汤。还有小麦肉菜烩饭。她爸爸最喜欢的一道菜。图凡也喜欢扁豆汤。递汤给他的时候，是不是应该把手指伸进他的盘子里呢？戴着手术手套，手指沾满病毒。埃博拉。炭疽。动物疾病。炭疽图凡。中招。

贝希耶笑了起来。摆脱图凡并不容易，即便是用最罕见的病毒。图凡就是不肯滚出这个拥挤的屋子。他就是不肯离开这个挤得叠罗汉的屋子，不肯腾出点空来。

但贝希耶不愿去想他。她也不愿去想她那懒洋洋、大冬瓜似的爸爸。她那可怜的爸爸。沙林。

她做饭时，脑海中一直萦绕着涵丹。房间里的音响以最大的声音播放着金属乐队。她没以前那么痴迷金属乐队了。她有一段时间没听了。因此，她现在发自内心地，虔诚地，倾听着。

贝希耶很好，她身体内的灵魂很好。这个躯壳似乎很合身。灵魂待在里面有事可做。他们彼此适合。关系和谐。

　　她看了看腰部以下。我要减掉十公斤，十公斤。我能穿过针眼。我要像一条丝带一样飘在涵丹身边。涵丹。我会为你做饭。我还会保护你。在这世上，你独自一人并忍受饥饿吗？我很好。你来了，我变好了。我完整了。我要保护你不受风吹，不让巨人、黑魔法、恶棍和邪灵伤害你，不让海浪、暴风雨、海盗和舞女欺近你身旁。你让我开心。彻底地开心。我会照顾你的，涵丹。我会给你做柠檬肉丸和别的菜。我会保护你，替你提防危险。我会对你好的。我会让你好的。

　　"什么这么吵呢，女儿？"

　　妈妈挂好毛衣。穿上拖鞋。她没听见她进屋了。

　　"好吧，妈妈。"她去关掉了廉价音响。

　　她决定做番茄和洋葱沙拉。家里还剩两个红洋葱和四五个番茄。她爸爸非常喜欢这种沙拉。可怜的沙林，我要为他做点什么……高级职员沙林。服务生领班。"亲爱的先生，亲爱的女士。"他在工作的那个老商店里整天就这样跟顾客说话。舔每个人的屁股，从早舔到晚。这就是她爸爸的工作。她爸爸的工作就是舔屁股和卖东西。

　　她的眼睛被洋葱味刺得流泪。做茄盒的洋葱也刺得她流泪。但这不同。红洋葱眼泪。红洋葱更糟糕。她切着洋葱，突然不小心切到了手。伤得厉害，左手食指上一道深深的伤口。

　　贝希耶看着伤口。

　　她切到手了。她打开水龙头，把手放在水流下。流了很多血。这正常吗？会流这么多血吗？去他妈的刀子。怎么会切到她！

应该呼叫专业的妈妈吗？让妈妈来给她包扎。包得紧紧的。就算她妈妈也没试过把手指切伤得这么厉害。肉都翻出来了。看到翻出来的肉，她感到恶心。她跑回自己的房间。血是多么奇怪的东西。热热的，流动着。

贝希耶从衣柜抽屉里拿出一些旧的黑色内裤，撕烂，紧紧包在手上。止血。她应该大喊"妈妈！"吗？妈妈会把急救箱拿来。

不。她受不了她妈妈说："你怎么把自己伤得这么严重。"她不想这样。她今天心情大起大伏很多次了。开心也很艰难。就像游乐园里的疯狂飞车。就像神风特攻队。让人反胃。你快速地上上下下。奇怪，也艰难。

她试着躺在床上，休息一小会。她想再次感受到涵丹。她想感受心中的镇静，好让那些小鸟再次飞起来。她不愿去想这个屋子。她不愿成为这个屋子的一块。一块。一小部分。部分。被分割的贝希耶。

既然涵丹来到她的生活，既然她找到了涵丹，那她为什么不和涵丹一起住呢？每天。每一个上天赐予的日子。现在到明天还有多少小时？到明天下午一点还有多少小时？

现在傍晚七点。就算七点。还有五个小时到十二点。从十二点到一点还有十三个小时。十三加五等于十八个小时。很多个小时。时间太长了。

只要能撑过十八个小时，是要她能撑过十八个小时，就是明天下午一点了：涵丹时间。我的天，美极了。

门铃响了。图凡的声音。在家里，图凡声称自己是个"交易员"。其实他只是希什利一家股票经纪公司的勤杂工。保安或者勤杂工之类的。但每天晚上他都在家大谈股票市场。他们买入了这只，卖出了那只。他们用怎样怎样的方法赚了一大票。他们比任何人都聪明。交易员个屁。民族主义法西斯突击队员图凡。

她爸爸也回来了。他回自己的家像个客人似的。

他们在屋内听到他胆怯的声音："热尔德兹。热尔德兹。"他不够男人，对我妈妈或者对任何女人来说都不够。爸爸知道这点吗？爸爸和妈妈互相理解多少呢？他们理解什么呢？他们能理解多少？不能理解多少？贝希耶不知道。她不想知道，甚至不想思考这个问题。

她爸爸在商场买了东西。她听见他把东西放进冰箱和橱柜。她那坚忍的爸爸，买回来许多塑料袋。

贝希耶把头埋进枕头，想要逃离屋内的噪声。屋子的噪声。

我的"你会被拯救的感觉"，你会来带我离开这个牢房吗？我不想和他们住在一起，不想看见他们，不想听见他们的噪声。那你又和谁住在一起呢？你妈妈是谁？她会收留我，让我和你在一起吗？不管你在哪里都行。你会来救我离开这里吗？离开这个阴暗、闷热的牢房？

"贝希耶！来吃饭了。"

她把手放进裤子后兜里。用左手理顺头发。贝希耶把头发剪得很短。她平时不怎么打理头发，就任它那样。

"你为家人们做了这么美味的食物，女儿。"

为家人？这是她爸爸那舔屁股的嘴里冒出的瞎话。就那样从他嘴里冒出来。从嘴里掉出来。掉在地上，桌子上，掉进扁豆汤里。就这样从嘴里流出来。

"别忘了我们的女孩现在是博普鲁斯大学的学生了，你这做人爸爸的。"

她给了图凡一个"你就只是一坨屎"的眼神。"走开，不然要你好看"的眼神。这是她菜单上两种讨厌的眼神，这个菜单是她和图凡一起生活而建立起的。

"怎么了，胡萝卜头？就不准我们为决定聪明的妹妹感到骄傲吗？"

"闭嘴。"贝希耶嘘声说。

"你叫谁闭嘴！你以为你在跟谁说话？你知道我做突击队员时除掉了多少恐怖分子吗？因为有我们，像你这种毫无价值的人才可以安全地在这个国家生活！你给我闭上你那张毒嘴！"

他喊叫时，脸上突起的青筋开始抽搐。一后一前地抽搐。向后。向前。瞪着眼睛。贝希耶想把手指插进他的眼睛里，用对待他照片的那种方式。他用眼睛能看到什么？他的眼睛有什么用？贝希耶想把这双丑陋、无用的眼睛取出来，送给其他有需要的人。至少取出视网膜。例如送给一个眼盲的小孩。

"图凡！贝希耶！"妈妈用"我快崩溃和晕倒了，到时你们就知道了"的语气说。声音低沉、紧张。同时，却很刺耳。像电钻的声音。妈妈尖锐的嗓音。尖锐的妈妈。

"看看你妈妈多失望！"爸爸，他哭了，他就快哭了。他吓着了，不停发抖。他等下就会哭。哭泣的爸爸。伤心的沙林。大冬瓜。

"我不吃了。我出去吃。我饱了，妈妈。"

她抬起目光，注视着图凡，给了他一个"我一点也不怕你"的眼神。这些眼神比任何其他东西更能逼疯图凡。经过这么多年的训练，他懂这些眼神。

她关上自己的房门。戴上耳机，听音乐。她听着林肯公园。这些音乐和书支撑着她。

否则，贝希耶支持不下去。她早就飞走了。迷失了。消失了。这些歌词是她指甲的印记。生命水泥墙上的指甲，她靠他们度日。

她想着有一只毛的长爪子在新鲜的水泥上留下印记。她不想那样，但就是那样。她不知道她想要什么。到底要什么。

她躺在床上，紧紧抓住床的两边。

你要带我去哪儿？你怎么能拯救我呢？也许要我先拯救你吧。我会尽我所能拯救你。你的到来改变了一切。我知道：一切都变了。也许我们可以一起逃走，涵丹。我们可以一起逃去世界的另一端。在那儿，我们会过得很好。那儿没有像图凡这样的禽兽。如果有，我会摆脱他们。我会把他们一个个拔出来。我会把他们扔掉。在那儿，我们会很好。我们会非常好。明天你会在那儿，谢天谢地。你到场，是明天的保证。涵丹课。涵丹日。涵丹和贝希耶。那就是我们的未来。永永远远。

她关掉音响，取下耳机。

她累了。她精疲力竭地倒在新生活的门口。毯子乱糟糟堆在床上，她拉过毯子的一角盖在自己身上。她睡着了。她真的累坏了。这种哭后熟睡。她睡得像个婴儿。

见面

贝希耶醒了。

就在厨房隔壁那间屋。屋子的噪声已经开始了。厕所噪声。有人打开水龙头，洗脸，刷牙。是图凡。躺在床上像猫一样一动不动，仔细听，你就能辨别这些噪声是来自谁在做什么。

她爸爸打开抽屉。他在找袜子。劣质袜子。一双劣质的沙林袜子。

图凡坐下来，边看报纸边拉屎。图凡屎。那之后，最好别进厕所。至少半个小时内，都会闻到图凡的屎味。没有人的屎可以有那么难闻。

贝希耶不想和图凡共用一个厕所。她不想和图凡同住一屋。图凡弄脏了这屋，毁掉了这屋，弄臭了这屋。一个异物。令人恶心。图凡是种可怕的物质。废物。

她妈妈进了厨房。她正在给儿子图凡和可怜、没用的丈夫做早饭。早饭的噪声。妈妈的噪声。

图凡已经刮好胡子。现在，他正走进自己的房间。她爸爸穿好了衣服。

贝希耶要等到他们都出门上班了，才起床。她一动不动躺在那儿。因此他们不知道她醒了。她不想听到任何一句话里带有"女儿"、"早餐"或"今天"这些词。贝希耶不想厉声对妈妈说话。她不想为图凡昨晚说的话而报复他（民族主义法西斯突击队交易员）。她不想她爸爸被迫介入其中，像只乱飞的苍蝇。沙林。别让他乱飞。

她很想撒尿。贝希耶憋住。她就算尿在床上，也不会起床。她会憋住。她可以憋住。撒尿。

她今早不会见到他们。她不会让他们毁掉、弄脏或擦伤今天。他们不会成为她今天的一部分。毕竟，她就要从他们中间被拯救出去了。她会有种"你会被拯救的感觉"。就是这样。

就算她妈妈打烂盘子、玻璃杯、茶壶、花盆、玻璃水瓶，她也不会起床。让他们想做什么就做什么吧。随便他们想成为什么样的人。让他们靠自己。其实我不在这儿。其实我不在这个屋子里。贝希耶不住在这里。

她有种冲动，想打开门，大喊："贝希耶不住在这里！"

她阻止了自己。她憋回了尿意。她躺在床上，两条腿挤来挤去。

妈妈没有打烂东西。没打烂厨房里的东西。

图凡第一个出门。然后是爸爸。

然后是妈妈。出门前，她在贝希耶的房门外犹疑了一阵。想着要不要叫醒她。

她没有。她静静地离开，关上身后的门。

贝希耶跑去厕所。她尿了很长时间，享受着这美妙的感觉。

她洗了脸。刷了牙。她打开热水器。如果见涵丹之前洗了澡就好了。她应该干干净净的。一个崭新的贝希耶。今天她谁也没见过。她情绪不坏。因为这些事。

涵——丹！涵丹！涵丹！

她内心颤抖着，重复念这个名字。

她非常干净。她很好闻。她闻起来像个婴儿。肥皂和美人鱼。公主和茉莉花。草莓和巧克力。棒。涵丹有各种味道。她想要这个味道，想要这个味道来舔舐她的灵魂。涵丹的味道。来贝希耶这里吧。

离下午一点还有多久？还有两个半小时到十二点。多一个小时：三个半小时。等待涵丹的过程中，三个小时的漫长时光怎么过？会很容易吧。

毕竟，一整晚都过了。她在睡梦中度过了好几个小时。贝希耶为已经甩在身后的这几个小时感到很开心。再过不久，就可以见到涵丹了。还有三个半小时，就到涵丹时间了。穿婴儿毛衣的女孩。涵丹时间。

她今天来的时候，胸前会有两个粉红色羊毛球荡来荡去吗？粉红色？

电话响了。

客厅餐具柜上的电话。屋里的电话很少响。每次响起都吓到贝希耶。她不习惯有电话，她不喜欢电话响。

席丹。

"不。你去，席丹。我们一点在校门前见。好。我们是这么说过。关你什么事？拜托，席丹。好吧。拜拜。"

她摆脱了席丹。她等下要怎么摆脱她？她会摆脱她。摆脱席丹的贝希耶。会摆脱的。

贝希耶做番茄肉包和胡椒。打扫完厨房后，她把番茄的顶去掉，舀出里面的东西，再填满，把切好的洋葱炸得软软的。做大米羊肉菜叶包的整个过程都很开心。

"用中火。"

贝希耶为做饭而开心，为可以当个好厨师而开心，为做晚餐而开心。

我正在做饭。我的手、手指、头发和眼睫毛都有洋葱味。我的每个部分都是食物的味道。等下我会洗澡，洗得非常干净。然后，我会和涵丹在一起。我会和她在一起。涵丹！

我会在她身旁。

我在这个屋子里的最后一餐饭。等会儿，涵丹，等会儿就为你做。我以后只为你做饭。我饥饿的宝宝公主。你对我好。你使我变好。你使我开心。你使我完整。多么美妙！

"妈妈，我今晚不回家。我在席丹家。"

她写了张字条留在厨房里。放在两只鸟互相亲吻的木制纸巾盒里。妈妈不会给席丹打电话吧？她不会。她害羞。贝希耶等下也许会打个电话。跟妈妈说一声。妈妈会说："但是女儿。"也许她不会打电话。反正她写了字条。她丝毫不愿想起妈妈。她不想毁掉这一天，不想限制这一天。

她把令人担心的妈妈抛诸脑后。今天如此美妙，应该忘掉烦恼。

乘着巴士，她来到贝西克塔斯的山脚。走两步就到学校前门。席丹在那儿。还有涵丹。

她努力告诉自己，这是一件普通的事，平常事。席丹在那儿。涵丹也在。

她反复告诉自己，像在说祷告语。

她放下了头发。头发垂在肩上，遮住胸部。我的天，她真美！她早知道她美。但她忘了有这么美。我的天，她这么美。你的目光无法离开她。

足以使你想伸出手触碰她。

你真的在那儿吗？你是真的吗？你存在吗？如果我碰你一下，你还会在那儿吗？你会待在那儿，不会飞走吗，涵丹？涵丹。涵丹。

贝希耶想哭。她们在入口处注册时，贝希耶想哭。她太开心。她高兴得要疯了。她在咯咯笑。她不相信涵丹是真的。不相信自己找到了涵丹。她在树下的感觉真的变成了现实。贝希耶不敢相信。

相信。相信。

等会儿，一切过得更快了。

等会儿一切会更快。

更快。

席丹没和他们在一起了。不知怎的，她们摆脱了席丹。她们在博斯普鲁斯转悠。涵丹和贝希耶。

她们经过奥塔科伊。经过公园。经过库鲁切什梅。她们在贝贝克。她们在说话。不停地讲话。

贝希耶一直在微笑。一直在讲话。她想笑，想讲话。但她不太清楚自己讲了什么，也不清楚自己在笑什么。不完全清楚。清楚一半。一半。

但她知道涵丹在讲什么。涵丹在讲她妈妈。她妈妈的名字：莱曼。

我家没人做饭。我家没人能一觉睡到天亮。在我家，生活从不停息。在我家。在我家。我妈妈。我的宝贝妈妈。莱曼。蓝色的小莱曼。我的穆济。我亲爱的穆济。认识我奶奶的穆济。我妈妈的雀巢咖啡和香烟。我妈妈晚上出门。钱一进我家门就立刻飞出去。很小很小的公寓。在石油集团里。就在快到雅克马尔克兹购物中心的那里，靠马路右边。

贝希耶张着耳朵仔细听涵丹说。一字一句地记住。她没听见自己说的话。她没听见从自己嘴里冒出的话。她知道自己一直在咯咯笑。她忍不住要笑。

她们现在到艾斯岩了。

这儿的公墓很漂亮，涵丹。我们进去兜一圈吧？几乎所有人都埋在这儿。作家之类的。

"那不会很吓人吗？我不知道我会不会喜欢。"

"别担心。这是世界上最美的公墓。我爱这里。我来学校第一天就发现了这里。我来逛了不下十次。"

她们在公墓四周游荡。在一个女侍应的墓碑上，她的家人责怪在车祸中害死她的凶手。造成这场车祸的人，显然就是这个女孩的爱人。一个伊朗人。一只鼓起的靴子被扔在一个墓上。它立在那儿，装满了雨水。就像埋在那里的人死在那只靴子里了。当然不是。但靴子为什么在那儿？奇怪，还有些吓人。

另一个墓碑上，一个男人呼唤着自杀的妻子。有张他俩打扮成要去化装舞会的黑白照片。年轻漂亮的他俩打扮好要去参加舞会。那个男人没有责怪自杀的妻子。他只是悲伤。就是这样。

有很富贵的墓。看起来像大理石砌成的蛋糕。有栏杆、台阶和喷泉。它们尽量采用大理石建成。蛋糕墓碑。

"我们去那边坐坐好吗？"

她们坐在大理石栏杆上。博斯普利斯在她们面前展开。

"这儿不是很美吗？你喜欢吗？"

"很美。但仍然是个墓地。但确实很美。你说得对，贝希耶。"

"嘿，涵丹。你觉得吗，我们就像认识了很久一样？就像我们不是刚遇见，而是好像认识了很久一样。"

"我们离开这里吧，贝希耶。我饿了。"她伸出手，摸了摸贝希耶的右脸颊。用她那只像鸟儿一样的手。"贝希耶？"

"什么？"

"我数不清自己遇见过多少人，但我从来没遇见过像你这样的人。你说得对。我感觉你好像已经在我生活中存在很长时间了。就像你刚才说的那样。你说对了。"

下山时，贝希耶用手揽着涵丹的肩膀。虽然涵丹高一些，但贝希耶还是用手臂揽着她。她自己也感到意外，但却自然。她闻到涵丹颈后的味道。涵丹味道。世界上最美妙的味道。她知道自己没有涵丹味道就活不下去，像动物一样。她坚信，现在已经回不了头了。她们成了涵丹和贝希耶。直到审判日。审判？管它是什么意思。

森林

冬日缓缓升起，在森林的遮挡下，残缺不全。天气寒冷，但不刺骨，因而能够感觉到太阳出来了。初冬的寒冷，提醒着冬天要从头再来，彬彬有礼，但十分自信。

一个年轻的女人，带着羊毛头带，这样头发就不会飘在脸上弄花淡妆，还能给耳朵保暖。

她希望自己穿的是高领厚毛衣，而不是唐娜·凯伦的运动衫。或者，她希望自己能早点想到会这么冷。

评估生活中所有可能性发生的可能性，对她来说非常重要。她必须做到不必整天分析自己，不必感到内疚或挫败。

"如果我们明智地穿厚些该多好。今早你明明感觉到冬天更冷了。"

年轻男子表现出自信男青年的模样，内心平和，成功，帅气，扶摇直上，带着胜利的微笑。他成功地表达出这一图像。

"典型的规划部署迹象。"他说，"职业缺陷的例子。"他一字一顿地说，语气从容不迫，带着一丝讽刺。

年轻女子说："别取笑我。"她跑到男子身边，推了他一下。她也向他展示出顽皮的一面。他们推来攘去，欢声笑语。他们"激发出彼此内心的童真"。然后，他们沿着小路奔跑起来，每周有三个清晨是如此。

他们感到优越，他们脸蛋漂亮、身材健美，不像那些穷懒汉，也不像那些浪费生命多睡一小时的失败者，那些人肥胖、放纵、深受懒惰之害并且精力不足。每跑一步，都感到优越。

班迪也跟他们一起奔跑。这是所有金童玉女必须配备的。他们心爱的金色猎犬，他们唯一的儿子：班迪。

班迪伸着舌头，翘着尾巴，跟着他们忽左忽右地奔跑。他喘着气，和主人一起在森林里远足真开心。班迪流露出无条件的爱和无比高兴。他就该这样。一切都在正轨上。

年轻男子不时会说："过来，班迪，来这儿，儿子，去那边，儿子。"爸爸和儿子。施者和受者。金童玉女带着漂亮的金色猎犬一起外出晨跑。就是这样的场景。

班迪离开小路，跑进森林中，他经常这样。但这次，他没有迅速冲回主人身边高兴地气喘吁吁。

"回来，班迪。太远了。班迪！班迪！"

年轻女子也一起喊道："班迪！回来，宝贝。你在哪儿？"

年轻男子变得很恼怒。他离开小路，钻进森林里。"嘿，班迪！来这儿！我生气了！"

班迪跑回来。满是欢喜地看着他的主人。他紧贴着主人的裤子。完全没理会"班迪别弄"的指示。

他围着年轻男子不停地跑，狂吠着。好像在说："跟我来。快来。看看我替你发现了什么。我有个礼物要给你。"

年轻女子加入进来。"他想给我们看什么？他一定是发现了什么。别去看。走，回去，亲爱的。"

"肯定是死鸟之类的。他到底是只猎犬。在野外就忘了所受的驯养。"

他们齐声大笑。他们往小路上走去。班迪已经冷静不下来了，他停不下来，也阻止不了。班迪爆发出疯狂的能量，一头钻回森林深处，这也许是他短暂一生中第一次发挥用处。

"太过分了。班迪！班迪！看着我。你会挨打的。回来。我说你给我回来。"

年轻男子和年轻女子只好去追班迪。年轻男子愤怒地嘀咕："在这个真不怎么样的森林里，他能发现什么？肯定是只鸭子或兔子的尸体。蠢狗。我们还没跑完就不得不回去了。"

他们不需要走多远。

向前多走几步，班迪就兴奋地转圈，他们看见了它奋力带他来看的东西：一具尸体。一个十九、二十岁年轻男子的尸体。

他们看见了。虽然他们无比希望刚才往回走了，没有看见这具尸体，没有将死人躺在森林里的画面印入脑中，但来不及了。他们看见了尸体。

死人就躺在那儿。躺在森林的地面上。就像睡着了。但他的喉咙被从左至右切开了。

年轻女子的脚软了。她瘫坐在树下，哭了起来。

年轻男子想杀了班迪，想让他消失，他竟然如此对待他们的一天，如此对待他们的生活（毕竟他们看见了一具尸体。

这之前，他们从来没见过尸体。从来没有。他们看见了尸体，有人被杀了，有人被切开了喉咙，有人被扔在了森林里。）

班迪还处于兴奋中，咬着尸体的裤腿，扭来扭去，像在庆祝。他摇着尾巴，来回奔跑。"看看，看看我替你发现的好东西。爱我一个，表扬我一下好吗。"它耐心十足。不屈不挠。

年轻男子快速朝他屁股踢了一脚。"死狗。去你妈的。"班迪又惊又疼地吠着。

年轻男子忍不住要去看那具尸体。他人生中见到的第一具尸体。终归没那么糟。这也是将来会见到、会尽力的东西。

非常帅气的年轻男子，黑头发，打了发胶，肤色白皙。他仰面躺在地上，双臂展开，好像是在森林里打盹一样。

一切如常。一切井然有序。他看起来很好。除了喉咙周围。他看起来甚至帅气。

他下巴底下有一道裂开的伤口。船形。从喉咙一端延伸到另一端。很明显，伤口正中很深，深深的致命伤。年轻男子忍不住赞赏地望着。这是他见过的最大、最深、最伤的伤口：船形。

然后，他看着尸体身上的厚夹克、衬衫和漂亮的蓝色牛仔裤。看到鞋时，他的腹部仿佛被猛击了一下。那个男孩脚上穿着一双奇乐。

一阵惊骇，他低头看了眼自己的脚。

不！不可能。他跑步穿的是新买的耐克。但他家里有双同样的奇乐——一样的颜色，一样的款式——和这个男孩脚上穿的一模一样。他鞋柜里有双完全一样的鞋子。就在鞋柜里。

他心里打了个哆嗦。好像害怕了。但算不上。只是个哆嗦。滑过全身，消失不见。留下湿意。

年轻女子把头埋在两腿之间正在呕吐。边哭边吐。她知道，她清楚地知道，他们会分手，就因为他们一起看见了这具尸体。两年半的耐心、等待和坚持，化为乌有。化为乌有！

她一边哭一边吐：两年半的努力都白费了！他没有过来摸摸她的头。他甚至没握住她的手。一直以来小心翼翼地在一起，建立感情，这下全没了，就因为一起看到尸体。

她想踹尸体两脚，居然打乱他们的生活。飞快地，狠狠地，踢向他的头部。他就不能死在别的时间，别的森林吗！

他们奔跑，喘气，跑回汽车里。班迪尾随着他们，很惊讶他们竟然没为他发现的东西感到高兴。敏感的他有点伤心。他爬进车后座。他也害怕被抛弃。

他们开着沃尔沃冲出森林。没多久就上了主干道，重获安全感。

年轻男子递出手机，说："报警吧。无论如何不要透露你的名字。你不想卷入作供什么吧。"

"你报警。"年轻女子说，"你回到代理行后可以报警。"她用袖子擦掉泪水。她拿纸巾盒的力气都没了。完了！两年半的心血完了，全没了。

年轻男子心里想着男孩喉咙上的创伤。"形状像条船：中间深。像死亡之船。"

"什么？"年轻女子说。她陷入思考，"我想看到你脖子上也有一条。"她觉得好像坐在船里漂浮着，迷失在黑暗中。"什么？"她尽量温柔地说，"你刚刚说什么？"

利器造成的创伤大约成一条直线。失血很多，伤口边缘整齐。创伤宽度随位置不同而变化。皮肤紧绷，伤口边缘离得很远，创伤很宽。因此，利器造成的创伤宽度大于深度，新月形，中间最深，两端窄且有划痕，伤口整齐。

性别：男

身高：176厘米

体重：67公斤

法医教科书上的伤口特征。

1）创伤大小和长度：由未损伤的皮肤包围起来的切口，肉眼可见。

2）创伤边缘：紧贴着创伤口的那部分皮肤。

3）创伤宽度：创伤边缘之间的距离。

4）创伤角：创伤边缘在伤口两端汇聚所形成的两个点。

5）创伤尾巴：未损伤皮肤表面的划痕，从创伤角延伸出去。

6）创伤深度：皮肤表面以下的区域，把伤口边缘掰开后才能看见。

利器造成的创伤中，属喉咙区域的最危险。创伤边缘整齐，起始和终止部位的创伤很浅，中间很深。创伤可能分布在喉咙的多个部位。有时在气管上，有时在喉头和舌骨之间，有时在喉头上方。

棕色厚夹克：迪赛

蓝色衬衫：盖璞

紫色衬衫：盖尔斯

蓝色牛仔裤：李维斯复刻版

灰色短裤：迪赛

波点袜子：马丁大夫

41 码鞋：奇乐

阴茎长度：14 厘米

并未发现死者的穿着和阴茎长度与案件有任何联系。因此，呈交给警局的法医报告中没有包括这些信息。

梦

　　贝希耶会铭记"第一天",她们共同度过的第一天,似梦如幻。

　　那整整一天就像一场梦:你如此开心,幸福到了极点,仿佛这是一个截然不同的世界,但同时你也怀疑——这是在做梦吗,我真的过着这样的生活吗,这一切有可能是真的吗,你内心深处这种全新的存在感——我的意思是,这有可能是真的吗? 直到梦醒——

　　不仅是因为太过美好而不真实。的确美好,但不只如此。没那么简单。有许多东西让人感觉不真实。非常之多。贝希耶感受到平日里少有的柔软、秩序和自如。没什么能伤害她、扰乱她或令她沮丧。绝对的极乐状态。没有任何别的情绪能够侵入她,一星半点儿都不能。

　　贝希耶将永远铭记那梦境般的一天。

　　当她还身处其中时,她就清楚这一点。所有这一切不可能是真的。她心中洋溢着的极度欢乐,这种幸福感,不可能是真的。

某种她从未有过的生活。某些她从不知道的东西。她感到喜不自禁，感到真实生活中的一切都不真实。仿佛有一块棉布在她和世界之间展开。透过棉布，她看到的一切都显得非常美丽。既奇怪，又美丽。

她们在散步，涵丹就在她身旁。

沿着海边。她们时不时停下来，望向大海。苔藓在水中摇曳，随着博斯普鲁斯海峡逐渐变深的蓝，从深绿变成浅绿。棕色海藻坚硬、蜷曲。石头上的"绿毯"丝滑。她们看着这些废物。各种各样的博斯普鲁斯海峡废物。它们也都美丽。

贝希耶指给涵丹看，在离海岸稍远处浮着一个洗衣盆。完美的红色塑料洗衣盆。它就这样一路自行漂过。它没令大海变丑，完全没有。相反，它给大海增添了亮丽。对博斯普鲁斯海峡而言，它是独特的废物。一块伊斯坦布尔废物。博斯普鲁斯海峡水域因它而更加美丽，因它而被伊斯坦布尔化。今天，所有一切都美化了整个世界。今天，就是如此。

一艘巨大的俄罗斯轮船经过，仿佛一座漂浮的塔。这艘船左转右转，经过她们。所有经过她们的船只——即便是最丑、最笨拙的——都带着某种高雅和优美。经过的船只溅起欢乐的海浪，沾湿了她们。

肥肥的海鸥们来来去去。它们一会儿尖叫，一会儿又不叫。

涵丹的味道也是如此。贝希耶有时闻得到，有时闻不到。涵丹的味道时隐时现。

有时，贝希耶伸出手臂搭着涵丹的肩膀。每当此时，涵丹的味道立刻扑面而来，流淌过她的灵魂。贝希耶变完整了。涵丹出现后，贝希耶是完全的。她成为了一个完全的人。完整无缺。

如果她没有不断地微笑，那是因为她的鼻子上长满了雀斑；如果她没有不断地微笑，那是因为她想哭。幸福得哭。她想嚎啕大哭，因为她与涵丹在一起了，因为她找到了涵丹。

但她最终没有哭。她为什么要哭？她内心充满欢笑。

但她没哭。她为什么要哭。她内心充满欢笑。笑声引着她前进。

她们坐在清真寺门口的餐厅角落里。她们坐在外面的圆胶木餐桌旁吃饺子。

涵丹——饥饿的孩子——吃了一大份饺子。喝了可乐。贝希耶一点也不饿，而且感觉好极了。她只吃了盘子里三四个饺子。她只需要吃这么多。她甚至不需要吃这么多，她不想吃这么多。和涵丹在一起，她要变瘦。瘦得像尺子。像刀。她要变成崭新的贝希耶。太棒了！

她们上了的士，开往涵丹家。一切好像很自然。甚至没有事先商量过——

也不是完全没讨论，但和没讨论差不多。也许贝希耶说过："今天我可以去你家吗？"可能不是原话，但是类似的意思。

"你当然可以来。"涵丹说了类似的话。她就是这么说的。还强调了一下。

像是说：问什么呢？你当然可以来，你必须得来。我们应该在一起，我和你，涵丹和贝希耶。难道你不明白吗？永远在一起。

一切进展得意外顺利。

贝希耶不敢相信自己，她的生活变得如此容易，如此柔软，如此顺畅。过去的生活是多么挫折，什么也做不了……

没本事，不成功，不能这样继续下去，抓住机遇，向上，向上，向上。她曾经一文不值，孤单，被弃，被生活抛弃，被忽视，是个透明人……

贝希耶不相信眼下的一切。她还活着吗？她属于这里吗？这里是哪儿？这是谁的世界？

这不是贝希耶的世界。这不是她的世界。那么，这是谁的世界？谁生活在这里，这个世界是谁的？这个将贝希耶一掌推开的世界，这个不接受贝希耶的世界，是谁的世界？

但和涵丹在一起，贝希耶找到了归属。

贝希耶不相信她的生活中出现了顺畅和柔软。"你当然可以来。"她说。她就是那样说的。就是那样。

后来，甚至很久以后，每当贝希耶回忆起这一天，她们的第一天，每当她在记忆中将这天分解成一片一片，每当她想要寻求安慰、救赎或逃离之路，她总是怀着惊讶。惊讶自己居然会记得涵丹说过的每一句话。

以后，她会回想起她们怎样挤进那辆的士，开心地喘着气，高兴得快要爆炸。汽车上山时，司机从后视镜里看着涵丹的胸部，像头饥饿、放肆的狼——像恶心的禽兽一般看着她的胸部。粉蓝色T恤下的两个小胸部起起伏伏。

以后，贝希耶会很惊讶自己当时没有当场痛扁那个司机，没有把他打成猪头，也没有用手指戳他的眼睛。她会为此感到惊讶。

但她那天非常幸福。她的幸福仿佛一场大雨，冲刷了整个世界——黄色的雨——清洗了所有坏事，所有令她不开心的事，所有让她灵魂不安的事，所有麻烦，所有不愉快，全都冲走了，离她远远的。以后，她会惊讶于自己的记忆，因为那场幸福之雨——那场黄色的大雨记录了莱曼第一次见她时态度有多么糟糕。她不自觉地就记住了。

她的心被自我占据了：被涵丹占据，被幸福占据，被属于涵丹的感觉占据。黄色。牛。牛。哞。

她们走进房屋。走进涵丹家。房屋有些奇怪。新家具，旧家具，漂亮物件，丑物件，贵货，廉价货。如此复杂，令人迷茫。很奇怪。混乱的屋子。

这间屋和贝希耶以前见过的都不同。贝希耶清楚地知道，没人见过这样的屋子。这间荒谬的房子，不伦不类，邋遢且有序，贫穷又富裕，既令人愉快，又让人不爽。孩子的屋。涵丹的屋。

一走进涵丹家，贝希耶内心就颤抖了。她无条件地彻底爱上了这个房子，毫无保留。这个房子，应该是涵丹和贝希耶的房子。贝希耶希望是这样。她不禁希望是这样。她没有仔细思考这一疯狂的欲望，她告诉自己"停下来"。她没有在心底捶胸顿足，没有叫自己"停下来"。

贝希耶为这一无礼的想法感到惊讶，她自己的无礼想法。但她没办法。遇见涵丹之后，她对生活、对涵丹、对和涵丹在一起的生活，都无计可施了。她只能继续前进。没别的方法。她非常清楚。她能感知自己内心的一切想法和感受。在感知到的那一刻，她立刻就明白了。和涵丹在一起，生命会流逝。贝希耶会变得像一块垃圾，像她们在希萨尔路上看见的那个红色洗衣盆，一路飘荡。她会终止于某个地方。不知道是哪个地方。就像海洋上的垃圾。

突然，她想一件事。她要做柠檬肉丸当晚餐。毕竟她答应过。

涵丹又蹦又跳，拍着手掌。贝希耶的眼眶湿润了。她发现了一个宝贝，这个宝贝一想到晚餐吃柠檬肉丸就高兴得拍手。饥饿的宝贝。全世界最美的宝贝。迷上她。拥抱她。

涵丹回到自己的房间，穿上灰色衬衫和里面的白色T恤。T恤上的莱茵石拼成"宝贝"字样。她脚上那双毛茸茸的粉色拖鞋像一对小猫咪。她跑进客厅，打开MTV，开大音量，听着音乐电视里的音乐。她最喜欢的是布兰妮·斯皮尔斯、凯莉·米洛、罗比·威廉斯、超级男孩。她一口气把这些名字向贝希耶念了一遍。她也喜欢戈蕾·哈利维尔。喜欢新闻报道里的她。多么瘦啊。

"所有你喜欢的人，你挨着说了一遍呢。"贝希耶笑着。她没告诉涵丹自己喜欢哪个组合。"要不我去附近买些肉？如果家里没有的话。"

"家里向来什么也没有。"涵丹说。她打电话给屠夫订了一千克碎肉。屠夫很少接到这样的电话。他说没人送货。涵丹又打了个电话，恳求一个叫彻尔廷的人快去屠夫那儿。

半小时后，彻尔廷和碎肉到了。

她们一起走进厨房，在柜子里面找到一些米。

柠檬？没有，家里向来没有柠檬。

"我跑下楼去买一些。"涵丹说。贝希耶不想独自一人待在这个奇怪的房子里。

"不用。"她说,"我们可以不用柠檬来做。没关系的。看看我们能做什么?"

她打开冰箱,明白了涵丹所说的"什么都没有",是真的什么都没有。冰箱里甚至连个鸡蛋都没有。只有三盒三角巧克力,一瓶番茄酱,三个装满水的威士忌瓶子和半包沙龙香烟。还真是这样。

涵丹穿上运动鞋,准备去"买点材料"。这是贝希耶的原话。

"我们去买点材料吧。"贝希耶说。涵丹笑得腰都直不起来。

她们出门去买香芹菜、黑胡椒、盐、柠檬、洋葱、黄油、鸡蛋、大米和面包(贝希耶列了个单子)。

路上,涵丹一直捂着肚子,边笑边说"买点材料",像个被挠痒痒的婴儿。

"你好奇怪。"她说,"你用的词,你站的姿势,你表达自己的方式,都很奇怪。你是地球生物吗,贝希耶?"

"既然你说我'奇特'。我不是地球生物,姑娘。告诉你我的秘密吧:我是外星人。我被派来做调查研究的。"

"我的外星人!"涵丹说。她伸出手臂环抱贝希耶的腰,将她拉近,在她脸上亲了一下。回味无穷的亲吻,真实的亲吻。涵丹亲吻了她,向她表达了爱意。涵丹爱她。她献给了她一个真正的吻。不像席丹那种肤浅的、马虎的吻别。

涵丹的吻,有种温暖人心的真实感。温暖人心。就是孩子给人的感觉。无论她最喜爱的歌手是谁，就算是一堆大混蛋又怎样。她仍然是地球表面最美丽、最纯洁、最真实的。她来到了我的身边。是我的"你会被拯救的感觉"。你来到了我身边。爱我。照看我。拯救我。

她们拎着材料回到家里。贝希耶走进厨房，开始做柠檬肉丸。

涵丹时不时跑进厨房来跟她说几句话，然后又回到客厅里看傻傻的女孩杂志。她横坐在扶手椅上，两只脚靠在椅子扶手上悬着。

一切就绪，只差最后一步了。贝希耶气恼地问："你为什么要看这些杂志？它们蠢透了，是写给弱智看的。它们的目的是阻碍女孩，把她们困在家里、床上、泳池里、秋千上，让她们在工作中处于被支配地位。这样她们就变成了自认无能的玩具女孩。"

"什么？贝希耶，你为什么这样说？这些杂志占用了人的时间，那又怎样？它们不是给弱智看的。每个人都在看。它能打发时间。"

"我认为你不应该看。这都是些批量生产、刚愎自用的用户指南。我会从家里给你带些书来。好书。它们不会让你的灵魂凋零，值得一读。"

"别对我失望。超级聪明的朋友。那好吧，你带些书来给我读。如果我能读懂，如果我读得下去——它们也许有些枯燥——但我会尽量去读。"

涵丹甜蜜蜜地低下头，贝希耶一下回过神来。你干吗跟她说那样的话？干吗这样对一个像猫咪一样柔软的宝贝女孩？她没对我失望。她没有难过。她没有感到受伤。谢天谢地。谢天谢地。你真是个笨蛋，又傻又粗鲁，像根长错位置的树干。树。干。白痴贝希耶。

"吃吧。"她努力想弥补一下。用柠檬肉丸来补偿自己是个白痴。

"好。我马上收拾桌子。"涵丹说。这种甜美的声音只会出自本性温厚的人。

公寓的门开了。贝希耶看到走廊上有个女人正把钥匙往包里扔。是个留着亮黄色短发的女人，眼睛亮蓝，鼻子又小又翘，有着丰厚的小嘴唇。

片刻之间，一阵恐惧席卷她的全身。多美啊，她自言自语说。这么漂亮的女人，人们会被她突如其来的美貌吓坏。这种美貌激起了心底的恐惧和逃离的欲望。逃离，以免融化在地上。一个女人美成这样，一定不是好事，肯定有麻烦。她可能会杀了你。当场杀掉。她有那种气质的美。那种气质。那种美。

贝希耶僵在原地，看着这个女人。

"我的宝贝！"涵丹跳起来说，"我的蓝兔子，我的宝贝妈妈回来了。看，妈妈。看贝希耶为我们做了吃的。柠檬肉丸！贝希耶，过来。这是我妈妈：莱曼。妈妈，这是贝希耶。我最好的朋友。真的。贝希耶已经是我最好的朋友了。"

第一次到涵丹家

"什么味道？"

冷漠的声音。尖锐。这样的声音碰到谁，谁就瞬间消沉。这是可以击碎玻璃的声音，企图将贝希耶从美梦中摇醒。贝希耶吓了一跳。莱曼女士用令人不安的蓝眼睛盯着贝希耶的脸，说："亲爱的，你是谁？这是你的味道吗？你从哪里来的？你有我们所需要的一切。"

不！她不会把贝希耶从美梦中摇醒。她不会把她唤回这个世界。她不会把贝希耶推开，不会压制她，不会打击她，也不会用令人心烦的声音将她带回这个世界。她无法用冰冷的眼神把使贝希耶动弹不得。现在还不会。贝希耶在梦的包裹中感到如此快乐，如此完整。她只会把莱曼想象成一条蜿蜒爬行的蛇。无害、无毒、无攻击性的、可怜的小蛇。她想吓她：莱曼，这条差点斤两的蛇。

"柠檬肉丸，妈妈。贝希耶给我们做了柠檬肉丸当晚餐。因为我最喜欢吃。来，坐下吃饭吧。"

"我吃饱了，宝贝。今天完美了。我还了大部分信用卡债。"

"还有欠债吗？"

"还有些。可是不需要你的漂亮脑袋来担心。你的莱曼会搞定的。"

她和女儿说话时，语气没那么尖刻。她一看到涵丹，眼中的冰霜就融化了。她脱掉高跟鞋，穿上高跟拖鞋。拖鞋顶部是透明塑胶，展示着她美丽的双脚。

这个女人的一切都漂亮。一切。她的手，肩，背，脚。她的美，让人忍不住不看，但又无法平静地仰慕。贝希耶见过有这种美貌的女演员，但这是她第一次在真实生活中遇见。

她们吃饭时，莱曼换好了衣服。涵丹疯狂地喜欢柠檬肉丸。贝希耶只咽了两三块。她不饿。她变成了更优秀的人：不饿的人。就是这样。贝希耶正在给涵丹盛第二盘肉丸，这时，莱曼走进厨房，烧上水准备冲咖啡。她穿着白色T恤和蓝色的宽松运动长裤。她卸了妆，看上去更年轻，更漂亮。虽然上面穿的是宽松运动长裤，但脚上穿着透明塑胶拖鞋。贝希耶觉得，她需要这作为女人味的象征。那种女人总是散发出那种信号。

"不知道你怎么可以吃这么多，还依然这么苗条，涵丹。你和你爸爸很像。他可以一直吃、一直吃，一斤也不长。"她用棉花卸掉难看的妆容后，那种语气也被卸掉了。贝希耶听到新的语气，感觉舒服多了。

"妈妈，你都不吃一点。贝希耶可是个好厨师。这是我一生中吃到过的最好吃的柠檬肉丸。尝尝吧，我的蓝色小兔。

你不能光靠咖啡生活。"

莱曼微笑着说："但我活着，不是吗？"

说到底，她不可能那么坏，贝希耶心想。这样一个甜甜宝贝女孩的妈妈，不可能那么恐怖。她为把她想成一条蛇而感到羞愧。况且，她还在美梦中。还在梦中。没有蛇，没有男巫，没有跳舞的女孩，没有打碎玻璃的人，没任何东西闯入。

莱曼女士的电话在屋内响了。

她把冲咖啡的水留在炉子上，走进卧室。她讲了至少40分钟的电话。用她沙哑的嗓音低声咕哝。贝希耶时不时地听下她的声音，惊讶于她的嗓音跨度如此之大。

涵丹和贝希耶咯咯笑着，整理好厨房。她们坐在电视机前，快速浏览着周五晚上的节目。电视上很多胡言乱语。充实的一晚。

厨房里，莱曼一边冲雀巢咖啡，一边低声哼歌。她带着一杯咖啡和一包烟，加入了她们，和刚才好像完全是两个人。好像有人为她充满了幸福、愉快和活力。

她的声音也变成那样。她坚硬的声音被幸福软化了，音调升高了一点。眼里闪着奇怪的光。她的眼睛漂亮得让人想偷走。贝希耶不好意思一直盯着看。

"谢夫科特先生从莫斯科打来的。"她在扶手椅上坐定之后立刻说。

"谢夫科特先生是谁？最近那个吗？"

"涵丹——别这么对你的莱曼。你要这样跟我说话吗？你知道他。内文介绍给我的那位绅士。出差去莫斯科的那个。"

"妈妈，贝希耶今晚和我们一起过。她家很远。我们让她留下来过夜，怎么样？"

"如果穆济来了，睡哪儿？"莱曼问。话从她的丰唇小嘴里冒出来，但语气中并没有她想要表达的恼怒，像是包裹着一层快乐的色彩，在任何油墨掩盖下都依旧闪耀的色彩。

"如果那位女士来了，我可以睡在涵丹房间的地板上。"贝希耶说。用的不是她正常的声音，而是可怜人的声音：颤抖、害怕、战栗。

"你要像狗一样睡在涵丹床下的地板上吗？"莱曼用冷若冰霜的目光紧盯着贝希耶的眼睛。她的声音令人害怕，就像之前那样。

后来，贝希耶感到惊讶，她怎么能忍受这样的话，怎么能接受。这句恶毒的话将一遍又一遍在她耳边响起，会使她的太阳穴因愤怒而悸动。像条狗。像条狗。后来，她感到不可思议，自己竟然没有为莱曼的话打她耳光。

"是的。我可以睡在地板上。我睡哪儿都行。只要你不介意，都行。"

"妈妈，穆济明天早上来。她今天打电话告诉我的。我们让贝希耶留下来吧。贝希耶，只要你愿意，你任何时候都可以待在这儿。这么晚，你要怎么回去。"

"我们可以给她打车的钱，女儿。"

"妈妈！这是我第一次想要别人留在这里过夜。我人生中第一次，妈妈。你明白吗，妈妈啊？贝希耶要留下来和我们一起。"

贝希耶不敢相信从涵丹身上衍生出了一个愤怒版的涵丹。而且是为了她出现的。她激发了涵丹的另一面：战士涵丹。拯救她，保护她，捍卫她不受毒蛇莱曼的侵害。

贝希耶幸福得想哭。她的宝贝女该如此英勇地拯救、保护、捍卫她。她想哭。

她已经准备好了来拯救我，保护我，捍卫我。我也要保护她。我要保卫她不受敌人、毒蛇、的士司机、恶心女人和恐怖男人的侵害。明天我得找个装备来保护她。防护装备。某种武器。某种能保护涵丹不受所有丑陋事物侵扰的东西。明天我就去找。防护装备。在我们的魔法世界里，一定能找到这样的东西。

贝希耶相信她们进入了魔法世界。在这里，她们想要的一切都会发生。在这里，必然性、爱和完整就是她们的铠甲。有了黄色油布，她们不会被肮脏、邪恶、污秽的水弄湿。邪恶不会影响到她们。邪恶会从她们身上滑过、流走，就像滑过油布那样，留到地面上。

莱曼走进厨房，又冲了杯咖啡。搜了一会儿广播电台，最后停在土耳其电台，把音量一下调高。

习惯比爱更艰难
习惯像流血的创伤

贝希耶记得在哪儿听过这首曲子，她肯定莱曼放这首曲子只是为了打扰她们。她在哪儿听过这首曲子呢？在哪儿？在哪儿？

那些盲人的音乐！她在塔克西姆听过，当时那些盲人在弹电子琴。那颓丧的音乐使人燥热。对啊。那些盲人当时就弹着这首曲子。他们用扩音器播放着盲人音乐，令整条街道窒息。

"别让她影响到你。"涵丹牵着贝希耶的手说，"过两天她就习惯了。最多两天。她会爱上你的，而且比爱我还多些，你看吧。别放在心上，现在，她只是嫉妒。她就像个孩子：她从没长大过。孩子气的妈妈。贝希耶，你可以留下来。"

贝希耶的鼻子上布满雀斑。数不清的雀斑。涵丹又说了一遍，而且是发自内心的。她们成为了涵丹和贝希耶。永永远远。只要她们在一起，一切都会好。她想亲吻涵丹，因为她不想忍受莱曼的坏脾气。

她们看电视、聊天，一直到午夜三点。莱曼像只猫一样，在厨房、卧室和客厅之间来回游荡。涵丹给了贝希耶一套有兔子图案的睡衣。这是她最大的一套睡衣。兔子图案又怎样？

她们在客厅为贝希耶铺好折叠床。涵丹把贝希耶塞进被窝，为她盖好被子。

"我可以亲亲你的脸吗？"她问。

"你可以亲我。涵丹，任何时候都可以，只要你喜欢。"她们满怀爱意地亲了对方。涵丹再次握着贝希耶的手："我不是真的了解你，但我很开心我找到了你。我不知道该怎么说，但我就像找到了遗失的东西，现在我完整了。"

"你感到完整？"贝希耶说，差点尖叫起来，"你说你感到自己完整了吗，涵丹？涵丹，你是我最大的幸事。你是我生命中唯一的美好。你会被拯救的——瞧，我好像没你就活不下去了。不是好像，我真的会死。"

涵丹把食指放在贝希耶的嘴唇上。"嘘。"她说，"嘘。

别说。别再说这样的话。好梦，我亲爱的朋友。"

贝希耶一大早就醒了。整个晚上，她满脑子思绪万千。大脑不停运转，她没真正睡着。

门铃响了，她从床上一跃而起。她跑向大门，很开心没被人看见睡在床上。她打开门，看见一个皮包骨的老妇人。这人有着和莱曼一样冷酷的蓝眼睛。她固执地用妆容遮盖满是皱纹的脸，看上去面容可怕。她看上去不仅仅是女巫，更像是个干尸女巫。或者，是女巫的骨架。

"穆济。"贝希耶心想。就像莱曼叫"蓝色小兔"，穆济这名字很适合这副老女巫的骨架。

干尸女巫脱掉外套，说："孩子，你是谁？莱曼究竟在哪儿发现了你？"

她说话时，假牙来回移动。

贝希耶感觉好像想抓起什么又硬又重的东西，敲在这个女人头上。她不想她进来，不想她走进这个又窄又乱的屋子，不想她来污染这里，不想让这里更拥挤。她想把这副骨架清除掉，以免自己会被赶出去。

涵丹一边跑向大门，一边说："穆济，我的穆济来了。"她狠狠地亲了这个可怕的生物。女巫骨架亲了亲她漂亮的脸蛋。她用那可怕的血红色唇膏，弄脏了涵丹的宝贝脸蛋。

"穆济，你看，这是贝希耶。我最好的朋友。她很聪明，今年要上博斯普鲁斯大学了。昨晚她给我做了柠檬肉丸，没让她的宝贝饿着。你不在的时候，我一直饿着。"

"她知道怎么做柠檬肉丸？"

"她当然知道，穆济。你会喜欢得舔手指。昨天我和贝希耶买了各种各样的东西。你信不信我们还买了香芹菜。我们打电话给菜贩订些番茄，你就可以给我做整蛋饭了。穆济，我饿得像头狼。那天你走的时候，我还在睡觉。"

"你知道你的穆济要去那些有钱人的家里工作。"女巫骨架说这句话时，"有钱"两字中透着厌恶。贝希耶不由自主地因此喜欢穆济。

她好奇这个女巫的工作是什么。谁想让她进屋呢？她就像个会走路的坏兆头，像个邪恶的符咒。任何心智正常的人，都不想要她伴随左右。

她转过来对涵丹说："如果你愿意的话，我们可以去买些番茄、青椒、新鲜面包和别的东西。"

"你是说再去买点'材料'吗？"涵丹咯咯笑着，"好吧，我先洗个澡。半小时后出发。"

半小时？和这个女巫独处半小时？莱曼也会在这期间起床。她会想出新招数来对付贝希耶。贝希耶无法相信涵丹想不到这点。她也无法相信涵丹和这两个生物之间有爱。

贝希耶一言不发，开始收拾折叠床上的床单、毛毯和枕头。

穆济穿着小小的白色护士拖鞋走进客厅："她睡了我的床吗？"

贝希耶咬着嘴唇，忍住没说出无礼的话。她咬得太用力，嘴唇都出血了。

涵丹拿着手机从房间里跑出来："贝希耶，有你的电话。是席丹。"

"你去哪儿了？你妈妈担心得快疯了。如果不是我想到你可能和涵丹在一起，现在已经出动警察去找你了。"

"好了，席丹。我现在就回家。你告诉我妈妈。"

"快回来。我不想被卷进来。那个可怜的女人担心得都疯掉了。当她发现你没和我在一起时，她就疯了。"

"怎么了？"涵丹问，"你没告诉你妈妈你在哪儿吗？"

"我说了。这只是个误会。我最好现在就回家。"

"去跟你妈妈说说吧。带上你的睡衣和牙刷。今晚再来和我们一起。干吗不来，我们玩得很开心。我们可以去雅克马尔克兹购物中心看电影。是吧，贝希耶？我们可以去吗？"

"好吧。我晚上过来。我跟妈妈说了就过来。"她站在那里，"我会带 CD 机来。还会带些 CD。"

她不敢相信她说了这些话，但她的确说了。她出了门，穿上靴子，涵丹跟她吻别。"早点来，贝希耶。今天可是周末之夜。"

"对。周末夜狂热。"

涵丹大笑起来："你真好玩，贝希耶。和你在一起真开心。"

房里传来穆济的声音："她还没走？"

贝希耶再次咬紧嘴唇。

"别把她们放在心上。"涵丹说，"你等着瞧，她俩会疯狂地喜欢你。反正我疯狂地喜欢你，这不就够了吗？"

她讨厌这个房子，就像讨厌她自己家的房子一样。但如果她今晚不过来，如果她不能再见到涵丹——她会死。这个新的贝希耶会死。她清楚这一点。涵丹给了贝希耶新的生命。就是这样。

柳叶刀

贝希耶离开涵丹家，穿过马路，向莱维托走去。反正她可以走路回到位于火焚柱的家。她觉得自己可以走好几个小时，就像以前心情沮丧时那样。不停地走，直到一步也走不动，直到瘫倒在人行道上……

她没有感受到过去经常感受到的那种痛苦。她感受到新的贝希耶之痛。新的痛苦。更有活力，充满鲜血和生命，环状。巨大的痛苦，关乎她的整个生命，关乎与涵丹分离，不想待在涵丹家里但又不想离开，害怕穆济和莱曼的世界，不想被窒息。刀割般的痛，衰颓的痛苦。

只要看到涵丹，这一切都会过去。这一切就会结束。

贝希耶确定。她再次见到涵丹时，她们会立刻被幸福的黄色油布包裹住，一切都会很好。她会再次沉入梦中，回到茧里——她确定。

但她感到自己明显依赖涵丹，而且现在她有可能失去她。她对自己感到惊讶。但事情就是这样。涵丹依赖症。对，就是这个名字。贝希耶的新痛苦就叫这个名字。

她只能步行一小段距离。到了鸽子站——标志就是这么写的：鸽子站——贝希耶跳上开往艾米诺努的巴士。席丹说，她妈妈担心死了。她应该尽快回家。否则的话，他们或许会开始四处搜寻。

贝希耶坐在靠窗的座位，被太阳烤着。已经是九月末了，这样的太阳有点太热了。太烤人。

她想冲九月末的太阳大喊，它应该知道自己的底线。平常，如果昨天算平常的话，她会这么说，她会告诉涵丹。她们会一起咯咯笑。涵丹会像小孩子一样笑得浑身颤抖。她会笑得肚子痛。然后像婴儿一样喘气：她会笑得直喘气。

但现在不是平常。更确切地说，现在才是平常。泪水从眼里涌出，流向下巴。流向鼻子。她鼻子塞住了。她用挂在脖子上的衬衫袖子擦干脸颊。然后擦擦鼻子。

"笑得越厉害，哭得越厉害。"你无意中想起一句俗语，你没有刻意想起它，你甚至不知道自己记得，你甚至不想知道这么蠢的一句话，但现在它从天而降，掉在面前。这就是贝希耶的感受。似乎这句话掉在她面前。

不管这句俗语胡说八道些什么，贝希耶确定自己的感受。她想大笑。可是，突然，她无法过渡到笑的状态。这种中间状态，有点无助。她感到有压力。

她又哭了起来，没有丝毫想哭的想法。

她再次擦干眼泪。她用手指护着眼睛遮挡阳光。但太阳——即便是九月末的太阳——没理她。热度和光照都很强烈。阳光刺进她的眼睛，灼烧她的面庞。

到达艾米诺努——上一站：黑土——她跳下热乎乎的巴士。下一站黑土，这句陈词一直萦绕在她脑子里。无处可逃：到处都是歌词、电影名称、民间胡话、陈词滥调，逃不脱人民大众的智慧。即便是最疯狂、最孤独、最被疏远的人群也和其他人处于同一把大黑伞下。

她发现自己正沿着热闹拥挤的塔塔卡尔街道往上走。塔塔卡尔总是让她感觉很好，总是对她有益。在一片拥挤和喧嚣中，没有坏东西。尽管看上去混乱，但塔塔卡尔运转正常有序。这里不会束缚人的灵魂。这地方很棒。很棒。很棒。它很棒，因为它是很棒的反面。大概就是那样。

突然，她想起涵丹说她奇怪。没想故意伤害她，只是在谈话中说起。她也厌倦了自己。她受够了她的黑色 T 恤、她的头巾、她的黑色牛仔裤、她的大靴子。

百货大楼应该就在这儿附近。贝希耶尽力寻找。她想买条可爱的新夹克。她没耐心逛完三层楼的所有商店。在她逛的第一家商店里，她找到一件很棒的蓝绿色格子花呢夹克。经过一番激烈的讨价还价，她用一千二百万里拉买下了这件夹克。花一千二百万里拉，这件夹克就是她的了。正好是她需要的那种。只是在那一瞬间，她十分需要。她还会想要什么呢？

她裹起刚才用来擦了鼻涕和眼泪的紫色衬衫，把它塞在商店里某个地方。她穿上这件棒极了的新的花呢夹克。夹克闻起来有一丝樟脑丸的味道。但不太严重。

她觉得自己的头发也太长了。其实不长，短得很。但她觉得，这九月末的太阳、她的头发和贝希耶都超出了应有的限制。可是贝希耶不好意思走进第一家美发店，那是家男人美发店，贝希耶不好意思要求剪个军事风的发型。她会自己在家剪。没必要立刻上演那样一出戏。

爬上塔塔卡尔陡峭的街道，来到梅尔坎附近的市场。她知道这里有个叫波兰市场的地方，卖各种奇怪的东西。但她没想到会在市场入口看到什么。柳叶刀。她找到了柳叶刀。防护装备。昨晚她想要的。现在就在她面前。

贝希耶不知道"柳叶刀"这个词是怎么扎进她脑中的。那是种很小、像铅笔一样的刀，外科医生用来做手术的。柳叶刀。不知怎的，这个词扎进了贝希耶的脑海中，牢牢黏在那里。

她给了卖家7百万里拉。卖家用报纸包好刀，这样她就不会划伤自己了，然后把刀放进一个黑色的小塑料袋里，递给她。得到一个防护装备是多么容易！就像魔法。

由于她妈妈昨晚留在厨房桌子上的三千万里拉。这说明柳叶刀让一个病人变得健康。

她妈妈通常只留给她300万里拉或500万里拉。多留的这些，或许是因为前一晚的争吵，或许是因为她要上大学了。她妈妈就是那样奇怪。

贝希耶无法抵抗，她将报纸和黑色塑料袋扔进垃圾桶。她在衣服口袋里握着柳叶刀的把手。如此轻盈，如此优雅，如此漂亮。她把刀从口袋里拿出来，看着它。没人会懂。

它就像一支自动铅笔。像铅笔一样轻盈、易握。锋利的尖和边缘，就像铅笔的笔尖。你可以用它划开人的脖子，就像写字一样。容易得难以置信。只需要划一道细线，就像写字那样，可以让人跨越生死的界限。魔法笔。死亡之笔。

她满是赞赏地看着刀片。贝希耶喜欢这把柳叶刀。这把小刀片给了她大大的力量。她看了又看。然后她决定放回口袋里。但是她又想到，刀片可能会割坏新夹克的口袋。于是她买了份报纸，把柳叶刀重新包起来。她的柳叶刀：魔法笔。

贝希耶感到头晕。因为饿了。不是！是因为幸福。她一点也不饿。她再也不会饿了。她该做些什么呢？

她离家越来越近。越来越近。

今天是周六。如果该死的图凡在家怎么办？周六他一般会和他的白痴朋友去富人区。他们周末去附近有钱人的区域，希望有所斩获，因为他们希望自己属于那个地方，因为那让他们感觉很好。

天气很好。图凡不会在家。他会在附近的富人区努力向上爬。

有那么一刻，她想过走路到阿克萨拉依妈妈工作的商店。她应该和她面对面谈话吗？下一秒，她就改变了主意。最好还是安排好一切，不要见她。不用面对她的胡言乱语。贝希耶无法直面她妈妈的荒谬行为。她受不了妈妈哭。她承受不了妈妈带来的压力。不管怎样，她满载了。每一步都沉重、艰难。

她爸爸在上班。她最好收拾好东西，然后通过电话跟妈妈说。最好是这样。在电话上安排好一切。这样最好。干净利落。干净的电话。

她一走进房子，就感觉被痛苦包裹。给你，它说，这是你的旧贝希耶之痛。你一直在渴望，拿去吧。

她觉得心都快跳出来了。她感觉到心脏在嘴里跳动。快。快。快。快。

奇怪且毫无因由的焦虑。她像是急着要准时到达某个地方，像是来不及做某件非常非常重要的事。她得走了，但她走不了。仿佛他们把她锁了起来。囚禁了她。在那个房子里，她的心脏永远跳动得焦灼烦人：快。快点，贝希耶。快。

当她看到屋里一团糟，更加恐慌了。她感到痛苦。她感到十分压抑，她害怕心脏会停止跳动。贝希耶摆脱不了这种感觉。带着这种感觉，她进了屋子。约束、榨干、收缩。她摆脱不了这样的感觉。接下来会怎样？

慢下来。慢下来。慢。慢。

她先收拾好客厅。然后整理好妈妈和爸爸的床铺。擦洗浴盆令她感觉好了些。洗厕所时，她忽然想吐。她把头伸进厕所，吐了一下。但她胃里没太多东西可以吐出来。吐那么一点不会很难受。

她花了很长时间刷牙、漱喉。她进厨房喝了些水。

她妈妈把厨房搞得一团糟。很明显她像平常一样。玻璃碎片躺在地上无人清扫。

她先清理了桌子。然后仔细清扫地面。清洗碗碟。然后抹干净厨房的石头地面。她喜欢石头散发出的冰冷。抹地板总对贝希耶有好处。有助于忘记内心的恐慌。使心脏舒缓，恢复正常。

她收拾好一切，仔细擦干地板之后，给自己泡了些茶。她切了几片面包，从冰箱里拿出芝士和橄榄。她切了一个番茄和一根黄瓜，坐下开始吃。不多，但却是这些天来吃得最多的一次。她愉快地喝着茶，感激茶带来的安抚。她想起妈妈。

也许她妈妈生活中最安宁、最冷静的时候就是喝茶的时候。茶使人放松。茶使你想独自面对自己。喝茶最能够使人感到平静。茶港湾。茶之国。

她感到难过。她为她妈妈感到难过。

她没留一分钱。她没留钱，这样贝希耶就不得不见她。不管怎样，她妈妈会把钱藏在壁橱里、毛衣后面的某个地方。她走进卧室，把手伸进藏钱的地方。她妈妈在信封里存放了三亿七千万里拉。她拿出钱放进自己的后兜里。妈妈的钱。

她走进自己的隔间，里面没有海报，没有玩具，没有装饰，看上去像修道院里的一个单间。墙上只挂了个十字架，她在贝亚泽特的一颗著名的老悬铃木下买的。她喜欢这个十字架，除了喜欢十字架本身，还因为它让图凡抓狂。十字架让她觉得这里更像修道院房间。她取下十字架，用枕套包好，放在壁橱顶部抽屉的最里面。她担心图凡会破坏它。她只是突然想到这点。

她有个像马铃薯袋一样的背包，不定型的大背包。她往里面装自己的内衣裤和袜子，随意抓了三四件 T 恤。

在这些东西上面，她放了两年前生日时妈妈送给她的 CD 机。它看上去像个带口哨的锅，但总比在涵丹家捣弄电视机要强。她带上了自己的 CD，有治疗乐队、软饼干、林肯公园和眨眼 182。她从墙上的书架上取下一些书。

所有这一切都进行得很快，不假思索。她妈妈五六点后才回来，但她依然害怕被抓住。正当这种想法越来越强烈时，电话响了。天，别这样！

她接起电话。是她妈妈。

妈妈立刻哭了起来："你去哪儿了，贝希耶？为什么你说你在席丹家？我打电话过去时，你不在那儿。你为什么撒谎，女儿？你昨晚和谁在一起？你一个年轻女孩，能待在谁家？我很担心，孩子。我和你爸爸都担心疯了，还好后来席丹找到了你。"

"行了，妈妈。"

"你什么意思？什么行了？别这样，贝希耶。别这样对你妈妈。"妈妈哭得快窒息了。她艰难地喘着气。

"妈妈，我现在在家，马上要出门。我带走了自己一些东西，还向你借了一点钱。我带走了 CD 机和别的东西——请别担心我。我在席丹上课的地方遇到了一个女孩。她叫涵丹。我今年会去帮助她学习。她一个人和她妈妈住在一起。我是说，那儿容得下我。她们住的地方离博斯普鲁斯大学也很近。好吗，妈妈？你在听我说吗？"

"你为什么要搬去和刚认识的人一起住？你自己没有家吗，贝希耶？"

"没有，妈妈。我没有自己的房子。这里从来不是我的房子。你明白吗？"贝希耶扯着嗓门喊道。

"女儿，孩子，你为什么要说这种话？我们没照顾你吗？你在街上长大的吗，贝希耶？"

贝希耶挂了电话。然后拿起电话放在一边。

她忍不住流泪。她走进图凡的房间。这个该死的一定有钱藏在什么地方。她像被催眠了似的，自言自语地重复这句话。这个该死的一定有钱。这个该死的把钱藏了起来。

她把图凡的房间翻了个底朝天。就像警察来搜查过，而且是一次恶意搜查。贝希耶在床底下的一只袜子里找到两千八百马克。流氓图凡怎么会成功存到这么多钱。他这辈子从来没为这个家做出哪怕一分钱的贡献。

离开房间时，她取下图凡的突击队士兵照片，扔在地上。相框里的玻璃摔了个稀巴烂。

她把马铃薯包一甩，背在背上，离开这个屋子。屋子干净整洁，秩序井然。除了图凡的房间，看上去像被袭击过一样。

她在马路对面的杂货店打电话给席丹。席丹一个人在家。她妈妈和爸爸去麦德龙进行每月大采购了。他们三四个小时内都不会回来。"我顺路过来一下。"贝希耶说。

"你去哪儿了，姑娘。"席丹喃喃地说："他们差点要在树上贴你的照片了。"

席丹和贝希耶

"噢，贝希耶女士，非常荣幸。谁会想到你会迁尊拜访我们。你使寒舍蓬荜生辉。"

贝希耶穿着靴子大步迈进客厅，客厅里的石膏作品和墙纸非常不搭，让人眼睛疲惫。如果席丹的妈妈在家，她会让每个人都穿上尺码过小的、装饰性的高跟拖鞋。她无论如何不会允许贝希耶走进客厅，而是直接将她送去厨房或者房屋里面的席丹房间。

但今天，她把马铃薯包扔在衣帽架上，大步走进客厅。她坐在扶手椅上，扶手椅上的木头雕成玫瑰花形状，软垫是紫红色和白色交错的条纹布，塞维尔阿姨认为这样很高级、很潮。

吓人的客厅就是这样：三个巨大的枝形吊灯，咖啡桌和茶几都不只一张，过度雕刻的餐桌和十二把椅子，水晶烟灰缸，好几个花瓶，镶金边的白色丝绸靠枕，对于品味糟糕的乡下人来说，这真是宫殿。雅乌兹叔叔和他哥哥一起开了家五金店，赚了些钱，塞维尔阿姨一直想把家里装点成"半古典风格"，仿佛犯了慢性装修病。

"塞维尔阿姨的装修糟糕透了，简直是个笑话。这间客厅如此疯狂，可以说是个败笔，席丹。我是说，她无意中创造了一件艺术作品。"

"别管塞维尔阿姨的蠢装饰了。你告诉你妈妈你在这儿过夜，但你却没告诉我？我本来可以接电话，然后搞定一切，本来什么都不会发生。"

"现在没事了，席丹。我很渴。给我拿些喝的吧。"

"你真的疯了，贝希耶。你知道当热尔德兹阿姨发现你没在这过夜，哭得多厉害吗？走，我们去厨房。"

"席丹，你不了解热尔德兹阿姨哭这件事。她老是哭，老是把事情弄得一塌糊涂，老是摔碎东西，老是烫伤自己。我受够了。"

"你什么意思？什么叫你受够了？"

"就是这个意思，意思是，我今天要搬去涵丹家。永远搬走。"

席丹打开一袋苏打，递给贝希耶："你在说什么呢，贝希耶？永远是什么意思？涵丹的家人想你过去吗？据课堂上那些上过艾提雷中学的人说，涵丹的妈妈是那种人。大家认为她是那种人。"

"什么？涵丹的妈妈是什么人，招风耳小姐？她是什么人？妓女吗？这就是你不肯说出口的那个词吗？"

席丹的眼睛变成了两颗巨大的蓝宝石。喉咙哽咽。她愤怒地大声说："你干吗要这样跟我说话，贝希耶？你这么快就忘了吗，贝希耶：从6岁起，我就是你最亲密的朋友。那是我听说的，我认为我应当告诉你。你刚才应该是想打我一顿了。你看起来好像准备那么做了。"

席丹把头趴在桌子上，大哭起来。她哭的时候，运动衫前后移动。贝希耶恐惧地看着移动的运动衫。我怎样才能让它别动，她心想。如果她说三次"停！"停！停！停！运动衫会停吗？席丹会中止哭泣吗？

她不知不觉把手放在席丹肩上，"席丹，"她说，"别哭，我的朋友。抱歉，非常抱歉。我妈妈、我家的房子和图凡让我真的很心烦。我刚才太过分了。对不起，我真正的童年伙伴。"

席丹抬起头，用手背擦擦长睫毛。胖胖的红脸蛋上还有泪水。贝希耶伸出手帮她擦掉。这样就可以摆脱那些泪滴。这样泪滴就不会一直闪烁。

"你以前从没那样跟我说过话，"席丹叹息道，"你从来、从来、从来没有那样对我说过话。"她开始打嗝。

"嘿！"贝希耶喊道，"看，这样一吓，你就不打嗝了。"

"好吧。你一直有点疯，贝希耶。但我敢说，你最近真的完全疯了。天啊，看看你穿的这件夹克。我从没见过这样的东西。你不可能从沙林叔叔那里偷来这件衣服，因为即便是他，也不愿意穿这样的东西。现在你只需要一顶贝雷帽和一撇脏胡须。我说，你在想什么呢？"

贝希耶意识到，席丹说的每个字都严重扭曲她的心灵。后来，她意识到，这已经持续了好几年。几年来，席丹说的话、用的比喻、她的痴人梦话，都令贝希耶感到痛苦。这些话伤害了贝希耶，使她痛苦。这些话挠着她的壳。这些话总是令她沮丧。总是。

贝希耶如此喜爱的、如此漂亮的夹克和柳叶刀，开始令她感到镇静。有了席丹的这些评语，贝希耶和夹克的关系被毁了。

她脱掉夹克，小心翼翼地折起来，放在马铃薯包里最上面。

"席丹，听着。"她瘫进横放于面前的椅子里。她注视着席丹那双狭长的、毫无意义的湖蓝色眼睛。"这很重要。听好了。我要离开家。图凡可能会因为我发狂。我在他的房间里做了些会激怒他的事。"

"你搞了什么恶作剧，贝希耶？你正在变成小魔鬼。你当着我的面，正逐渐变成吸血鬼、狼人。你从不稍停。你会停下来吗？你尽你所能要逼疯他。没人会对你那么好，贝希耶。你得用点伎俩。人类的伎俩。"

"让你这些蠢话见鬼去吧，不管你从哪儿听来的，你给我好好听着。我很认真，非常非常认真。如果你把涵丹的电话号码给了任何人，任何人，那你这辈子都不会再见到我了。我永远不会再见你。真的，永远不会。事关紧要。你懂吗？"

"我不是弱智。我当然不会给任何人电话号码。但你妈妈知道我有涵丹的号码。我怎么跟她说？"

"你就告诉她，他们换电话了。涵丹再也不去上课了。你就这么说。就这样。行吗？"

"行，贝希耶。你想让我怎么做，我就怎么做。你的奴隶席丹这些年来不都是按照你说的去做吗？在这段友谊中，不一直是你说了算吗？这样不是已经很多年了吗？"

"一直以来是这样吗？"贝希耶惊讶地问。她望着席丹的蓝眼睛，棕色刘海下噙着泪水的眼睛。胖娃娃的脸。中国制造。席丹应该把这句话印在额头上。为了掩盖脑海中一闪而过的这个念头，她又问了一遍："一直是这样吗？"

"是啊，夫人，一直是这样。你说什么就是什么，一直是，一直是这样。你一直压着我。连我妈妈都这么说。"

"噢，你妈妈说什么？"

"你嘲笑一切，贝希耶。你总是嘲笑我，拿我开玩笑。我厌倦了你的聪明机智。"

"真要这么说的话，你也压着我。你的笨拙伤了我的心。你知道我经历了什么吗？了解我的内心世界吗？知道我读过什么书，听过什么音乐吗？你有没有想过：她要去哪儿，她是谁，是个什么样的人。你问过你自己吗？你问过吗，啊，席丹？"

"贝希耶……这场谈话太令人难过。我受不了了。我不习惯这样。用你的名言来说：我是个幸福家庭的孩子。你说这句话的时候，像是在咒骂。我大脑空空，这就是我。"

"好吧。对不起。我发誓。我太过分了。但涵丹不会再去上课了，她也不会接电话。好吗？告诉他们你把电话号码写在笔记本上，然后弄丢了。你弄丢了笔记本。不管你写在哪儿，把那个本子扔掉。这是最干净利落的办法。"

"我已经背下来了。涵丹的手机号很简单。而且我存在自己的手机里了。"

"好吧，席丹。反正只要我家里没人能拿到这个号码就行了。否则我永远不会原谅你。"

"我永远不会原谅你：库尼特·达尔金－菲利兹·亚金。在本周今晚的这个频道。你已经为涵丹失去理智了。贝希耶，这是怎么回事？她们想要你待在她们家吗？你就像堕入爱河了一样。涵丹这事儿是怎么回事？我不明白。"

"别又开始胡说八道。走，我们去塔克西姆，我要买点新东西。九月在太阳下穿这双靴子，快把我的脚烤焦了。"

"我已经厌烦讨论这事儿了。整个夏天，我们都没搞定你的靴子问题。"

她们跳进的士，飞奔向塔克西姆。

她们到席丹叔叔的儿子合伙的外币兑换处，把马铃薯包放在那儿。

她们去给贝希耶买了一件浅蓝色夹克、宽松的牛仔裤和四件T恤。没一件是黑色。

贝希耶穿上最后买的一件白色T恤，把身上穿的黑色T恤扔进了垃圾箱。

然后她们去找了双阿迪达斯。这是最平淡的运动鞋。席丹狂爱红色彪马。

"你干吗不买这双，姑娘。这双如此甜美，而且很时尚。"

"所以我才不买。你想把我变成时尚的奴隶吗？就像广告里那些傻姑娘。"

"你已经很时髦了，贝希耶。不是，不是，应该是：你已经很潮了。我发誓他们是这么说的。"

"我让你看看什么叫潮。"说着她开始追赶席丹。

她们打打闹闹地来到加拉塔萨雷。贝希耶用包敲了一下席丹的头。四周无事可做的人停下来看她们。席丹，属马。童年的马。永远嘶鸣着。没个尽头。

"我们是不是该在周围找家美发店，我应该把头发剪得很短吗，席丹？"

"别剪。已经很短了。看看你这头漂亮的红发。整个土耳其谁有这么漂亮的头发？你的脸最近瘦了。你应该把头发留长一点。这很衬你，贝希耶。大家会发现你变得如此漂亮。白色和蓝色让你看起来棒极了，我发誓。"

"这是你第一次告诉我你喜欢我的头发，席丹。这之前，你从来没对我说过这样的话。"

"我小学的时候经常这么对你说。后来，我不知道，你变得令人害怕，贝希耶。至少我怕。我害怕惹恼你，所以不知道该做什么、该说什么。"

"你这么害怕呀，我的小乐器。你真敏感。"

"别取笑我。不是那样。"席丹叹息道。她们都知道，今天发生了些奇怪的事。她们说开了。她们把事情一件件地说开了，那些之前因为怕麻烦、因为胆怯而没说的事。

她们坐在咖啡厅里喝茶。席丹吃了一个巨大的三明治，上面还有一层巧克力蛋糕。

"我们赶在外币兑换处关门之前去拿我的马铃薯包吧。"贝希耶说。由于某种原因，她说这话时，眼里含着泪水。"嘿，席丹，你没有涵丹的电话号码。行吗？"

"嗯，我明白。"席丹把最后一块蛋糕塞进嘴里，"你说没就没。我没有电话号码。涵丹退学了。"

她们拿了包，来到独立大街的街头。"我要过马路去搭的士了。"贝希耶说。

"贝希耶小姐今天很有钱嘛。"

"我拿走了图凡藏在房里的所有钱,席丹。"

"我的妈呀!那个疯子会把你碎尸万段的。你已经把他给逼疯了。突击队那玩意儿已经让他完全失去理智了。你麻烦大了,贝希耶。这就是你想要的。"

"别担心。他找不到我。我相信你,席丹。席丹最棒。我们的席丹!"她亲切地亲了亲席丹的脸颊,给了她一个紧紧的拥抱,闻了闻她的头。

席丹的味道和其他人一样。席丹的味道混杂着洗发水、香水和干净的味道。不像涵丹的味道。没有任何相似之处。不可能有。

"每个人都有自己的味道。"

"你说什么,贝希耶?"

"我没说什么。没事。在下次见面之前,你要照看好一切。"

"贝希耶,你会给我打电话的,是吗?我会再见到你,是吗?你会打电话给我,是吗,很快就会?"

"会的,很快。"贝希耶坐进第一辆停在她们面前的的士。她透过窗户看到席丹,席丹穿着紧身小短裤,像个胖花生一样,向她挥手。她的泪水忍不住流下来。她不知道会不会再见到席丹,会不会再听到她嘶鸣的声音。

星期六夜晚

贝希耶在公寓大楼的门口按门铃时，涵丹出现在楼梯平台上，拍着手掌。

"你去哪儿了，贝希耶？我等了好几个小时，心急死了。我很害怕。没事，反正你来了！"

她的一双猫眼看上去像是吸收了身上那件绿 T 恤的色彩。双眼闪亮，像扔进海里的鹅卵石。她对贝希耶微笑，露出酒窝。她等得太无聊，给手指涂上了珍珠色的指甲油。她立刻伸出双手，展示着她的指甲。"这次我涂得很好。你看，我没有涂太多，贝希耶。"

"你妈妈在家吗？"贝希耶进到屋内，抛出这个使她内心煎熬的问题。声音中透着不安、烦躁和沙哑。

"没在，没在。她去美发店了。理完发直接去内文姐姐家。你知道，她最近看上的那个男人：内杰代特先生还是什么，管他叫什么，反正就是从莫斯科打电话给她的那个。她们会一直聊他，聊到天亮。我把这叫做她们的男人研讨会。

她们不是谈论这个男人，就是谈论那个男人。我觉得一点用也没有，贝希耶。真的，她们一直说，一直说，但其实什么也没说。"

涵丹说得上气不接下气，仿佛她等了一整天就是为了说出这些话。世界上最孤单的宝贝，贝希耶心想。世界上最饿的宝贝。她的心跳更快了。她内心充满了对涵丹的爱。先是她整个家抽空了她，然后是席丹抽空了她。她今天经历的一切结束了，只剩下碎片和空壳。它们在下沉。

"你穿这件 T 恤真漂亮。还有，我喜欢你这件蓝蓝的夹克。来，把你的东西放我房间里。虽然我的柜子已经挤满了。但我们会腾出些位置。贝希耶，我等你的时候，就不久前，半小时前，我想说——你不会生我的气吧？我做了件很惭愧的事。我像个小孩子，控制不了我自己。"

"你做了什么？"贝希耶问，她的心脏害怕得怦怦跳，她以前从不知道自己可以这样害怕。

"呃，我很饿。我受不了了。我吃掉了所有的柠檬肉丸。一个也没给你留。但你不会饿着的。我们可以去雅克马尔克兹购物中心吃东西。并非我有钱。而是我的朋友刚才给我打了电话。他们可能会再打电话来。他们会请我们。"

"你真是个傻孩子。"贝希耶大笑起来，"她吃光了柠檬肉丸。好像我会介意似的。"她亲了一下她的左脸颊。她捧着她的脸，吸着她的味道。涵丹的味道。让我好起来。带我离开这儿。这是什么地方？这地方不行。我不能待在这里。这里狭窄。

"看，我带了会吹口哨的锅来。我可以在这儿放我的

CD 吗？"她指着客厅里那张松木的大咖啡桌。桌子底层放了五六本白痴杂志，其他什么也没有。

"不行。我妈妈把脚靠在上面休息。我不知道，她会生气吧。先放我房里吧，我们想放音乐的时候，再拿到客厅里来。"

她们把贝希耶的 T 恤揉进涵丹的衣柜里。她们把内衣裤和袜子放进袋子里，然后塞进底部的抽屉里。她们费力地关上抽屉。涵丹的房间里放不下其他人的东西了。

贝希耶不准自己感到挤迫。她的灵魂等待着她用黄色油布把自己包裹起来。现在，和涵丹在一起，她会摆脱内心的痛苦。黄色油布。来包裹我吧。

"我要把夹克挂在你的衣架上，涵丹。扔掉一些你从来不穿的衣服吧。"

"我从小就没法扔掉任何一件衣服，即使我知道我从来不穿，但它们包含着我美好和糟糕的回忆。我习惯了。我不能扔掉它们。"

"扔几件包含糟糕记忆的衣服吧。我得把我的夹克挂起来。"

涵丹撇着下嘴唇。她艰难地腾出一个衣架，递给贝希耶。然后把从衣架上取下来的衣服使劲塞回柜子里。衣柜像吃饱了的动物，把衣服给吐了出来。没有一丝空间。

"这下好了，贝希耶。"宝贝女孩发怒了。她的眼睛里含着泪水。贝希耶今天已经弄哭了三个女人。她妈妈、席丹、涵丹。她厌倦了哭泣。不管是自己哭，还是别人哭。幸福的油布：黄色。你在哪里？快来包裹着我。快来。

"看着我。别伤心。你清楚你衣柜的状况。你不认为是时候扔掉一些你不穿的毫无用处的东西吗？如果没地方放点我的东西，我可以走。"

"不要！别走，贝希耶。这是我生命中第一次有这么亲密的朋友。我在这世界上很孤单。你别想着要离开。好吧，我会扔掉一些老古董。它们没用了。你是对的，亲爱的。别生我的气。你别走。好吗，贝希耶？"

"好。"她们坐在涵丹的床上。贝希耶伸出手臂搂着她。涵丹把头轻轻放在她的肩上。她们同时流泪了。她们哭得像两个孤单绝望的卡通人物。什么也做不了。她们只有为自己的绝望和无能为力大哭。

她们随波逐流。她们只拥有彼此。在这片汪洋大海上，她们手无寸铁。她们连一对划桨都没有。她们为此感到伤心。她们可以做什么？除了随波逐流，她们还有什么办法？没有。没有。只能这样。

突然，贝希耶想起挂在拥挤的衣柜里的那件夹克。夹克口袋里的柳叶刀。柳叶刀是一支划桨。是可以改变现状的装备。防护装备。可以画出线条的魔法装备。

只要我穿上那件夹克，我就会有力量。夹克里有件法宝。口袋里有支魔法笔。不管发生什么，它可以画出一条生死界限。凭着刀锋，它无所不能。它想在人身上写什么就写什么。划桨笔。

拥有力量的可能性让贝希耶感觉好了些。她的帆鼓满了风。"我给你放治疗乐队的歌，好吗？"她说，"我要把所有东西都放在客厅的咖啡桌上。你妈妈要疯就让她疯吧。咖啡桌很宽，她可以把脚靠在上面休息。等会儿我们清空衣柜。我们要腾出空间来，涵丹。在生活中，你得腾出空间。行吗，我的宝贝女孩？"

"好吧，贝希耶。"她甜甜地说，"你的快乐和你的悲伤一样那么奇怪。不管你心情怎样，我都会立刻变成同样的心情。我发现了这点。不管你怎样，我也会突然……"

"你是说，被传染。"

"是的，是的。这就是我想说的那个词。就是这样，从你身上传递给我。"

她们出发去雅克马尔克兹购物中心。

涵丹是真正属于雅克马尔克兹的孩子。她们穿过大门的那一刻，贝希耶就明白了这一点。涵丹欢快地呼吸、畅游，摇着尾巴，就像碗里的金鱼。她清楚地了解每一家商店和每一个转角。了解所有的可能，以及不可能。涵丹没钱。她知道所有东西的价格和质量，知道每一条裙子雅克马尔克兹都不可能给她。记住这些是多么可怕！多重的负担！

她们上到顶楼的电影院和快餐餐厅。涵丹想要一个甜甜圈。她吃了两个上面撒了开心果的甜甜圈，喝了一杯咖啡。贝希耶一边看她，一边喝水。涵丹真美。看着看着，她感觉饱了。这种感觉很好。

外面很美，不太挤。她们坐在那里，看着行人。

"有钱人让我恶心想吐，但也让我奇怪地想笑。"贝希耶说，"一开始是这样。但如果我多看他们一会儿，如果我认真注视他们，我想要他们消失。把他们一个一个清除掉。清除，多漂亮的词，不是吗？"

"你干吗那样说？就像你不想成为有钱人一样，难道你不想买下所有你想要的东西吗？要我说，你是因为嫉妒他们，所以才说这种话。"

"我不嫉妒他们。我根本没那种感觉。哈，我想起来了：著名的仇富者，穆济在哪儿？她今晚会出现，赐予我们快乐吗？"

"首先，我家穆济不是那种仇富的人。她那把年纪，做随从或清洁女工都很难。如果是你，你也搞不定。她在蓬迪克或者其他地方有亲人，有些远方的邻居。她去那儿了。我求她留下来和我们在一起，但她走了。"

"真遗憾。"贝希耶说。她想说个有关穆济魔法的玩笑话，这时，涵丹的手机响了。

"布拉克！埃里姆也在吗？我们在这儿，在顶楼。不是，不是，是我的一个女生朋友，你不认识。好的，我们下来。马上就下来。好。行。再见。"

涵丹的脸红了。她两眼发亮，嘴唇变厚了，牙齿变长了，诸如此类。大概对贝希耶来说是这样。"怎么了？"她用干涩的声音问，"楼下有人要向我们揭示亚特兰蒂斯的秘密吗？"

"噢，贝希耶！布拉克和他的朋友们去了家居卖场。我们去和他们一起玩会儿吧。看，这就是星期六夜晚。也许他们会带我们去酒吧什么的。"

男孩！这些避无可避的生物怎么可能不围着涵丹打转？围着这么美的人，这么美的宝贝，有成百上千个男孩吧。

她们的茧呢？只属于她们两人的、可以保护她们并带来好运的幸福之茧呢？为了和涵丹在一起，贝希耶要忍受其他人吗？她要逐渐忍受越来越多的人吗？贝希耶不想有耐心。要耐心，要等待，要努力，就像你在世界上不得不做其他事情一样。撕碎，拔出来，扯掉头发，挖掘，建筑工地——开凿。她不想开凿。她就是不想。

"你去吧，涵丹。晚上这时候我没精力去吸引任何人的目光。我在附近到处转转。"

"别傻了，贝希耶。这样，我想到了：你去万客隆买那种你想要的垃圾袋。然后来找我，我们一起回家。我只想和你在一起，仅此而已。你不明白吗？"

"好。随你。我半小时内来找你。"

她们乘电梯往下一层走去，肩并肩站在一起，贝希耶感觉自己再次进入她们的魔法。涵丹的生活中只有她，别的什么也没有。就是这样。涵丹没有任何别的东西。就像贝希耶只有涵丹，涵丹也只有贝希耶。就是这么简单、完美。

贝希耶在万客隆的走廊上来来回回，买了一大堆东西。她要把这个饥饿孩子的家给装满，星期六和以后几天都装满。她希望，当她们打开冰箱时，看到里面装满了东西。

她买了许多早餐吃的东西。买了鸡蛋和很多包意面。土豆、洋葱、橄榄油和其他东西。她还买了一包超大号的垃圾袋。她在那儿耗了至少一个小时。

当她提着购物袋走进家居卖场时，那些白痴恼怒地看着她。涵丹从后面蹦出来，高兴地朝她挥手。

贝希耶点点头说"快来"，然后走出门。两三分钟后，涵丹上气不接下气地出来了。

"你买了这么多东西，贝希耶！我们家一年也买不了这么多吃的。你没看见那些男孩。布拉克是我在学校的朋友。埃里姆人超级好。如果你看见他，一定会喜欢。你连看都不看。"

"没关系。我们回家去把这些东西收拾好。你确定你不想留下来和他们一起？如果你愿意，可以把钥匙给我，你可以去和他们玩，涵丹。我可以在你家自娱自乐。"

"我要和你在一起。走，回家吧。把袋子给我一个。"

"我来拿。"贝希耶说，"宝贝女孩从来不拎袋子。拎袋子的是傻女孩。不是猫咪女孩。"

涵丹咯咯地笑。"你最有趣了。"她说，"你不发脾气的时候，最有趣了。我和别人在一起都没有和你在一起这么开心过。我和那些男孩在一起，快要爆发了。还好你来救走了我，贝希耶。"

她们回到家，装满冰箱和厨房柜子。涵丹的首要任务是脱掉蓝色牛仔裤，穿上灰色的宽松长运动裤。涵丹习惯在家里穿不同的衣服。贝希耶不习惯。她早上穿什么，就一直穿到晚上上床睡觉。

涵丹发现林肯公园的音乐很激烈。她喝咖啡时，皱着脸和眼睛，就像小孩一样。贝希耶放了治疗乐队的《血花》CD。她们一边看电视上的白痴，一边听音乐。

第九首歌：《血花》。

这些花朵永远不会凋谢

永远不会凋谢

这些花朵永远不会凋零

永远不会凋零

贝希耶唱着副歌。她和治疗乐队一起唱了起来。

这些花朵将会永远凋谢

永远凋谢

这些花朵将会永远凋零

永远凋零

她大声喊着副歌部分。用最大的声音，放声喊着。

她们看电视看到午夜亮点，不停地换台。她们一边看，一边聊。天上地下，无所不谈。

"我们去睡了好吗，涵丹？我撑不住了。我太累了。"

她想在莱曼回来之前睡着。她们铺好贝希耶的床：她们完成了打开折叠床这个动作。

"晚安，贝希耶。"涵丹又亲了她一下，如此真实的亲吻，令她内心颤抖。贝希耶刷好牙，穿着内裤和宽松的 T 恤，躺在被窝里，感觉非常好。就像珍珠躺在贝壳里一样舒服。她关掉灯，叫涵丹回自己的屋里去。

贝希耶睡着之前，《血花》的歌词在脑海中游荡。

你我之间，很难说清

如何思考，信任谁，相信什么

你我之间，很难说清

如何抉择，怎样感受，做些什么

后来，歌词也累了。贝希耶想起一个温室形状的迷宫。园林迷宫。迷宫园林。贝希耶不知道这个园林是谁的。

是她自己把园林修剪成这样的吗？谁拿着那把大剪刀？她的大脑很疲惫了。慢慢地，停止了。伴随着治疗乐队的歌词，园林和园丁在她脑海中徘徊，她深深地沉入梦中。

泳池

贝希耶从深深的美梦中醒来。她十点左右醒来,完全休息好了,焕然一新。她没听见莱曼进屋的声音。没什么打扰她的睡眠。没什么打扰完整的睡眠。

她把水扑在脸上,一个场景出现在她脑海中,就像梦里项链上的一颗珠子。她在泳池里。和涵丹在一个漂亮的蓝色泳池中游泳。涵丹穿着粉红色的泳衣。长袖泳衣,像芭蕾舞学生穿的那种。贝希耶的泳衣是黑色,长袖,直领。她们在泳池里做出配合默契的漂亮动作。更像滑冰,而不是水上芭蕾,动作如此流畅、优雅。一切都非常美。阳光充足。明亮的蓝色。她们幸福死了。她们被过多的幸福包围,快要喘不过气了。

贝希耶就记得这些。和所有梦境一样,之后会发生一些坏事。会有事情破坏完整的美好幸福。一定有那样的事发生。但贝希耶想不起来了。她继续把水扑在脸上,泳池的梦使她感到异常幸福。就是这样。

她穿好衣服，整理好床铺。她一走进厨房，莱曼就像只猫一样睡眼惺忪地出现在门口。她穿着非常透明的睡裙。睡裙下面，除了一条白色小内裤，什么也没穿。丰满的胸部在透明的衣服下动来动去，咄咄逼人。

面对这种淫秽的袭击，贝希耶感到困扰。对莱曼来说，半裸着出现在厨房，是很正常的，她毫不担心，也没有不安。贝希耶尽量表现得好像不感兴趣、毫不在意。但她的目光不由自主地擅自注视着莱曼的胸部、腿部、刚好遮住阴毛的内裤以及内裤上的蕾丝边。贝希耶看着。她的目光像被磁铁吸引了似的，被莱曼身体的美丽、无耻和裸露吸引着。看着那些值得一看的部位，挨着看。赤裸裸地直视着。

"呃，你是只早起的鸟儿，贝希耶。你在给你的小涵丹做早饭吗？"

她的声音支离破碎，仿佛人们会掉进她声音的缝隙里。一听到这把声音，贝希耶就明白为什么她会半裸着游来荡去。她整个晚上都在喝酒，她一边喝酒，一边谈论自己的新男友。

然后，正当她准备上床睡觉时，接到了撩人的深夜来电。从莫斯科打来的，那人叫谢夫科特还是什么。这是她性爱对话时的服装。这身衣服让她进入撩拨游戏的情绪中。几乎不存在的睡裙和内裤只是配件。莱曼也是。在那样的情况下，她也是性附属物。莱曼是使用时会发光的性对象。仅此而已。

一想到这些，贝希耶就感觉轻松多了。她长舒了一口气，像个太过膨胀的气球。

然后，"你的小涵丹"这句话一下滑到她面前，像玩跳房子游戏那样。这句话里有着疯狂的嫉妒。莱曼失控了。这种失控令人害怕和痛苦。她的目光避开莱曼和她那厚颜无耻的身体。她一边泡茶，一边愤怒地回答："是啊，我在做涵丹和我自己的早饭。如果你愿意，可以穿好衣服，加入我们，和我们一起吃东西。"

莱曼立刻反击："你是说，吃顿家庭早饭，我也要穿着得体吗，贝希耶？"她发出支离破碎的笑声。她把烟放进脏烟灰缸里摁熄，一边回房间，一边干笑。

也许她会去睡觉。她会睡两三个小时，在涵丹起床之前，她有时间恢复正常情绪。贝希耶为自己能这么快恢复正常感到舒服。她感觉自己像个专业运动选手之类的。她和莱曼要打一场球赛，滑垒，力量一流。她想着这些。很开心今天早上的思维如此敏锐。今天早上。这些天早上。

饭刚做好，涵丹就醒了。她快速洗脸刷牙，然后坐下，面前是她的餐盘和新鲜冲泡的茶。

给她盛上煎蛋卷时，她再次鼓掌。我给宝贝女孩食物时，她鼓掌了，贝希耶心想，她为此再次爱上涵丹。涵丹一走进厨房，坐在凳子上，就感觉到厨房好像被打扫和净化过。就像窗户开着，夏日的微风吹拂着整个房间。吹走了恶灵、臭味、权势和莱曼。只留下早餐的美好、干净、纯洁、童真。

她们微笑着吃早饭。涵丹吃了无数片吐司，喝了无数杯茶。"吐司味！茶味！太棒了！"她突然说，"这是家的味道。你来把我们的房子变成了家。你对我们好，对我们的家好，贝希耶。我妈妈起床了吗？她一向起得很早。"

"她起床了，然后又回床上去了。等我们收拾好，就看看你的衣柜。我们要扔掉一些没用的东西，腾出空间。我们昨晚商量过了，记得吗？"

"好吧，我的贝希耶。"涵丹说。

我的贝希耶？贝希耶不习惯享有这样的温柔和甜蜜，不习惯被深情地对待，她发现这样十分美妙，奇怪的美妙。

"我就快要陷入糖分休克了。"

"什么休克？"

"糖分休克。你太甜了，你是个洋娃娃，涵丹。我就像一块浸在热牛奶里的饼干，完全被幸福融化了。"

"贝希耶，你从哪里学来的这些话？你真是与众不同。我们整理下我的床，然后就可以清理衣柜了。"

贝希耶清理了厨房，打开洗碗机。莱曼进来，烧上冲咖啡的水。她打开收音机，点燃香烟。她穿着一件蓝色浴袍，腰带系得很紧。很明显，她打算在清晨这一轮咖啡、香烟和音乐之后，洗个澡。

"我的兔子妈妈起床了？"涵丹来到厨房，用歌唱的语调说。她亲吻并拥抱了她的妈妈。然后坐在她膝盖上，开始跟她讲自己在做什么。

贝希耶走进涵丹的房间，打开柜门弯曲的粉色衣柜。她不知道从哪下手。她站在那儿，看着衣柜。涵丹和妈妈说完话，回来了。

"自从我们从波蒙第搬过来，也就是自从我八岁起，已经有八年了，这八年里，我没扔过任何东西，我不忍心，贝希耶。"

她们拿出许多缩水的、褪色的、只穿过一次并且很讨厌的衣服。然后又拿了一些。然后又拿了一些。这些衣服装了满满三个超大号 Koroplast 牌蓝色垃圾袋。

涵丹把最旧的东西塞在最里面。她们找到了她童年的东西。两人都很感动：幼年涵丹的石器时代 T 恤，带花边的蓝色牛仔裤，粉红色的波点紧身裤，背上写着汤姆和杰米的厚夹克。涵丹从最里面拿出一件浅蓝色夹克，胸口的白色字母是"悉尼"。她抱着这件夹克，瘫倒在床上。

"看，这件夹克是从波蒙第带过来的。我从七岁起就拥有它。我从来不敢穿，因为我怕妈妈会拿走。我一直藏在衣柜最里面。"

"谁从悉尼给你买回来的？"贝希耶注意到猫咪女孩的声音沙哑了，这让她心如刀割。

"哈伦，我爸爸。"

"你小时候见过你爸爸？我还以为他住在澳大利亚。"

"他来找我。"涵丹说，"到波蒙第的房子来。带了很多礼物：毛绒玩偶、绘画工具、鞋子、包、泳衣、芭比娃娃——各种各样的东西。想要用满满一袋东西赢得我的心。想带我去澳大利亚，定居在那儿。"

"后来呢？"

"我妈妈不让我走。她发脾气，晕倒，打架，大吼，她竭尽所能。她说，他离开她的时候就应该想到有这一天。她只为我而活。她说了类似的话。她说她永远不再让他见我。说她担心他会拐走我。所以我留在这儿：成为莱曼的女儿……我没有了爸爸。和莱曼一起。只有莱曼。"

刚开始泪珠从她脸颊上滚落而下。接着，涵丹控制不了自己，放声大哭起来。哭声越来越大，她喘了口气。她突然停下来不哭了，就像婴儿那样。她吸了口气，然后又哭了起来。她像婴儿那样哭，发自内心地哭，来自内心深处。她痛快地哭。哭泣的宝贝。

涵丹心里发堵。她不知道要做什么。她觉得好像胃被人重击了一下，她堵得慌。

"别难过，涵丹。我的小猫咪女孩，别让你自己伤心。我相信你一定会再找到你爸爸。你会和他团聚。事情没那么难。你可以找到他住在哪儿。"

"妈妈一年前撕烂了他的住址和电话号码。我们也搬了家。我不知道谁认识我爸爸。我要怎么找到他？我找不到他。我永远也找不到他。"

"太容易了。"贝希耶说，"发个邮件给澳大利亚大使馆。只要你告诉他们他的姓名，就能查到他的住址。很简单，我肯定。你试了就知道了。"

"大清早的，我拿自己的烦恼来烦你，贝希耶。但我无论如何也不会扔掉这件夹克。这是他留给我的唯一一样东西。我妈妈把其他的都送人了。其中一个芭比娃娃，不管我怎么求她，她也不肯让我保留。"

"你看，这件夹克也不是太小。虽然有点短，但衬你。要不你今天就穿这件吧，涵丹。"

涵丹把夹克套在白色T恤外面。下面穿着蓝色牛仔裤和灰白色的鞋。她们背着大垃圾袋出门。走到门口时，她说："再见，妈妈！"她不想费力解释为什么要清空衣柜，为什么要穿上这件印有"悉尼"字样的夹克。

她们把垃圾放在离公寓大楼不远处的集装箱旁边。也许有人看见了会想要里面的某些东西。九月的太阳如此可爱。九月的终点，但不是太阳的终点。太阳温暖着你，既不放肆，也不刺痛。相反，它轻抚着你。

她们朝希萨鲁斯图走去。人们在周日的车流中炫耀自己的新车。她们只在乎自己，不在乎经过的车辆朝她们喊的话，也不在乎鸣笛的声音。涵丹和贝希耶走了几个小时，她们勾肩搭背，她们聊着孩童被遗弃，她们大笑，或者甜蜜地大哭。

她们下了陡峭的山坡，来到希萨尔。从希萨尔一直走到耶尼柯伊。她们这样聊下去，永远走不到尽头。她们一点也不觉得累。或者她们累了，但是没表现出来。

她们在海边的咖啡屋喝茶。涵丹吃了炸土豆和汉堡。贝希耶喝茶。她时不时看向夹克上的单词。悉尼。悉尼。

"那是第七大陆。涵丹，那是一个全新的世界。最新的世界。地广人稀。再看看这儿，这里太挤了，叠罗汉似的。有时我觉得自己要窒息了。不是有时。在我找到你之前，一直都是。我总之觉得自己要窒息、死掉、爆炸。如果我们可以去那儿，找到你爸爸，那就太好。在那儿开始崭新的生活。新大陆上的新生活。你说呢，涵丹，那不是很棒吗？"

"很棒，贝希耶。棒极了，我们可以摆脱这个地方了。但穆济和莱曼会觉得丢脸吧？反正如果我离开我妈妈，她会崩溃。"

"她留了你好几年了。她把你关在她自己的世界里。16年还不够吗？和你在一起16年了，还不够吗？"

涵丹垂着头。想到抛弃莱曼，她非常伤心。

贝希耶托起她的下巴："我们会在那边生活得很好，涵丹。你到时就知道我们会生活得多好了。"

"护照、签证、机票，我们都没有。我们没钱。去澳大利亚可没那么简单。"

"首先，我们要找到你爸爸。"贝希耶说，"他会搞定一切。所有事情会迎刃而解。我们在那边会过得很好。"

她们转身，往回走。她们谈论着在澳大利亚可能会发生的事，那个新大陆上的新生活。她们边走边说。经过博斯普鲁斯大学的下游闸门时，贝希耶想起那儿有个游泳池。游泳的想法从天而降，瞬间浮现在她脑海中。

"走，我们去泳池。我上次看到过。穿过大门就有一个巨大的泳池。"

"现在是晚上 11 点。泳池已经闭馆了，贝希耶。我们连泳衣都没带。他们不会允许我们进去。"

"谁要他们允许。"贝希耶大笑着说，"我都不知道他们把许可证贴在哪儿。"

涵丹咯咯笑："你好疯狂，贝希耶。我们要怎么做呢？"

贝希耶在大门出示了自己的身份证，就和涵丹一起进去了。她说她们是刚来宿舍的新生。这样什么都搞定了。

门卫听她们的解释时，一直盯着涵丹的胸部，然后就让她俩进去了。通往泳池的所有门都被锁了。贝希耶发现，在大门上方有一个缝隙，连接着大学运动场和旁边的公寓大楼。她们就从那儿爬进了泳池区域。

贝希耶快速脱掉衣服。穿着内衣裤跳进了泳池。她像海豚一样时而潜入水下，时而浮出水面。贝希耶和水在一起很美，仿佛她本来就属于那儿。泳池女孩。

涵丹也穿着内衣裤跳进了水里。她们在水里游来游去，在水下你推我攘。时而浮出水面，时而潜进水里。两只小海豚在幸福的海洋里发现了彼此。她们尽情地玩耍，嬉水，享受水的拥抱，欣赏水的美丽，毫不厌倦。

　　两只小海豚，无拘无束，没有马戏团、公园或海盗。她们没被捕获，也不会被捕获。两只自由、快乐、深情、可爱的精灵。在泳池里嬉戏，看上去如此美丽。两个永远看着彼此也不厌倦的小孩。像小孩一样嬉戏，不管时间和地点。

　　以后，涵丹和贝希耶会在脑海中像放电影一样，重新体验这些瞬间。多么像小孩，多么纯洁，自由，幸福。生命极少赠予美丽的礼物。

　　她们从水里爬起来，牙齿直打战，四肢都青了，皮肤也冷得起皱。她们冻僵了。她们冻僵了，但她们大笑起来，非常开心。她们还找到一根别人落下的毛巾，用它尽量擦干身体。她们把湿的内衣裤塞进蓝色牛仔裤的后兜里。她们走到大街上，跳进的士里，回家。吹干头发，换上干衣服，喝些热茶，暖暖身，穿上羊毛袜。

　　涵丹正在脱蓝色牛仔裤，这时，电话响了。耳边的吹风机声音让贝希耶什么也听不到。涵丹从浴室门外把电话递给她，"是席丹。她给你打了几个小时的电话了。"

　　"姑娘，我两小时内给你打了 442 次电话。据我所知，手机应该是随身携带的物品。普通人把留在家里的电话叫做座机。"

　　"出什么问题了吗，席丹？"

　　"图凡这个疯子半夜来到我家。别担心，他没从我这儿拿到你们的电话号码。但他从你妈妈那儿知道了涵丹和我在参加同一个课程。他为钱不见了这事儿怒气冲冲。我敢说，他气得口吐白沫。"

"谢谢你，席丹。你真够朋友，我的朋友。我想我现在麻烦大了。"

"你要怎么办呢，贝希耶？我觉得你应该把钱还给那个疯子，免得他去报警什么的。噢，天，千万别。"

"我妈妈不会看着那种事情发生。我会仔细考虑。我们晚些时候再谈。谢谢你，席丹。你是我最好的、认识最久的朋友。"

趁席丹说出下一句话之前，贝希耶赶快挂掉电话。

她想起了泳池那个梦的结尾。有个男人出现在泳池门口。有个男人出现，破坏了一切。他来伤害涵丹和贝希耶。狠狠地伤害。虽然他伤害不了，但他破坏了泳池的幸福美好。她们从幸福中被赶出去了。还能有什么呢？他伤害不了她们，但泳池的美梦被彻底破坏了。什么都没了。全毁了。梦的结局就是这样。

邪恶之眼

"你有闹钟吗，涵丹？我们明天要早起。"贝希耶煮好茶，把杯子放在桌上。

"我的房间里有闹钟。怎么了，贝希耶？你决定去上学了吗？"

小猫咪女孩吹干了头发，穿着粉红色猫咪拖鞋，走进厨房。贝希耶死死盯着涵丹，想要看清楚是什么把她拖进了这潭浑水，想要从涵丹身上获取新的愉悦。她惊讶地发现，这种愉悦丝毫没有减弱。她要再次感觉良好，感觉到内心完整。她要再次知道黄色油布会紧紧包裹着她们，保护她们不受挑衅、不被危害、不被玷污。

她祷告般地注视着涵丹。注视着涵丹的美貌，出水芙蓉。注视着"你会被拯救的感觉"。注视着"我也会拯救你的感觉"。不会！她对涵丹的爱不会随时间消减。这份爱意越来越浓，越来越深。她使贝希耶完整了，也因贝希耶而完整。这份爱是奇迹。是奇迹。房子。谁的房子？贝希耶的涵丹房子。

贝希耶第一次在家。在她自己的家。她以前从来没有过家。

她为涵丹斟茶。正当她往另一个杯子里斟茶时，杯子裂了。从中间裂成两半：好像被隐形的钻石刀切成两半似的。裂得如此光滑、如此完美，贝希耶惊得目瞪口呆。她一直看着涵丹，热茶洒在了她的手上。她的手被严重烫伤，一下就变红、肿胀了。

"贝希耶！你对自己的手做了什么！贝希耶，亲爱的，痛吗？灼痛吗，贝希耶？灼痛的话告诉我。"

赤红的烫伤处痛得人寒毛直立，从手掌一直痛到心窝。肉体上的痛和情绪上的痛一样，像一支箭，直刺心头。贝希耶痛得发抖。全身紧绷，像弦上之箭。她想将这支箭刺在别处。她想将疼痛埋葬在地底。

涵丹打开水龙头，握着贝希耶的手放在冷水下冲洗。

贝希耶没想到应该这样。她痛得什么都想不到。涵丹冲进浴室，把所有柜子开开合合。她拿着药膏跑回贝希耶身边：拜耳皮肤修复膏。蓝色的。

涵丹把贝希耶的手从水里拿出来，小心地轻轻擦干。然后慢慢擦上药膏。疼痛阵阵袭来。慢慢地，疼痛感来来去去，时有时无。然后，疼痛减轻了，不再是剧烈的痛，不再是箭刺般的痛。

"一定有一只邪恶的眼睛在注视着我们。"涵丹说，"看着玻璃杯从中间裂开。一双邪恶的眼睛？"她重复说着这个词，好像这是个来自墓地的魔法词汇，好像有精灵和恶魔在她耳边窃窃私语："邪恶的眼睛，邪恶的眼睛。"

"贝希耶，你还好吗，亲爱的？还痛吗？你烫伤得太厉害了。"

"没事，我没事。疼痛是多么奇特的东西。一开始很像别的疼痛，像情绪痛苦，一支箭直刺你的心窝。但它会立刻消失。冷水和药膏会攻破它。情绪痛苦持续得更长，不停地滋长，不断增强，吞噬掉整个人。你不知道它什么时候会停止。也许这就是为什么我妈妈……"

"你妈妈？"

"嗯，是的。也许这就是为什么热尔德兹总是做那些事，原来是以此承受另一种痛，来自内心的痛。热尔德兹，我妈妈。一个女裁缝。"

"我知道。你跟我说过。"

"给我倒些茶，涵丹。我们明早要早起去你的课程。你得跟主任谈谈。你要哭着讲你外婆的故事，讲她的手术费用，随便跟他讲什么。反正你得把学费退回来。你不能去上课。"

她把茶放在贝希耶面前，淡茶。"为什么我不能去上课？如果我不去，我怎么进大学？"她的声音沙哑了。快要哭出来了。

"你在这地方能学到什么？我们在这地方能学到什么？能成为怎样的人？这里太挤了，太满了。这里没希望了。你以为这里还有我们的位置吗？我们要去澳大利亚学习。我们会在那儿学得很好，涵丹。那里没有邪恶之眼，没有谴责，没有惩罚和推挤。"

"你怎么会想出退课程费这个点子？他们会给我吗？"

"他们会给你。任何人一看到你，就愿意给你任何你想要的东西。你不知道而已，但就是这样。涵丹，我跟你讲过我那个讨厌的哥哥，我离开家之前，拿了他的钱。我是说，我偷了他的钱。他今晚去席丹家了。如果你明天去上课，他会找到你。他会找到你，然后找到我。他会像猎狗一样追踪我们的气味。明天一大早我们就要去消除你的注册信息。然后拿回你的钱。那可不是笔小数目。有了那笔钱，再加2800马克，第七大洲就触手可及了。我们在这里能做些什么呢，涵丹。这里糟透了。邪恶之眼的土地。别无其他。"

"你从来没跟我说过你偷了钱。你从来没跟我说过，我们会有麻烦，贝希耶。"

"如果图凡不是这么恶心的人，我们不会有麻烦。而且，我们也不是真有了麻烦。他智商就扁豆那么点儿大，他拿我没办法。而且我们明天第一件事就是换你的手机号。看那个弱智怎么找我们？也就是说，如果我们清除一切信息，看他怎么找？"

"贝希耶，这些我都不喜欢。首先，我想去上课。而且我也不想换手机号。怎么会有人要抓我？"

"那个课程能带给你什么？这个地方能给你什么？你不喜欢这些，但我们眼下的处境，又有什么可喜欢？如果你不为我做这两件事，如果拿回课程费对你来说太难，那我会离开你。很简单。就这么简单。"

"但我的手机号，贝希耶……"

"你可以列个号码表给我，我会给他们每个人发信息。我会让你的仰慕者知道你的新电话。可话说回来，谁的电话对你来说这么重要？是我们在雅克马尔克兹购物中心遇到的那两个傻小子吗？"

"是啊，比方说他们。我是说，和布拉克一起的那个男生，埃里姆。我喜欢他好一阵子了。昨晚，他问我要了我的手机号。我想等他给我打电话，我想见到他。为什么我不该这样？难道我不是漂亮的年轻女孩吗？"

涵丹哭了起来，像个被宠坏的小孩。她撅起下嘴唇。她的泪水在说："我生你的气了。"她的脸上写着："你把我气哭了。"

她受不了了。"你是个年轻、漂亮的女孩。"贝希耶说。她为这句话中的愚蠢感到不安。这是她一辈子也想不出来的话。年轻女孩：滚远些。

"加上我，我们就是两个年轻女孩。或者不是。我想我是个大龄女孩。一个大龄丑女孩，加上一个漂亮的年轻女孩，就有了四分之三个女孩。"

涵丹笑了起来。她不再撅嘴了。"贝希耶，贝希耶。你真是个疯子。你好奇怪。真的，你与众不同。"

"涵丹，如果我在试图改变你，如果我在逼你，而且你受不了了，涵丹，我会走。我会立刻走。也许那样会好些。"

涵丹冲上去从背后搂着她。美丽的头靠在贝希耶肩上。贝希耶闻到涵丹的味道。她身体的每一个分子都被涵丹填满了。涵丹让我感觉很好。别让我离开你的身边。

"别走，贝希耶。很抱歉我这么傻。原谅我。我会打电话给布拉克，告诉他我的新号码。他会给埃里姆。我会把课程费退回来，你说什么，我就做什么。但请别离开我的生活。没有贝希耶，我活不下去。和你在一起，我整个人都焕然一新。我不知道是什么原因，但和你在一起时，我变得不同了。

我变强了。我长大了。我变好了，真的。我解释不了，但我可以做些什么？"

她揽着涵丹的腰，把她拉到面前。在厨房的窄凳子上，涵丹坐在贝希耶的腿上。贝希耶抚摸着她的头发。消除吵架后的疲乏，这样对她俩都好。

电话响了。涵丹跑去接。

"是的，贝希耶在这儿，妈妈。行，我的蓝色小兔，随你喜欢。代我问内文姐姐好。行。没事儿，别担心。没，穆济没打过电话。我马上打给她。好，行。亲亲你的兔子脸。再见。"

"我妈妈今晚不回来。"

贝希耶在 CD 机里放上眨眼 182 的歌。她开大音量。涵丹走进她妈妈的卧室，用丙酮洗掉指甲油。

丙——酮。贝希耶以前听说过这个词吗？她听过。她肯定听过。席丹在指甲上涂上"年轻女孩的色彩"。只是她自己从来不理这些俗套。

涵丹给她的穆济打了电话，正在嗡嗡细语。贝希耶把眨眼 182 的歌关小声。穆济在某个有钱人的家里做管家之类的。涵丹是这么说的。女巫管家。用粉填满皱纹的穆济：化妆的女巫骨架，唇纹里涂满粉色口红……涵丹的声音飘来飘去。她正在用甜美的声音亲切地跟穆济讲话。涵丹白雪公主般的声音。正在温柔地跟那个把她送进森林的女巫说话。

"别难过，穆济。没多久了。我们会把你从那儿接出来。我们很想念你。不是，不是那样的。她是个好女孩。她弄东西给我吃。我是她的涵丹宝贝。而且我也爱她。相信我，穆济。她对我很好。"

在涵丹的世界里，每个人都是宝贝，每个人都当别人是宝贝。涵丹的宝贝世界里：每个人都被爱、被亲吻、被原谅，每个人都被欣然接纳。

《请带我回家》开始播放。贝希耶为这首歌着迷。她放弃了听涵丹的声音。她用心听着眨眼 182。用心倾听。她的心中有痛，还有一只耳朵。她的心被分成许多部分。还有止不住的悲伤。心痛。嘶。嘘。肮脏的蛇心之痛。

请带我回家
太晚了，它走了
很开心你感到悲伤
这是我们有过的最美好时光

涵丹来到客厅。皱着脸。她忍不住。这一刻，她想听凯莉·米洛的《无法忘记你》。她想听那首，不是这首。

希望它一直延续
你不能忘记过去
要坚强，即使事物分崩离析
噢，是的，我的心也碎了

涵丹逃进浴室。贝希耶没法关掉音乐。她的手不听使唤。她不想关。

她无人能挡，无法预料

我是如此精心计划的人

涵丹回到客厅里。"你不累吗，贝希耶？我们怎么还不去睡觉？"

贝希耶关掉 CD 机。她们铺好折叠床。贝希耶讨厌折叠床。这床是临时的，不会是她的，也不会是任何人的。这张折叠床不属于任何人，甚至也不属于穆济。

涵丹把床铺得漂漂亮亮，给了她一个拥抱和亲吻，送她入睡。可是她却掉进了奇怪的梦网：她陷入半睡半醒之间，不知道要做些什么。她无法起身再次打开音乐，无法起身关灯，也无法走进厨房。她浑身乏力。她陷入了睡梦中。

正如每次很困又睡不着时一样，她看见图凡站在自己面前，穿着突击队员的军装。贝希耶的心都跳到嗓子眼了。

他找到了我。他找到了我们。找到了。找到了。

图凡拔出兰博刀，刺向贝希耶的侧腹。贝希耶在床上翻来滚去，躲开兰博刀的袭击。她以为她在躲。

"我已经砍中你了，你这个贱人。"图凡说。

贝希耶把手放在腹股沟上，手上全是血。图凡刺伤了她好几处。她没注意到。刀伤一开始注意不到。

然后，她听到轻轻的响动。轻敲。轻敲。

莱曼回家了。她正在用钥匙开门。她把鞋扔在走廊上。她跌跌撞撞，走进洗手间，小便。

贝希耶听到莱曼的响声。图凡只是个噩梦。他没有刺伤她。他没有走进这间屋子。

莱曼走进卧室，忘了关洗手间的灯。她撞到了卧室里的东西，凳子或别的什么。她爬上床，塞满香烟的肺喘息着，沉入梦中。

贝希耶去厨房喝了杯水。

然后去洗手间小便。关掉洗手间的灯。

透过半掩的房门，贝希耶看见莱曼，她穿着内衣裤，睡着了。贝希耶注视着莱曼的美貌。莱曼伸出一只手臂，就像在求助。她手掌摊开，好像在说，抓住我，拉我一把。用整个身体呼唤着。

贝希耶心中一阵剧痛。莱曼把她从图凡的兰博刀下救了出来。谁来救莱曼呢？莱曼和涵丹，谁来保护和关心她们？保护她们不受图凡的伤害，不受男人的伤害，不受坏人的伤害。保护她们不被袭击。谁来？

贝希耶想起了柳叶刀。

她感到干净、清凉的水流遍全身，清洗了内心的淤泥。但贝希耶依然无法完全冷静下来。她安不下心。

她害怕自己身上会发生什么。

她害怕她们身上会发生什么。

她右转，左转，无论往哪边转，她的心都在疯狂跳动。贝希耶的心使她无法入睡。她好像睡着了，但又没完全睡着。

七点半闹铃一响，她从睡梦中一跃而起。在梦中，她和莱曼在一起。她们在一起做某件事。她记不清楚是什么事。她不想记得。

课程费

贝希耶跑向洗手间，洗手，洗脸，刷牙。她想快速给涵丹做好早餐。至少得有几片吐司加黄油和果酱、煮鸡蛋和一杯牛奶。她一睁眼，就想喂饱她的宝贝。

可是没时间做这些了。她们要比他先到课程主任办公室门口。比图凡先到。她们要在图凡到那儿之前，消除信息，拿回钱，跳上诺亚方舟。想到这，她露出冷酷的微笑。

她进卧室叫醒涵丹："起来了，宝贝宝贝。伊斯坦布尔的猫咪女孩，是时候起床了。"

涵丹假装不情愿。她翻过身去，想再睡会儿。贝希耶从衣柜里拿出分给她的那件T恤。橘色T恤！配上她的红头发，看上去就像打扮成一颗大橘子去参加"家庭物品周"。她把T恤放回柜子里，拿出最底下那件：橄榄绿。这件行。她穿上这件T恤。

"快点，涵丹。去洗脸。我们要在他到之前见到主任。"

"好的，贝希耶。"涵丹起身走进浴室，像个困倦的宝宝。

贝希耶从衣架上取下夹克，摸了摸口袋。很好，它还在。

她穿上扔在客厅扶手椅上的蓝色牛仔裤。因为这条刚好就在面前。

她去敲了敲浴室的门。"快点，别磨蹭了。赶快弄完。"

涵丹出现在自己的卧室门口，穿着白色短袖 T 恤和米黄色低腰裤。头顶系着马尾。发夹上有两个毛茸茸的猫咪脑袋。

贝希耶心想，谁会和她作对呢。她自己看着涵丹，都快被融化了。我干吗不把她带进我的洞穴，保护她不受色狼、豺狼和猛禽的袭击。我像熊一样。我要绑架她，因为我要保护她、照顾她、喂养她。这样她才不会被狼和飞禽吃掉，才能安然度过寒冬。我就像熊一样。红熊贝希耶：保护好你的宝贝女孩。保护她！

她们穿过大道，坐进一辆的士。15 分钟后就来到了学校大门。校门内一个人也没有，只有两个清洁工人在擦地板。冷冷清清。

"主任上午几点来？"

"主任习惯早起，他半小时内就会到。"

"半小时内？"

"你一大早把我叫醒也没用，贝希耶。我们还不是要等。"

她们在走廊的凳子上坐下，开始等。假如图凡和她们一样行动迅速怎么办？假如图凡……

涵丹把头靠在贝希耶的肩上。猛禽啄着贝希耶的心。它们啄她的肝、心、肠，咬成碎片，叼着飞走。贝希耶感到焦虑不安。她被担忧和焦虑撕成了碎片。她不想被图凡抓住。她不想涵丹和自己落入图凡的手中。她不想被蔑视。难道生活对她的蔑视还不够吗？难道生活还没有让她变得微不足道吗？没有完全无视她吗？没有把她看得一文不值吗？没有考验过她吗？难道不是所有考试都失败吗？

她握紧手中的柳叶刀。

她幻想着把柳叶刀刺进图凡的喉咙。刺进他的喉咙。喉咙正中央。刺中他的喉头。刺中他的动脉。脑海中一旦印下这个画面，她就冷静多了。她好像找到了安慰。一点点安慰。她的心还在怦怦怦地跳动着。

"涵丹！涵丹，醒醒！"

"干吗？"涵丹用那双大大的绿色猫眼睛看着贝希耶。贝希耶想把涵丹拉进怀里。把她拉进怀里逃走。她想逃走。飞快地逃走。

"涵丹。"

"干吗呢，贝希耶？"

"我不能在这儿站着等。我不能在这儿等。那个男人一会儿就会来。你不会错过他的，你会看到他走进办公室。你会看到他，是吗？"

"我不会错过他。我会看见他的，贝希耶。"

"跟着他进办公室。大哭，跟他说些惨事。把你的课程费拿回来。有多少钱？"

"十亿零七百三十四里拉，贝希耶。"

"好，尽量都拿回来。但更重要的是，注册表格。拿回你的注册表格。你在一大堆表格上填了你的地址和电话号码，是吗？"

"是的，是的，我填了，注册的时候填的。"

"你一定要把表格都拿回来。我们要全部撕烂扔掉。涵丹，那些表格比钱还重要。没有它们，图凡就找不到我们。"

"我明白，贝希耶。别担心。"

"我去街对面的法式糕点店坐着。就是我们第一次见面时和席丹一起去过的街对面那家：哈肯餐厅。你弄完了就来找我。就算图凡看见你，他也不认识你。如果你比他先进入主任的办公室，我们就成功了，涵丹。"

"好，贝希耶。我会搞定一切。你去吧，去吃早饭。我一会儿就来。"

贝希耶不相信涵丹声音中稚气的自信。涵丹如此确定一切都会如她所愿地进展。贝希耶刚好相反。贝希耶习惯了一切事与愿违。这是习惯，是经验，是努力的结果。

她跑出学校，穿过街道。她没有等红绿灯。一辆车因为她而刹车尖叫。司机朝她大吼。

她给他竖了个中指。她希望他知道这个手势的含义。

贝希耶走进哈肯餐厅，瘫坐在一张白色金属餐桌旁的白色金属凳上。他们在凳子上系了个乳胶垫，免得人们的屁股受伤。白色金属。夏天的金属。锻铁。多傻的名字。贝希耶从某个地方知道了这个名字。她的记性就像粘蝇纸，一个单词见一次就够了。有时她会厌倦自己的词汇宝藏。宝藏。破词。废话。就像保留曲目一样。小脑。延髓。长。

她记得瑞赞·哈尼姆，她上一个班的文学老师。讨人厌的女人。整整一年就和她说了三四句话："孩子，你写的东西太消极了。你的人生观是消极的。散乱而且不相干：开头、结尾、逻辑，全没有。你没有条理性，孩子。对，你有能力。

但没用，没用的。在生活中，你要积极起来。你要乐观、积极，充满爱。你明白吗，贝希耶，我的孩子？"

瑞赞·哈尼姆，屁股和讲台一样大，象腿，稀疏的头发染得金黄，露出黑漆漆的发根。她眼睛里带着蓝色隐形眼镜，把自己弄得双眼无神。她用带着蓝色透镜的眼睛看着你，像一具死尸。她的领口永远装饰着皮草、蕾丝、领结或别的乱七八糟的东西，展示着丰满斑驳的肉体。噩梦般的文学老师。她总和贝希耶过不去。

她发卷子时，没跟别的人说任何话。在那天之前，贝希耶的作文一直得高分。只有瑞赞·哈尼姆认为她只配得这样的分数。她喋喋不休地说她，打击她。她玷污了贝希耶的空间。她的船把垃圾倾倒在贝希耶的水域，然后逃走。

贝希耶想杀了瑞赞·哈尼姆。让她去死。让她被车碾过，被毒死，被烧死，被淹死——让她消失。贝希耶整整一年都是这样的心情。

现在，涵丹和课程主任在一起。宝贝跳到主任跟前，一点也不羞涩或尴尬。主任目不转睛地盯着涵丹的胸部，舔了下嘴唇。脑袋上一双眼睛转来转去。也许他会欺负猫咪女孩。他会把她抱在膝盖上，揉捏她。这一切全都是因为贝希耶。因为她可恶的自私。

毕竟，我也在利用涵丹。我在利用我的宝贝猫咪女孩达到我的目的。我毁了她的生活，我让她做了这件肮脏事。我把她抛在男人面前。我真恶心。我真恶——心。恶——心。

为什么我不能为自己的事负责？为什么我不能搞定图凡？为什么我要卑躬屈膝，而不能把他从喉咙切开，一刀两断。那样他还有能力伤害我们吗？他还能追踪我们吗？天啊，我做了些什么？我真恶心。我利用了涵丹。

贝希耶太过心烦气乱，把凳子都坐翻了。凳子摔在地面上。铁的。凳子摔下去时弄出很大噪音。她跑出餐厅，跑向大道的中间。

突然，她看到涵丹正从学校的楼梯上走下来。涵丹蹦蹦跳跳地下楼梯。然后，她看见图凡在对面的人行道上走向学校。涵丹走向红绿灯，图凡刚走到楼梯那儿。

他不认识涵丹。他不认识她。

涵丹看见贝希耶。她高兴地举起手中的纸朝贝希耶挥舞。等红绿灯时，她蹦来蹦去。贝希耶站在马路的安全区内远远地看着：看着学校大门口的图凡，看着跑向贝希耶的涵丹。

她们牵着手，跑向另一边。

"快，我们去塔克西姆。"贝希耶说，"我们别待在这儿。走。"

她们跳上身边一辆小巴士。

"怎么样？"

"我全都做到了，贝希耶。我拿回了所有的钱和表格。那个男人替我感到很难过。他都快哭了。"

"你怎么跟那个男人说的？你告诉他你外婆要做手术之类的吗？"

"没哦。我说了别的事。"

"你说了什么？"

"我说……呃……我说我有个朋友。我说，贝希耶，嗯，我说了。我说我朋友的哥哥非常坏，一定不能让他找到我们。

请把表格和钱还给我。我说我不能来上课，我朋友会帮助我学习。我还说我们随时会离开这里。这里于我们而言毫无前途。"

"涵丹，你全部照实说了。"

"我不能撒谎，贝希耶。我不知道怎样撒谎。"

"涵丹，你是说，你这一生从来没有说过谎话吗？"

"我对天发誓，从来没有，贝希耶。我发誓，我从来没说过谎。等主任时我想过这个问题。我决定不对他撒任何谎。反正我一个谎话也想不出来。而且我也不知道怎么说谎话。因为我妈妈，我们不算一个真正的家庭。我从没学过怎样说谎。我从来不需要向莱曼撒谎，也不需要向穆济撒谎。有需要时，我妈妈会撒谎，但我从来没对任何人撒过谎。那不是和偷窃一样吗，贝希耶？你得习惯说谎，不然谎话不会奏效，你做不到的。"

涵丹上气不接下气地说着，好像在请求原谅似的。

贝希耶忍不住了，她抓住涵丹的双手，亲吻她美丽、优雅的手指。她的鸟翼。我的诚实女孩。我的漂亮宝贝。

我的诚实宝贝。她连撒谎和欺骗都不会。她还没有被这个世界引诱堕落。她不是这个世界的人。她不属于这儿。她为我而来。

她们一边穿过古木苏玉往上走，一边撕碎表格。她们把表格撕成碎片。许许多多碎片。她们像撒五彩纸屑一样把碎纸撒在对方头上，大笑着爬上山坡。

清早的独立大街气氛冷清。空荡荡的，温和美丽。

只有一家影音书店放着音乐。塔尔坎冲着大街唱着《羊羊》。

艰难！你的负担如此艰难——我不习惯
敲打，敲打这颗愚蠢的头颅
往墙上敲，往石头上敲——帮我个忙
然后原谅我，拥抱我

涵丹立刻跟着塔尔坎一起唱了起来。大街上，羊羊，涵丹；一切如此美丽。

街角处有个有体重秤的小男孩在等待客人。贝希耶称了下体重。瘦了四公斤。过了多少天了？她数了下手指：星期三、星期四、星期五、星期六、星期天。

"我五天瘦了四公斤。想想看，涵丹。从星期三开始。从我有了'你会被拯救的感觉'开始。"

"你说什么，贝希耶？"

她们勾肩搭背地走着。她们走进花市，建筑顶楼有个咖啡屋。贝希耶带涵丹去了那儿。

涵丹吃了个巨大的三明治，喝了些橙汁。她时不时用舌头舔掉嘴唇周围的橙汁胡子。贝希耶喝茶。在加拉塔萨雷高中的角落里，可以看到整栋建筑的一部分，还能远眺博斯普鲁斯海峡和伊斯坦布尔的部分景观。贝希耶一边喝茶，一边观赏伊斯坦布尔的景观。更多是在观赏涵丹，而非专注于伊斯坦布尔和热茶。她感觉好极了。好得可以穿过针眼。好得可以穿过幸福之眼。就是这么好。

十月一日，星期一

　　她们离开那儿。在电梯里，贝希耶感到一阵心痛，就好像箭扎进了心里。十月一日星期一，十月一日星期一。这个日期不断在她脑海中回响。

　　这个日期毫不重要。既然她们拿回了课程费，那就什么也不会发生。但十月一日星期一在贝希耶脑海中挥之不去。

　　也许是为了提醒自己才过了这么短的时间。为了提醒自己这么短时间发生了这么多事。为了感到惊讶，惊讶这段时间如此重要。为了让自己感到惊讶。时间短暂。短暂的。时间。

　　她屏住呼吸。她无法将"十月一日星期一"逐出脑海。她不想。这个日期自动浮现在她的脑海中。它像个无害的东西，出现并留存在大脑中。

　　贝希耶感到痛苦。她感到痛苦。她的心脏在剧烈跳动。我要准时，我要准时，我要快点，快点。为什么呢？为什么呢，贝希耶？她一边自问，一边努力寻找答案。涵丹在一旁喋喋不休。贝希耶没有听涵丹说话，但她假装在听。她在恰

146

当的时候插上几句"啊，哦"和"是这样的啊？"人们听别人说话时常常用到这样的句子。贝希耶感到十分不安，因为她没法安心听涵丹说话。在那样的时间和环境下，她没法全身心和涵丹待在一起。

贝希耶感到窒息、痛苦、晕眩。她像一支被卡住的螺旋桨，什么也做不了。像一支螺旋桨，只能旋转。无用的旋转。无用的螺旋桨。滚开！滚！离我远点。

涵丹在鲜花市场上一家很棒的菜贩那里买了一斤草莓。鲜红的草莓圆厚饱满，很香，很漂亮。不可思议的漂亮。太厚实，太完美。激素草莓。打了激素的草莓。假的！假草莓。

"假"这个词深深地印在她的脑海中。她和涵丹一起生活这件事是真的吗？她是真的吗？我自己是真的吗？哪一个才是真正的贝希耶？真正的贝希耶在哪里？有贝希耶这么一个人吗？她会在未来某一天出现吗？她会出现吗？

涵丹握着草莓根部，递给贝希耶："求你吃了它，求求你，至少吃一个，贝希耶。"

贝希耶接过草莓，扔进嘴里。她回头看着涵丹。至少吃一个。毕竟涵丹是她生活的一部分。为什么要让自己像从前那样？她在她身边。她是截然不同的贝希耶。和涵丹在一起的贝希耶。她怎么忘了这一点？她为什么不制止自己？为什么贝希耶要让她不得安宁？

"我们去给你弄个新的手机号吧。"

"好啊，贝希耶。"

她们买了一张新的手机卡：新号码。在土耳其移动通信商店，涵丹没发一丁点脾气。涵丹如此和蔼，贝希耶觉得自己被融化了。

她们走出商店，来到大街上，贝希耶把手环在涵丹的腰上。"你真可爱。"贝希耶说，"像个孩子。"

涵丹脸红了。她闭上眼睛，长长的猫眼睫毛盖在脸颊上。我的猫咪女孩尴尬时就会闭上眼睛，想到这里，贝希耶激动得内心颤抖。但她没说出自己的感受。她把这种感觉埋藏在心底，为了不让涵丹感到更加尴尬。

"我们去看场十一点半的电影，怎么样，涵丹？"

"好啊。可以。"

"那我们看这部中国电影怎么样？准确地说，是香港电影。导演很棒。片名叫《花样年华》。"

涵丹不想看那部电影。"中国人长得不太好看，贝希耶。"

"电影里的人不好看，和电影本身有什么关系？而且中国人长得很好看啊。"

"不好看，他们不好看。他们都长得差不多。而且，贝希耶，如果电影里的人长得好看，看电影的人就更容易被打动，想要过上电影里的那种生活。"

"那我不应该在你的电影里，涵丹。没人看见我的长相会被打动。"

"你这么美。你是我的唯一。"涵丹像孩子一样往贝希耶脸上亲了好几下。这次轮到贝希耶害羞得全身都红了。但因为贝希耶脸上有雀斑，所以她脸红时不像涵丹那么透明。

她们去看电影。那是个发生在60年代香港的爱情故事。故事是关于纯粹的爱。贝希耶喜欢这个故事。涵丹从电影后半部分开始发出抱怨的声音，不停地看手表，想在黑暗中看清表上的数字。

"这部香港片演了这么久，什么也没发生，贝希耶。"中场休息时，涵丹说，"这部电影里，什么事情也没发生。"

"难道一定得像那些白痴美国片一样，每五分钟就会发生五千件大事吗？这部电影就是这样。这就是它优秀的原因。真实生活就是这样。许多年过去了，人们的生活里什么也没发生。生活就是如此沉重，充满缺陷，缓缓逝去。"

"好无聊啊，贝希耶。"涵丹睁着大大的猫眼睛说，"我在附近等你。我还可以把新号码发给我的朋友们。不然的话，他们打电话就联系不上我了。我妈妈也会担心。"

涵丹满脑子只关心是否错过了电话，这让贝希耶很恼怒。

但贝希耶没告诉涵丹。她不想发怒，然后等下又后悔。她不想表现得像和其他人在一起时那样，不想像和她妈妈在一起时那样。她妈妈！一想到她妈妈，她就发抖。她最不愿想起的，就是她妈妈：她妈妈的样子，她自己和妈妈在一起时的样子。

尽管她非常喜欢这部电影，但她也不愿因此和涵丹分开。她害怕会再次感到痛苦，害怕会回到遇上涵丹之前的样子，那个清晨的样子。现在她遇上了涵丹，她不想再像以前那样。她害怕像以前那样。

她们离开电影院。

贝希耶想到要把课程费兑换成美元。她们兑换到1000美元。剩下的里拉够她们过一阵子。贝希耶从她妈妈那儿拿来的钱还剩一些。

她们搭上的士，回到涵丹家。涵丹老是想搭的士。贝希耶不想老是干涉她。做这样，做那样！换手机号，兑换美金。贝希耶老是要告诉涵丹该怎么做，这让贝希耶很痛苦。这让贝希耶很难受。但她忍不住要这样。事情就是这样。

莱曼在家。厨房里的收音机大声播着克拉尔频道。有莱曼在的地方，就有这些歌曲。你逃不掉这些该死的爱情歌曲。厨房里烟雾缭绕。莱曼永远在香烟和爱情歌曲的迷雾中摇曳着。她就这样度过好几个小时，完全感觉不到时间的流逝，不停地摇曳着。

涵丹说她要去发信息了，然后冲回自己的房间。贝希耶自己去莱文特的商店买水果和蔬菜。她在挑选水果和蔬菜时，冷静下来。她感觉好起来。她想起发现涵丹、和涵丹在一起，是多么美好。

贝希耶拥抱着"你会被拯救的感觉"，开心地挑选番茄、黄瓜、南瓜和苹果。巡视小葱、莳萝、生菜和萝卜的过程安抚了她的内心。安抚：多么美丽的词。生菜就是那样。安抚人心的生菜。贝希耶大笑。

"要永远像这样嘲笑生活，漂亮的孩子。"菜贩说着，用湿漉漉的手把袋子递给她。

"谢谢你，叔叔。"

生菜叔叔？这就像电视节目里开心的邻里场景。马齿苋贝希耶和生菜叔叔。就像童书里的画面。

没关系。这让她感觉很好。

她不想不停地从自我的深渊中爬出来。她不想一次又一次跌进自己内心的洞穴。她想感到平静：生菜叔叔，或者马齿苋叔叔。

回家的路上，她在屠夫那儿买了两斤羊肉。涵丹又在门口迎接她，高兴地拍着手掌。

她很开心我回来了。她高兴地跳了起来。可爱的宝贝猫咪女孩。我的新生活。我的新命运。

涵丹从贝希耶手上接过塑料袋，贝希耶眼里含着泪水。"我要给你做好吃的。"她说，"土豆加肉，番茄肉饼，南瓜糕点。我从电视上的烹饪节目里学会了做南瓜糕点。相信我，很好吃。"

"说了你也不信！说了你也不信发生了什么，贝希耶！"

"发生了什么，涵丹？"贝希耶转身看着她。她们在厨房里。

"布拉克一收到我的新号码就给我打了电话。埃里姆从今天一大早就一直在给我打电话。布拉克立刻把我的新号码给了他。埃里姆马上就打给我了。他问我明晚想不想和他一起出去。你知道是去哪儿吗？是去艾提雷区的'感谢上帝今天星期五餐厅'吃晚饭。我一直想去那儿。真是个有格调的男孩，你不觉得吗？""那你明天晚上可以去啊。"贝希耶盯着涵丹，眼睛眯了起来。

她有我还不够，终究是这样。有我还不够。总会有其他人出现。总会有其他人追求她。他们都想俘获她。他们早晚会抛弃她。像猎人对待猎物那样。就像猎人。

贝希耶的心拧在一起。她感到心痛。她觉得自己很傻。她还以为涵丹高兴是因为她回家了。她还以为她每次回家，涵丹都很开心。可是，贝希耶对涵丹来说还不足够。还不足够。

"贝希耶！眼睛别那样。你生气时，眼睛就会这样眯起来，我很害怕。你也要一起去啊。布拉克也会去。如果你不去，我也不去。没有你我怎么会去呢？那就没意思了。没有你，我会闷死。"

"千万别。别傻了。我死也不会和那些白痴花花公子一起出去玩。我和他们有什么好玩的？你自己去吧。"

"你为什么这么说呢，贝希耶？你为什么要这样？年轻女孩都喜欢偶尔出去玩一下。你为什么要这样！你为什么这么生气？"涵丹说着说着就哭了起来。她把头靠在桌子上。

贝希耶窘迫得不知所措。

涵丹哭着跑回屋子里。她躺在床上哭，贝希耶连说一句话的机会都没有。

贝希耶做饭。开始之前，她把烤炉好好清洗了一番。南瓜糕点正烤着，家里的烤炉真的能用，这让她感到惊讶。

家？毕竟，她们是一家人。

莱曼进来了。她穿着斜纹粗棉布衬衫，颜色和眼睛很搭。脚上穿着米黄色高跟拖鞋。

"哦，看来你又在为我们准备盛宴呢，贝希耶。"

贝希耶没有回答。毕竟，她们是一家人。虽然人数很少，但也是一家人。妈妈和女儿。

涵丹不是白雪公主。她不是在森林中孤单一人。她有爸爸，有女巫妈妈，还有想要得到她的王子们。

贝希耶算什么？小矮人。她是想接近公主的小矮人。这一事实并没有让她感到伤心。莱曼的美令她心情愉悦。莱曼的美让她感觉良好。

"我睡着了。"涵丹走进厨房，开始收拾桌子。她们已经是一家人了。仿佛这次小小的争吵只不过是正常家庭生活的一部分。一个新的小家庭：涵丹、贝希耶、莱曼。

她们坐在餐桌旁，涵丹对着莱曼喋喋不休地讲话。

莱曼吃得很少。这是贝希耶第一次看到莱曼吃东西。莱曼的电话响了，她拿起电话，跑进卧室里。

"哎呀！贝希耶。没有你，我哪儿也不去。难道你不明白吗？是因为你在这里，我才接受了邀请。要不然，我才不会自己一个人去呢。说真心话，我真以为你也想去。"

"认识我之前，你不和那些男孩出去玩吗？去吃饭吧，或者再玩点别的什么。我可以待在家里看看书什么的。"

"我没和他们出去玩。只是一起喝杯咖啡，坐一会儿。我从来没真正和任何人出去玩过，贝希耶。你为什么不相信我呢？"

"我相信你。"涵丹的眼睛里又含着泪水。涵丹让人心软。贝希耶不忍心让她难过。贝希耶不知道自己怎么能让她难过，怎么能弄哭她。贝希耶对自己感到惊讶。

"你会和我一起去，是吗？你不会让我伤心，是吗？我很爱你，贝希耶。你为什么就是不明白？"

"我明白。好吧，那就这样。"

"那就是说我们要一起去喽。耶！真是太好啦！"涵丹跳到贝希耶的膝盖上坐着，伸出手臂揽着贝希耶的脖子，"亲爱的朋友，"她一直说，"我最亲爱的朋友。"

莱曼走进厨房，看到她们抱在一起。她扬起一边眉毛，好像在说："你们是不是过分了一点？"但这个表情转瞬即逝。莱曼红光满面，十分开心。

"你猜怎么着，美丽的女儿？"

"怎么了？"

"谢夫科特先生从莫斯科回来了。他明天晚上约了你妈妈见面。他给你妈妈买了一颗闪亮的蓝宝石戒指。我都已经放弃很久了，我以为自己再也没有机会和男人在一起了。看看你的莱曼。那个男人来找我了，还给我买了闪亮的蓝宝石戒指。"

"你之前为什么难过呢，我的兔妈妈？"涵丹跑到她跟前说，"难道你不知道自己有多美吗，我的蓝色宝贝妈妈？"

老兄，这都是些什么事儿，贝希耶心想。你看看莱曼。她衡量自己生活和幸福的依据，就是男人们怎样看待自己。

她的生活就像为男人打开的的士计费器。

可是，涵丹不会像她妈妈这样。

贝希耶是第一个为涵丹而来的人。贝希耶是第一个，也是最后一个。其他人，不过是涵丹生活中的调味品。

对贝希耶来说，涵丹是第一个为她而来的，也是最后一个。贝希耶的生活中只有涵丹。只有涵丹一个。

这周一真艰难，贝希耶心想。这周一，十月一日，赶快结束吧。还有其他地方和其他事在等着我们。

涵丹和我。就我俩。

新生活在等着我们。新大陆。

贝希耶感觉到了新生活即将来临。正因为她感觉到了，所以她希望周一赶快过去。

她希望周一赶快离开。随便它去哪儿，去找那些已经过完的旧日子，去旧日子的垃圾堆里。

贝希耶想要赶快逃离：逃离周一、十月一日。

海岸

缠人。

他一大早就缠人。"去吧，爸爸。我们去海边，爸爸。求求你了，爸爸。求求你了，我们去吧。"

他不想星期天出门。他不想星期天出门。一个星期里就这一天，他可以不用面对外面的世界。

他厌倦了面对外面的世界。生活令他感到疲惫不堪，使他厌烦。

他也不想面对所谓的"家"。他想穿着睡衣整日躺在沙发上。他想阅读所有的报纸和增刊。剪指甲。想吃什么就吃什么。完全放松，诸如此类。就这么简单。他就想这样度过自己的星期天。他也不想面对家里的一切。为什么不想面对？要求太多吗？

他什么都不想要。他不相信自己所看到的东西。好吧，他不会成为弗兰克·劳埃德·赖特。虽然他是个好建筑师，但在这个国家他什么也做不了。他只能做学徒工。只有学徒工可以做。因此，他甚至不想听见"建筑师"一词。这个词令他感到羞愧。他一直是学徒，而非建筑师。

让妻子带孩子吧，她是孩子他妈，让他们去包豪斯或者随便哪儿都可以。这样他就可以像颗大土豆一样窝在家里。读报纸，打瞌睡，看电视，继续读报纸。这就够了。他对星期天没有其他期待。星期天，他只想要这些。

他对生活没有更多期待。

要是生活对他没有别的期待，那该多好。

要是他对生活没有别的期待，那该多好。

但男孩在等待。星期天，男孩像饿狼一样等着向父亲索取，紧紧依靠着父亲，和父亲吵架，想尽各种办法让父亲陪他。

他知道。这也是痛苦的源泉。

男孩？这个男孩有名字，叫：奥赞詹。

就连这男孩的名字，也是个灾难。奥赞——詹。就不能只要前半截或后半截吗？男孩子有一个名字还不够吗？对这个男孩来说，一个名字不够吗？对任何男孩来说都够了吧？

事情不是那样。他想为儿子取名叫"詹"。他的妻子坚持要用"奥赞"。后来，妻子决定用"奥赞詹"，她认为这个名字棒极了。他说过很多次，"那就忘掉'詹'吧。就叫'奥赞'好了。"可是不行！奥赞詹是他妻子最想起的名字。

奥赞詹。他那十岁的胖儿子。他的一切都像他的名字一样，令他的父亲感到羞愧。尽管他很胖，但他的腿很细。他很容易哭，一哭就停不下来。如果谁伤了他的心，他会立刻心碎，眼泪哗啦啦地从红嘟嘟的胖脸颊上流下。他哭了，并且毫不掩饰。

他哭得如此坦率，毫不羞耻。

他一整天都坐在房里，待在电脑前，吃奇多、品客、米格和乐事——不停地吞咽——就那么一直坐着。

他不想出门到街上去玩躲猫猫。他不想扮演牛仔、城堡堡主或玩任何打打杀杀的游戏。他不想玩。然而，也没有街道。孩子们再也不能在街上玩了。

他一睁开眼就开始缠人。"走啦，爸爸，我们去海边吧。我想去捡鹅卵石。我要在石头上画画，然后把它们放在奶奶的鱼缸里。走啦，我们去吧。求求你。"

他要去海边。他要去捡鹅卵石。他要把自己关在房间里画画。然后，他会和妈妈一起，把这些鹅卵石带去奶奶家。用彩色的鹅卵石装饰奶奶家的新鱼缸！

这些无聊的主意都是从哪里来的。

这孩子是个怎样的男孩。

关于这个男孩的一切，都令他感到羞愧。同样令他羞愧的是，他为自己的儿子感到羞愧。

他和妻子日以继夜地工作，为奥赞詹付学费。但他确信，其他父亲默默地为孩子们在学校的糟糕表现感到羞愧。他们不像从前那样疯狂地爱和欣赏自己的孩子。这些孩子很少得到父亲的陪伴，他们被忽视，以某种方式被遗弃。他们是罪恶的孩子，但他们的父母，就像房子里的陌生人，假装对他们无能为力。

也许他放些感情在其他人身上，是为了减轻自己的罪恶感。他不知道。

从他一睁开眼，从他坐下来吃早饭开始，他的儿子就一直在哀求他。

他推托，编借口，转移他的注意力。接着，他失望地发现，《激进报》的增刊不见了。这意味着，有一到一个半小时的时间不知道做什么。儿子还在求他。缠得人心烦。

妻子清理衣柜，他和儿子外出。离家五分钟至十分钟路程的地方，在公园附近，有一块空地。从那儿可以走向海滩，奥赞詹可以在那儿捡鹅卵石。回来的路上，他可以在杂货店弄本《激进报》增刊。这样的话，大约四十分钟后，他就能摆脱儿子的纠缠。然后，余下的星期天，都不会被打扰。

"拉好外套，亲爱的奥赞詹。"妈妈说，"别被清晨的寒气冻着了。"

"好的，亲爱的妈妈。"

"戴上你的贝雷帽和围巾，乖。快点回来，别在那儿逗留太久。你会感冒的。"

"我们今天又不去北极。"他说。

没人回答他。儿子戴好围巾。他的笑话她已经笑了好几年了。现在，他的话只会惹她生气。

奥赞詹一路上都在说话，一刻也不停。靠近公园时，他点了根烟，说："你继续往前，去海边。我抽完这根烟，就来追上你。"

他有点内疚，因为他没听儿子讲故事，他假装在听。在户外抽烟当然不需要支开儿子。但他想要五分钟的休息时间。和孩子在一起十五分钟，就需要休息五分钟。

他一边沉思，一边穿过公园。快到那片空地时，他听到一声尖叫："爸爸！"

他这辈子也忘不了这声刺耳的尖叫中所包含的那种急迫。听到尖叫声的一刹那，他立刻明白，出事了。他这辈子也不会原谅自己，竟然让儿子独自走向海边。他当即就明白了这一点。

"爸爸！爸爸！爸爸！"儿子的声音不大。就像你在噩梦中努力尖叫但叫不出声。

他站在那里，呼唤着他，旁边的石子地面上躺着一个年轻男子。他吓得僵住了。他遇到了可怕的意外事故。他张着胖胖的手臂，视线无法离开那具尸体。可怜的男孩！我的爱子，如此可怜，如此孤单。可怜的奥赞詹。

他立刻走过去，把儿子拥进怀里。他用手捧着他的脸。

"看着我，看着我，儿子。"

奥赞詹哭了，泪水从结实的、苹果般红扑扑的脸蛋上流下。他用颤抖的声音说："他死了。他死了。他死了，爸爸。"

他把儿子往胸前一拉，抱进怀里，用手臂揽着他的肩，紧紧地抱着他。

他把儿子带出那片空地。"我没看见，奥赞詹。"他说，"你也没看见。"

"但我看见了。"他说，"我看见了。他死了。他被人杀死了。爸爸。我看见了尸体。"

他哭得眼睛又红又肿。他瘫坐在公园的一张长椅上，手臂还抱住儿子的肩膀。他把儿子的头靠在胸前，轻抚他的脸和眼睛，好像这样就能抹去他刚才看见的东西。好像这样就能让儿子没有看见尸体，没有看见有人被割断了喉咙。

"亲爱的儿子，"他说，"亲爱的儿子。我很爱很爱你。"

"爸爸，爸爸。"他们抱在一起。两个人都哭了。

"抱着我，爸爸。"奥赞詹说，"我看见了尸体。那个男的被人杀了。"

"利器所致的伤口"由锋利的物体造成，皮肤表面组织被擦伤或者被利刃刺穿。锋利的物体有剪刀、玻璃碎片、锡片和柳叶刀等。这些物体由于表面锋利、狭长，所以不需要太大力气，就能造成组织损伤。

性别：男

身高：181 厘米

体重：76 公斤

陈尸所法医部门的尸检报告如下：

外部检查

尸体是褐色头发，20 岁至 25 岁男性，割除过包皮，已经过了死后僵直的阶段，头部、双手、前臂、脚掌和腿部有明显的尸斑。伤口在颈部侧面区域，长 11 厘米，由尖锐物体造成，从左下方耳垂开始，穿过喉头软骨，一直延伸到颈部右边。除此之外，没有别的外部发现。

内部检查

头部被打开。头皮的皮下苍白，颞肌没有受到损伤。打开头盖骨。头盖骨完好。大脑肿胀。除了颜色发白，脑部没有观察到别的特征。颅底骨头完好。

胸腔被打开。左边的颈动脉和颈静脉几乎完全被切断。颈部器官没有受到特定伤害。胸前衬衣被揭开。胸腔没有任何流血迹象。

肺和心脏被取出。肺部没有显示出特别迹象。

心脏重420克。心脏没有显示出特别迹象。

腹腔被打开。除了颜色发白，腹部器官没有别的特别迹象。胃含物是液体。病理组织学检查证实了所有器官的自溶现象。系统的毒理学检查证实血液中的酒精含量达到96毫克/分升。没有发现其他有毒物质。

结论：

尸体剖检后发现：

1. 除了96毫克酒精，没有发现其他有毒物质。

2. 报告的结论是，死因是颈部左边的大动脉被割断导致失血过多。

带帽夹克：杜嘉班纳

灰色毛衣：阿玛尼休闲系列

花衬衫：保罗·史密斯

黑裤子：吉尔宝

白色内裤：CK

黑色袜子：伯灵顿

44码鞋：普拉达运动系列

阴茎长度：11厘米

尸检报告中没有包括衣服品牌和阴茎长度，这里单独列出。

酒精弥漫的一周

这一周从被扔进垃圾堆的十月一日星期一开始，以奇怪的方式展开。

偶然。但阵仗不大。

生活油腻腻、歪扭扭、滑溜溜，涵丹和贝希耶努力爬上滑坡顶端，向下看了看，然后闭上眼睛，自由滑下。这一周就像滑雪下坡一样滑过：过得很快，滑不溜丢，很奇怪。

好像没有什么意料之外的事情发生。

她们已经远远滑出了正常生活，奔向充满意外的时代，她们再也分不清意料之中和意料之外，正常和变态，荒谬和有理。从她们走出门的那一刻起，一切皆有可能。

她们任由自己被这荒谬的生活裹挟而前。她们完全沉浸于这愉快的滑行中。但是这是有趣的，十分有趣。

从这一刻起，星期二晚上，当贝希耶同意去"感谢上帝今天星期五餐厅"时，她就知道自己会滑出正常生活的轨道。

在那之前，贝希耶是如何生存的？来自学校的压制、家、家人、来自席丹的钳制、书和音乐。生活的痛苦。全部留在心底，感觉像是快要爆炸成一千张碎片。她不和人待在一起，也很少约人或出去玩。没有身世背景。没有过去的贝希耶。

然而，人都是社会生物啊，贝希耶。

她一边默念这句话，一边哈哈大笑起来。

她以前的确是社会化的生物。她以前真的没有社会存在感。她抹掉以前认识的那个贝希耶，并且慢慢习惯了。她任由自己堕落，丢掉另一个贝希耶——那个真实的贝希耶：假如真实的贝希耶真的存在过。她站在深渊底部。就让她永远待在这儿啃指甲吧。让她在痛苦中崩溃吧。在这个全新的、不断缩小的保护壳中，贝希耶变成了擅长社交的贝希耶。

擅长社交的贝希耶开始堕落时发现了一个强大的好帮手：酒精。贝希耶的守护天使。肮脏的白衣天使。瞎了眼的领航员。

比如红酒。后来是啤酒：狮王啤酒。必要时喝伏特加，紧急关头上威士忌。不管摆在面前的是什么。这一剂药，这件斗篷，一路跟随她。从沉入酒精的那一刻起，贝希耶就将那个防御、敏感、易怒、不悦的人格抛在了脑后。心花怒放，她成了快乐的女孩。她能逗得每个人阵阵发笑，能在最意想不到的时刻语出惊人，也能随时去任何地方。任何地方都可以。也就是说，顺心事正在发生。

车停在公寓门口的一刹那，她和涵丹坐进车里的一刹那，贝希耶好像穿过一道门来到另一个世界。

这车，是三菱蓝瑟。之后，涵丹在心里不停地重复："三菱蓝瑟，三菱蓝瑟。埃里姆有一辆三菱蓝瑟。"贝希耶不了解这辆车的制造，她不了解任何车的制造。但所有重要的东西都有品牌。品牌名称相当重要。欢迎来到品牌世界，贝希耶。你这些年都睡在哪儿呢？哪座城堡？哪座塔楼？

她一坐进车里——三菱蓝瑟——她一看见那两个男孩子——布拉克和埃里姆——就会明白，自己急需寻找某样东西。她要寻找某样让自己有可能和他们共处的东西。迫切需要。

他们去了"感谢上帝今天星期五"餐馆，从石油集团过去，只花了四分钟。开着三菱蓝瑟。

贝希耶会把这家餐馆叫做"感谢安拉一千次今天星期五"。所有人都会哈哈大笑。他们会笑得不行。但前提是他们点了红酒来搭配牛排。贝希耶会一头扎进酒瓶子里。新生的、滑稽的、擅长社交的贝希耶，比在场任何人都喝得多。

她们就是这样堕落的。她和涵丹。如果她一直保持理智清醒，就没法熬过这一周。她撑不过去。

她不是需要靠酒精来熬过这一周。

而是这一周从她身上滑走。

他们去了许多地方。在许多地方度过夜晚。他们经常去巴格达大街上的一个地方，埃里姆的表亲住在那儿。那儿有些热衷于街头飙车的年轻人。他们换着地方玩 PS 游戏机。他们无休无止地玩游戏，这些游戏名字里都带着"禁忌"之类的词汇。然后又去打电脑游戏。他们好像回到了时光停止的幼儿园。整个过程中说的话不超过 50 个字。

男孩们分别叫坚克、亚曼、图恩彻、比莱克、基特。女孩们分别叫梅丽莎、塞伊兰、比瑞西克、图巴、艾达。如果毕业以后再遇到他们，也认不出来。

男孩们全打了发胶，女孩们全烫卷了头发。他们看上去如此相似。他们穿着一样的衣服，用一样的语调讲话，说着一样毫无意义的语句。

"他们真是中国人。"贝希耶对涵丹说。

"什么意思，贝希耶？"

"他们彼此相似。"

当她时不时碰巧靠近涵丹，或者有机会主动靠近涵丹，她就会悄悄在她耳边说这样的话。时不时地。

但大多数时候，他们待在车里，在从一个地方到另一个地方的路上。涵丹和埃里姆一起坐在前排。

贝希耶，在后排。

贝希耶，坐在后排的女孩。

有时，布拉克或其他人会坐在她身边。涂了润肤剂、散发着金钱味道的男孩们。但大多数男孩还是想开自己的奥迪23s或者马自达MX5s。贝希耶一个人坐在后排。在那儿看着。

他们漫无目的地游荡，一副萎靡不振的样子。好像他们身处另一片时空。时间过得很快，飞逝。无分日夜或早晚。凌晨四点，一个电话就把他们从希撒鲁斯图的烤肉串摊子叫到卡德博斯坦的某个房子。漫无目的地移动。

酒精弥漫的一周，贝希耶以后回想起这一周，只会记得酒精弥漫。她会记得这些男孩、地点、房子、咖啡店、酒吧、餐馆和汽车，这些东西全混在一起像个羊毛球包裹着她，让她无法逃脱。

羊毛球有好几缕线。然而它不可能有好几缕线，它只有一缕线。由许多根线裹成的乱糟糟的羊毛球。没法厘清每条线，就像拼图多了几块。

之后发生的事，贝希耶只记得最后一晚的最后一件事。让她瞬间清醒过来的那件事，每个画面都历历在目。记起这件事让她感到羞耻和愤怒。那么孤独。

当时他们开着三菱蓝瑟四处跑，仿佛整个伊斯坦布尔和夜晚只不过是有钱公子哥的游乐场，事情就在这时发生了。

就在通往卡德柯伊的大街路口，六条道路的交汇处，她不太清楚旁边那条街的名字，她知道在通往卡德柯伊广场和轮渡站的那条路的路口，有一头巨大的铜牛。铜牛。中央有水池，水池里的喷泉沾湿了周围的地面。这个水池是铜牛的水池。它完成了铜牛的心愿，像弄湿哪儿就弄湿哪儿。

汽车呼啸着前进，这时，贝希耶看见了那头牛。"停车！停车好吗，埃里姆。就停在这儿。"

"干什么，贝希耶？怎么了？"涵丹回过头、侧着身子问。

"矗立的公牛。走，我们去公牛的水池里。我很热。看这水多么诱人。走，涵丹！"

贝希耶跳出车厢，一头扎进公牛水池的水里。她水里潜入又浮起。因为她，小水池变成了大海。

像一条终于回到水里的鱼儿。水生物，属于水，在水里感到快乐，在水里才能生存。

涵丹看着她，拍着手掌咯咯直笑。然而她没有和她一起跳进公牛水池。她把她一个人留在这荒谬的美丽中。有什么不恰当、不妥、不合时宜的事，贝希耶都一个人去做。涵丹将她放在了这样的位置上，自己则饰演着明星的角色，和男朋友一起坐在汽车前排的理智女孩。贝希耶很伤心，涵丹抛弃了水，她现在成为了涵丹身边的配角。她后来会非常仔细地考虑这个问题。

漆黑的夜色下，她在水里潜入又浮出，涵丹和埃里姆像一对小夫妻似的在一旁观赏着。他们在一起，他们是一对，贝希耶是外人。外人。

贝希耶从水池中出来，涵丹亲吻了她，给了她一个暖暖的拥抱。然而涵丹没有和她一起下水。她没跳进水里。

埃里姆一路上都在打电话，咯咯地笑个不停，跟布拉克和亚曼讲贝希耶刚才的疯狂举动。贝希耶跳进池子在水里畅游的举动变味了。埃里姆把他女友的挚友的古怪行为当作噱头四处兜售。他欢呼喝彩。

贝希耶被水惊醒了，她颤抖着，十分沮丧。涵丹为了愚蠢的埃里姆出卖了她们的感情，涵丹拖着她四处去只是因为她有用，就像棍子、毛毯或船之类的东西。她感到心痛。

贝希耶这下完全清醒了。她想从后面勒死埃里姆，让涵丹知道把自己出卖给这些蠢货会有什么后果。但她什么也没做。什么也没说。她只是默默记下心底巨大的仇恨。她记住了。

回到家后，她冲了个澡，擦干身子。她穿上睡衣，铺好折叠床。涵丹从浴室里出来，和她亲吻道晚安，就像进行仪式一样。

"好梦，贝希耶。我累死了。"她把身子倾向贝希耶，凑上脸颊。

贝希耶两只手重重地捶向涵丹。

涵丹觉得莫名其妙。她睁着又大又漂亮的猫眼睛："贝希耶！"

　　"你出卖了我，涵丹。你为了你遇上的第一个蠢男孩，出卖了我。"

　　"你怎么会这样想呢？我做了什么？"

　　"我只有你。只有你。我做的一切都是为了和你在一起。只是为了和你在一起……"

　　"冷静点，贝希耶。请你冷静。我们在一起的确很愉快。怎么了？发生了什么？在我心中，你是最重要的。我的世界里只有你。难道你不明白吗，你不明白吗，贝希耶？"

　　她抱着贝希耶。贝希耶也抱着她，充满了渴望。她吸着她的味道。她迷失在涵丹的味道里。她们都哭了。她们回到了刚认识彼此的样子。她们都孤单、脆弱、无助。她们随波逐流。但至少她们在一起。涵丹和贝希耶在一起。这还不够吗？

　　"我们明天就给澳大利亚大使馆打电话。记住，我们要离开这里。我们忘了这才是最重要的事。"

　　"别难过，贝希耶。一切都会好的。你看，我也有计划。我们要一起离开这个破地方。我们会逃离这样的生活。"

　　涵丹在安抚贝希耶。她们的角色调换了。这是她们第一次这样对话。第一次。但贝希耶没意识到。她感觉到了，但没当回事儿。以后她就会明白。很久以后。

　　"我这么爱你。我做的一切都是为了你，涵丹。"

　　"嘘——你现在需要好好睡一觉。宝贝。我的贝希耶。"

　　她们彼此拥抱了很久。哭了多久，就抱在一起多久。感觉好一点了。贝希耶没有觉得少了什么。很甜蜜。

她们躺在折叠床上，在彼此的臂弯里睡着了。睡眠把她们带走了，带进了梦乡。对这两个女孩来说，梦乡是最好的地方。最安全的地方。

点唱的歌

这首歌的旋律甜蜜中带着一丝放荡。歌曲一开始就在调情。愉快。打趣。合调。

要说的是，这是吹的口哨。歌词开始之前，就用口哨吹起了旋律。

塞拉米·沙欣自己吹的口哨吗？或许他找了个人来吹口哨，一个吹口哨特别棒的人。

在这首放荡的旋律中，塞拉米·沙欣自己完成了开头和中间吹口哨的部分。他自己就会吹口哨。不可能是别人吹的。贝希耶是这么觉得。塞拉米·沙欣不可能容忍其他人来完成如此美妙的口哨，贝希耶对此十分肯定。

（口哨声）
我不知道我们会有怎样的遭遇
我们的爱情也许不朽，也许无疾而终
你每天都在变化，令我不知所措

你像一张拼图，我从未拼出的拼图

我为你疯狂，我该怎么做

你是我生命中不可割除的一部分

（口哨声）

有时你会争吵，有时你会和解

有时你渴望迷失自我

你每天都在变化，令我不知所措

你像一张拼图，我拼不出的拼图

　　我为你疯狂——当然，接着又唱到这段词。毕竟这是歌名。贝希耶在涵丹家里过着这样的生活：深夜上床睡觉，早上或中午某个奇怪的时间醒来，在这所房子里，你成了第二个莱曼。

　　大多数时候，厨房里莱曼的收音机都开着，播着克拉尔频道。有时播收音机还不够，还得放塞拉米·沙欣的磁带，《我的歌和我——怀旧》。

　　这就是这间房子的背景音乐。从不间断，持续响着《我为你疯狂》、《习惯比爱更艰难》、《别走，我需要你》、《你像四季》，反正贝希耶听到的是这些。

　　这些音乐无比压抑，但你很快就会习惯。塞拉米·沙欣的歌是这间屋子里的重要元素。贝希耶也习惯了莱曼，因为任何人听着莱曼的歌，就会变成第二个莱曼。总是坐在烟雾缭绕中，随着爱情歌曲摇曳。

　　在这酒精弥漫的一周里，莱曼每晚都出门。她对新男友谢夫科特先生十分上心。有些夜晚，谢夫科特先生要和妻子待在家里，莱曼就会去内文姐姐家。那儿聚集着一群公开做情妇的人，她们的职业就是"外遇"。代号：内文姐姐。她们互相交换消息，团结一致，常在一起喝酒。

贝希耶不敢相信自己习惯了这样的歌词，这种进退两难，这些该死的爱情歌曲。说实话，她确实喜欢上《我为你疯狂》中那种无比随意却又用情至深的情绪。莱曼不管走到哪里，都会点塞拉米·沙欣的歌，在纸巾、有玫瑰装饰的名片和各种纸上写下这些歌名。但她最常点的，还是《我为你疯狂》。

不管走到哪里，她都会为自己点这些歌。莱曼通过他人对自己的欲望来衡量自己的存在感，并对此感到自在。她自在地沉浸在这些歌里。毫不费力。

厨房里播放的《我为你疯狂》是星期二一天的开始。莱曼指间夹着沙龙牌香烟，面前放着雀巢咖啡，一副第一次听这首歌的样子，惊讶于这首歌的歌词和旋律充分表达了她的内心感受。随着这首诱人的歌曲摇摆着身躯。

贝希耶煮好茶，还做了些鸡蛋，这些是为涵丹做的早餐。贝希耶还是什么也不吃。就连她和席丹一起买的那条蓝色牛仔裤，她穿着都松了。

涵丹正在吃鸡蛋、芝士和吐司，贝希耶把半袋豆子泡在塑料碗里。她想为涵丹做豆子和菜肉烩饭。为涵丹做饭是她们的生活正常进行的重要标志，代表着她们过得好，生活愉快而平静。

例如，今天她想去莱文特买东西，跟着做饭，查询澳大利亚大使馆的电话号码和网址。

健康列表，贝希耶对自己说。现在，她很害怕没有当天的事务列表。害怕缺少有意义的事供她完成后划掉。害怕疯狂的生活会奴役她们。害怕有人——是谁——从后面推她们一把，令她们羞耻地堕落。那酒精弥漫的一个星期。她坚信自己无法再次忍受那样一个星期。她再三强调。

莱曼也想吃吐司。厨房里有一个老式烤面包机，贝希耶用番茄和芝士做出非常棒的吐司。

"真美味，贝希耶亲亲。"莱曼说，"我想我也该喝点茶。"

这是莱曼第一次叫她"贝希耶亲亲"。贝希耶被这个愚蠢的世界所困，莱曼这样称呼令她感动。她习惯了。"习惯"这回事儿很奇怪。"习惯比爱更艰难。"大师说得很清楚。就是那样。

贝希耶给自己斟好茶，坐下。

卧室里，涵丹的手机响了。涵丹飞快地跑进去。回来时，手里拿着电话。

"我关机了，贝希耶。我不想有人今天打电话给我们。我想让今天就像以前一样。我们都很想念那些时光。不是吗？"她微笑着说，露出两个酒窝。

她口中所说的"旧时光"不过是七八天以前的事。其实，贝希耶遇到涵丹不过才 13 天。才 13 天？

对贝希耶来说，好像已经有一千年。好像一千年前的事了，却又恍如昨日。但那一刻，她只想抱紧涵丹。亲吻她的酒窝。把鼻子埋在她的颈间。她想把她揽进怀里，带她逃走，亲吻她，爱她。然而她知道，她没有机会令涵丹感到满足。涵丹也填不满贝希耶的涵丹缺口。

这一刻，这一分钟，这一天，因为涵丹感受到了她心里所想的，倾听了她的声音，给了她她想要的（她俩单独在一起！单独和她在一起），她感受到"涵丹压力"。她努力克制自己，但眼里依然充满了泪水。自从涵丹走进她的生活，她的眼睛和泪水的关系已经完全失控。

莱曼洗完澡，化上淡妆，出门去弄头发，然后再去街对面的雅克马尔克兹。她穿着蓝色 T 恤和蓝色紧身牛仔裤。看起来非常美丽。莱曼从谢夫科特先生那里获得力量后，变得更美了。她越被人渴望，内心就越安宁。她释放出独特的美，被紧张和忧伤压抑的美。

她总是穿高跟鞋出门。这是贝希耶第一次看见她穿着涵丹的运动鞋出门。她惊讶地发现妈妈和女儿走路的姿态是如此相似。那就是说，涵丹穿高跟鞋走路的样子也会和莱曼一样。她们的臀部扭得如此美妙。每个人都会看她们的臀部。每个人都会看，贝希耶自言自语着。

她们又喝了一杯茶，然后一起整理好餐桌。涵丹决定去洗白色衣服。她的袜子和内衣裤总是不够穿。

涵丹洗澡时，贝希耶打电话查到了澳大利亚大使馆的电话号码。2577050，2577050。

后来，贝希耶一生也没忘记过大使馆的电话号码。她不知道为什么。她只是重复念了两次，这个号码就深深印在她的脑海里。

电话录音接起电话，念出了网站地址。贝希耶把网址写在一张纸上。她又给澳大利亚某机构的某个部门打了个电话，拿到了地址：艾提雷，塔普兹克路 58 号。

就这么简单。

从涵丹家步行过去大约需要十五分钟至二十分钟。原来她们的救星近在眼前。

她走进涵丹房间，检查了一下她塞在夹克内包里的2800 德国马克和 1000 美元。钱都在。然后她检查了柳叶刀。也在。三样东西乖乖地在夹克里静待着。她们准备好了。

贝希耶感觉非常好。就像再次发现了"你会被拯救的感觉"。然后她在衣柜的全身镜中看到一个人。

这是我吗？这是你吗，贝希耶？

她这么瘦，她变了个人。她的颧骨显了出来。棕色的眼睛变得更大了。眼袋更明显了。眼袋让贝希耶看起来年龄更大，更成熟，更美丽。她的红发卷曲。小肚子不见了。胸部更明显了。

虽然没大声说出来，但她的确变漂亮了。她看上去像杂志和电视里那些外国模特。她回过头，想看看自己的臀部。更小，更有型了。结实，漂亮。贝希耶不敢相信新的贝希耶如此美丽。她人生中第一次开心地注视着自己的模样。

"你真是个美丽的女孩，我的贝希耶。"涵丹说着，从后面扑上来抱着她。

贝希耶看着镜子里抱在一起的两人。她这么美。她们两个都这么美，涵丹和贝希耶。

"莱文特肯定有摄影师。涵丹，拜托，我们可以去照相吗？"

"好啊。"涵丹笑了起来。

贝希耶有点尴尬。但她们都如此美丽。她们会一直这么美吗？贝希耶想让镜子里景象凝固为永恒。也许，只要她们被拍下来，她们就会一直保持这样。照片有时就有这样的魔力。

涵丹知道附近有个摄影师。他既是当地的市长，也是摄影师。她们走向下面的楼层——去摄影工作室——拍了许多照片。至少摆了八个造型。够了，摄影师市长说。"再来一个，再来一个。"她们哀求他。

然后她们去屠夫那里买羊肉。

她们去市场上买水果。还有番茄、黄瓜、剩菜、洋葱和柠檬。

她们蹦蹦跳跳地回到家里。贝希耶想去塔普兹克路看看大使馆。可以顺便领表格什么的。至少她们要看一眼大使馆。

"我们先上网看看他们需要我们提交什么吧。"

"你说得对。看看我们能不能从网上拿到公民地址。比如你爸爸的地址。"

"比如，我爸爸。"

涵丹受伤了。当她听到"爸爸"这个词，就像一条珍珠项链在她心里散落满地。贝希耶能感觉到。

傍晚，她们翻电视频道时，翻到一部图尔坎·索雷的电影。

"真不敢相信！"涵丹大叫起来，"我好几个月没遇到这部电影了。这是我和我妈妈最喜欢的图尔坎·索雷的电影。"

看着这部电影，贝希耶也感到不可思议。这部电影的主题曲是《我为你疯狂》。电影名称或许是《情妇》。

詹·古尔萨普是个帅气、有钱的已婚男人。图尔坎·索雷扮演那座城市里最俗丽的情妇，她爱上了这个男人。内里曼·柯克萨尔也在里面。演"内文姐姐"。

涵丹知道每一个场景会发生什么，熟记每一句台词和每一首曲子。她是老土耳其电影之子。涵丹在电视机前长大。莱曼有部电视机就等于有了一个最便宜、最不会惹麻烦的保姆。她任由涵丹一个人待着。她把涵丹扔给电视，由电视机陪着长大。

在《情妇》结尾，涵丹哭了起来。

"怎么办，我忍不住。我不可能坐着看完图尔坎·索雷的电影却无动于衷。"

"我的宝贝女孩这么难过。"

"别笑我，贝希耶。我妈妈看到电影结尾也会哭。"

"可不可以认为，这部电影就像她的自传？"

"你好粗鲁！你没有怜悯之心，你从来不怕伤害到别人，贝希耶。"

"我开玩笑的，涵丹。别生气。对不起。哎呀呀！我真是个王八蛋。你别生气了。"

贝希耶走进厨房，开始烹饪豆子。她用油煎洋葱并往里面加肉，她对自己的生活感到非常满意。只要她在为涵丹做饭，就说明一切顺利，就意味着黄色油布紧紧包裹着她们。她想一辈子都为涵丹做饭。她想和涵丹在一起。她知道，只有和涵丹在一起，生活才有可能继续。

就是这样。

是这样。是这样。

她跑进客厅里，抱住涵丹。

"我的'你会被拯救的感觉'。"她大声说。

"什么感觉？什么感觉？"

"对所有事情的感觉。涵丹，没有任何事情可以分开我们，是吗？"

"你怎么会突然想到这个，贝希耶？你不是在里面为你的宝贝做豆子吗？"

"我的宝贝。"贝希耶说，"你是我的宝贝，我的'你会被拯救的感觉'。我的一切，我的一切。"

"我饿得要死了。吃的东西半小时内能做好吗，贝希耶？"

"要不了那么久。"贝希耶说，"我马上给你做些吐司。宝贝女孩可不能给饿坏了。"

涵丹大笑起来。"你是个疯子，真的。"她说，"我为你疯狂。"

"我不知道该怎么办。"贝希耶说，"你是我生命中不可割除的一部分。"

她们同时哈哈大笑起来。足足笑了好几分钟，眼泪都笑出来了，肚子都笑痛了。她们笑啊笑。

天秤座女人

晚上十点左右，气喘吁吁的莱曼拎着大包小包，穿着涵丹的运动鞋一蹦一蹦地回家了。莱曼美丽得如此不真实。就好像是被施了魔法一般。

她的头发变短了。她头发上的亮浅色没有了，全部染成了金黄色。早上的妆容也不见了。眼睛里散发着奇怪的光，双眼发光，就像雨后的蓝色松树林。快乐的莱曼。莱曼森林。

此时的她，青春永恒。这是贝希耶第一次看到莱曼如此可爱，充满活力。她看得目不转睛。她想叹息。真奇怪，她竟然对莱曼有了像对涵丹那样的感觉。难以置信。但的确如此。

"我的蓝色兔子！天啊，金色短发的你好美！"涵丹跑过去抱着妈妈。莱曼扔下手上的袋子，躺进扶手椅。

"我今天的事都做完了，涵丹。"她说，"我很开心。购物让人感觉很好。我有多久没给自己买过东西了。噢！我又重新喜欢上自己了。新发型，新的一切。几个月没感觉这么好了，说实话。"

涵丹坐在她的膝盖上。"看看我的宝贝妈妈买了些什么？她给自己买了些什么好东西？给我看，我想知道。快给我看看，快。让我们都看看。"

莱曼神气地看着坐在腿上的女孩。贝希耶看到她漂亮的脸上露出骄傲的神情，为她女儿的美貌感到骄傲。

不管莱曼是个怎样的妈妈，至少她是个深情的妈妈。她也许没有总是尽到母亲的责任。有时她会因为自己的问题而心事重重，她可能会完全忽视自己的女儿。她也许让她独自一人在电视机前长大，由邻居阿姨来喂养、洗澡、安抚她入睡和给她剪指甲。但贝希耶觉得，有涵丹这样一个女儿是莱曼生命中最重要的事。贝希耶从莱曼看着涵丹的神情中感受到这一点，莱曼疯狂地喜欢自己的女儿，她全身心地爱着她。

看着她们坐在客厅的破旧扶手椅上，一个抱着另一个，感觉真奇怪。两层美丽和幸福重叠在一起。无论如何也会令人窒息。贝希耶喘不过气了。

贝希耶感到自己在她们的水域里越陷越深。离开这片水域，她无法生存。她是一条小鱼，在涵丹—莱曼水域里呼吸着。凤尾鱼，或马鲛鱼。普通的鱼。愚蠢的鱼。蠢鱼贝希耶。居住在她们的水域里。

"我跟你说，你别藏了。你要藏起来不给我们看吗？全拿出来给我们看，一样一样地看。"涵丹开始挠妈妈。

"噢，停，涵丹。我叫你停下来。停！我要裂开了，真的。"她苦苦哀求女儿。

两个留在沙滩的女孩儿。这位妈妈是个孩子，依然是个孩子。她们看起来简直就是小孩子。她们美丽得如此不真实。她们看起来像是不属于这个世界。真奇怪。贝希耶从没见过这样的妈妈和女儿。无论在书里还是电影里，都没见过。现在，她就和她们在一起。

"停！好吧，涵丹。我给你们看。"

莱曼给自己买了一条蓝色牛仔裤，一件 T 恤和一件浅蓝色的渔夫式厚套衫。

"我还买了这件泳衣。谢夫科特先生会带我去迪拜的著名酒店。我还买了另外两样东西，你会喜欢的，涵丹。我发誓你会爱死它们。"

她打开两个有 Beymen 标志的纸袋子。拿出有吉尔·桑达标志的鞋盒和一个包。

"妈妈！这包是莫斯奇诺！"

"你怎么这么快就看出来了？"

"妈妈，上面这么大一个标志。有吉尔·桑达的鞋还不够吗？你还买了个莫斯奇诺的包。真不敢相信。你哪里来的这么多钱？我们不是没几个钱了吗？"

"涵丹！我要向你解释吗？谢夫科特先生那天给了我十亿里拉。昨晚他又给了我一张价值二十亿里拉的 Beymen礼物卡作为生日礼物。明天是你妈妈的生日，宝贝。这个男人真会为你妈妈着想。他想让我开心。这不好吗？"

"可是妈妈，你总是这样。你每月只还信用卡的利息。我们欠了四个月房租了。妈妈，你总是这样。我们没钱挥霍！"

"涵丹，拜托，安静点。你的莱曼就快满 35 岁了，还不值一个莫斯奇诺吗？我又没买古驰。这两个加起来才花了十八亿五千万里拉。剩下的我买了些香水。我没多花钱。"

"你没有多的钱可以花！妈妈，你理智一点。你像个孩子。难道你从来只为自己考虑吗？"

"控制一下你自己，涵丹。你太无礼了。是这样和你妈妈说话的吗？这个女人不是独自在伊斯坦布尔把你养大吗？你少过什么呢，女儿？有什么你想要的，我没给你买吗？今年夏天我不是给你买了唐纳·卡兰吗？"

"妈妈，你老是说这些没用的！我们家里的钱够我们的基本生活开销吗？我每次一说，你就拿这些没用的话敷衍我。我们的生活一团糟，你不觉得吗？我应该感激你没买古驰吗？"涵丹说得上气不接下气。她的声音绷紧了，很明显她在努力控制自己不要哭出来。

"我亲爱的宝贝，我不是告诉你那个男人给了我一张礼物卡吗？我应该怎么办呢？去 Beymen 叫他们给我换成房租吗？那个人在向你的莱曼示好。你妈妈就快 35 岁了，你不懂吗？我人生的一章正走向终结。而且我不是天秤女吗？"

"噢，妈妈。这又有什么关系？"

"涵丹，你妈妈是天秤女。天秤女就是这样。我有什么办法？"

"什么也别做。继续做你的天秤女吧。"

"我的宝贝。到你妈妈怀里来。你还年轻，你不明白。你妈妈明天就满 35 岁了。我不再年轻，涵丹。我不再年轻貌美。我必须理智、冷静。天秤座有情绪问题，你知道的，宝贝。"

涵丹不想坐在妈妈膝盖上。她坐在另一把椅子的扶手上，撅着嘴，忍着不哭，忍着没有大叫。

她很想哭，但她不哭。她不想过分怪责莱曼，同时她也为自己退回学费感到羞耻。她人生中第一个谎言，第一个秘密。她垂下眼帘，努力让自己不要哭。

为了缓解母女之间的紧张气氛，贝希耶跑去打开电视。谢天谢地，布兰妮·斯皮尔斯正在 MTV 里唱着《过度保护》。贝希耶不懂涵丹为什么疯狂地喜欢这个女孩。在莱曼的世界里，人们都疯狂地喜欢塞拉米·沙欣的歌。但涵丹为什么会如此在意这个傻女孩，这是贝希耶生活中的一大未解之谜。

布兰妮开始唱歌，好像很痛苦似的扭着身子，裤子下滑，露出半个屁股。贝希耶自己来到厨房，泡茶。但在这之前，她先烧好水给莱曼冲了杯咖啡。

她还是很怕回到客厅里。她一生中最怕的就是家庭争吵。她不知道该怎么办。她不知道该说些什么，做些什么——如果她翻个跟斗，能缓解争吵的气氛吗？

咖啡放在瓷砖上慢慢变冷了。她泡好茶后，鼓起勇气，回到客厅。涵丹换了座位。她又坐到妈妈的膝盖上了。她们不再生彼此的气。她们无法忍受令彼此难过。她们争吵之后，想弥补对方。就像两个情侣。就像那样。

"天秤女和女儿和好了。"

涵丹咯咯地笑。她亲吻了妈妈。贝希耶把咖啡递给莱曼。

"你真窝心，我的贝希耶。真体贴。"莱曼说，语气里没有丝毫敌意。她抓着贝希耶的手，把她拉到自己跟前，亲了她的右脸颊。

"姑娘们，喜欢我的香味吗？古驰狂爱。就算我没买包，这支香水也够了。"

"好吧，妈妈。你赢了。"涵丹哈哈大笑。房间里的气氛变了。

"我正在煮我俩的茶，涵丹。"

"好啊，贝希耶。我等着。"

贝希耶回到厨房。这都是怎么回事？**她就这样搬进这个房子，她在这里算什么？**这个不知名的亲戚是哪里来的？这个志愿女佣，这个难民？

这地方不属于她和涵丹。这是莱曼的家。天秤的家。她只是在天秤的家里避难。难民贝希耶。

我们要马上离开。离开这儿。我们要一起走。我们不能浪费时间闲逛。我们必须在出事前离开。在有事阻拦她们之前。

贝希耶被一种紧迫感压着。她觉得好像忽视了自己，好像就要错失良机了，好像一切已经太晚。

她感到非常不耐烦。内心的时钟踢踏响起，**威胁着她。**快。快。快，贝希耶。

好！够了！停！

她想双手掐着自己的喉咙，勒紧喉咙。让心里的时钟停下来。关掉它。

涵丹走进来。她立刻看出贝希耶很痛苦。

"怎么了，贝希耶？别难过。说实话，我也一直想做这样的事。但我相信我们会摆脱这样的处境。我们会找到出路。一定会。"

她把头埋在涵丹的颈背上。涵丹的味道。这味道洗净了她的灵魂，打开了她的毛孔。

"她可以做什么呢，她像个小孩。她从未长大，她总是这样。"

"这是因为她的标签：天秤女。"

"噢，别问。她明天会冷静下来。35岁对她来说很重要。明天是个重大日子。"

"我们装饰一下房子吧。我们做点蛋糕、点心和饼干。既然她没长大，那我们就为她准备一个孩子的生日派对。莱曼日。那不是很棒吗？"

"好温馨。我们开始吧。"

莱曼走进厨房，想再喝点咖啡。"谢夫科特先生明晚要待在家里。"她说，"我们来场女孩派对吧。穆济明晚休息。她会和我们一起。如果我再把内文姐姐也叫上……"

"那就太棒了，妈妈。本世纪最棒的生日派对。"

"你可别这么说。你觉得莫斯奇诺对你妈妈都是多余的。我这个年纪想买个包或鞋还要得到批准吗？"

"好啦，妈妈。我已经道歉了。愿世上所有名牌保佑你。没人有你这么漂亮、美好。没人比我的蓝色兔子更珍贵。"

"就等着看你的莱曼振作起来吧。在今天天平打破之前，她的生活中只有感情、感情、感情。从现在起，我会谨慎，你们等着瞧。35岁以后，我不会再去追逐这个、追逐那个。我的欲望会永远关闭。我会重新开始，就是这样。"

"噢，噢，噢，我的莱曼变成了一个如此有决心、如此理智的女孩。"

新的天秤女和女儿在那个破厨房里闪闪发亮。贝希耶看着她们，目不转睛。一对漂亮的母女。她们走进贝希耶的生活。莱曼、涵丹和贝希耶，是一块儿的。反正，事情就是这样。贝希耶看着她们。她也看着自己。看着。

准备工作

　　她们正吃着早餐，涵丹的手机响了，是埃里姆。不然还能有谁。

　　"不行，我们今天也聚不了。不是，不是，我很好。没什么事。我说了不行。今天是我妈生日。"

　　涵丹起身离开餐桌，躲进自己的屋里。大概是为了和埃里姆聊得更舒服些。因为这样就不用当着贝希耶的面讲话了。嗯，应该是的。

　　这多打击贝希耶啊，实在令她费解！她竟然轻易地相信，因为涵丹关机了一天，因为涵丹赞成关机一天，她们就能摆脱埃里姆。就能永远摆脱那些浑身铜臭的蠢蛋。她以为她们摆脱了名牌靓衫、著名的酒吧和餐馆，摆脱了三菱蓝瑟、奥迪、宝马和马自达。彻彻底底地摆脱了。她太轻信了。

　　只需轻轻一按，就那么一按，就将这些令人透不过气的丑恶从她们的视野中抹去——就能够彻底清除他们；她以为，无论这些丑恶从何而来、归属何处，都会永远远离她们，远离她们的生活。

可那样行不通啊，贝希耶！你在想什么呢？那个白痴男孩和他的同伴们已经闯入了涵丹的生活。像块污迹一样附在那里。你以为他们会因为讨厌和敌视你，就从你的视野中消失吗？他们绝不会对涵丹和涵丹的美貌无所作为。涵丹是谁都能轻易遇上的吗？她普普通通、平平凡凡吗？

这个白痴一样的纨绔子弟黏上了涵丹，而且一定会玷污涵丹，会虐待她，吓坏她，伤害她。他当然会骚扰涵丹。你以为呢，贝希耶？你以为你可以如此迅速、如此轻易地摆脱他们吗？

贝希耶发现自己正拿着面包刀站在厨房里。她不知道自己拿着面包刀做什么。她不记得自己什么时候打开抽屉拿出了刀子。手中的刀，因激动和愤怒而剧烈跳动的动脉；她发觉自己正努力站在原地不动。厨房里没有别人，她手中的刀只能是刺向自己。拿刀刺向自己，可不像不会发生在她身上的事儿。她有种感觉：仿佛我会把刀刺进我的胁腹。

她的手脚因愤怒而没了知觉，可还是使劲儿站好，她手里有刀，她手里有刀。涵丹回到厨房，吓了一跳，如惊弓之鸟。涵丹吓了好一大跳。

"我跟埃里姆说了我今天不能去见他。我还说，如果他真想见我的话，可以约明天。他说：'你疯了吗，傻妞，我怎么会不想见你。'"涵丹咯咯地笑，"他一直求我去他的避暑别墅玩。大冬天的，我们在避暑别墅做什么？又不能下泳池，什么都做不了。你说是不是，贝希耶？"

"你想什么时候见他就去见吧。我死也不会再跟这些白痴一样的纨绔子弟去任何地方了。"

"你怎么了，贝希耶？又发什么癫哪？我们只是无聊了一起打发时间罢了。有问题吗？再说埃里姆又不是坏男孩。老实说，他是个好男孩呢。你担心他什么呢？有时我真是完全搞不懂你。"

"你可以见他，涵丹。走，我们去买东西。你妈妈一醒来就会去美发店或别的地方。我们要在那之前回来。"

"我马上就准备好了，贝希耶。"

她打开水龙头，把盘子一个个清洗干净。她把手指放在水下，然后看着。

涵丹去浴室了。去洗澡。

这意味着还有时间。她弯下腰，开始擦厨房的地板瓷砖。用氨水擦。冰冷的石头对她有好处。她努力将混蛋埃里姆和他的同伴抛在脑后。但这不容易。就好像她在前额预留了一根大动脉给他们，那根动脉扑通、扑通地跳动着。

她用力擦瓷砖，想要擦走抹了发胶的小白脸埃里姆。她在埃里姆的前额刺上"弱智"。弱智。跟着，白痴布拉克也出现在瓷砖上，顶着金发鸡冠头。傻胖子。低能的布拉克双手肥嘟嘟、粉扑扑的。她在布拉克的前额刺上"人头猪脑"。在开奥迪的那个男孩前额写上"有钱的混蛋"。现在，他们的前额上都有刺青。就像标签。不管他们是谁，标签就是他们的身份。贝希耶用抹布擦瓷砖，他们这一刻在，下一刻就不见了。这一刻在，下一刻就不见了。这一刻在，下一刻就不见了。

"你怎么在擦瓷砖，贝希耶？纳兹米耶昨天没清扫干净吗？"

"哦，不好意思。我想擦。"

贝希耶拿起外套，和涵丹一起出门。正是温暖宜人的秋日。天气让贝希耶的心情轻松了一些。她将那群白痴抛在脑后。暂时。片刻。

走两步就到雅克马尔克兹了。路上，涵丹提到关于礼物的话题："我可以给妈妈买些什么呢？我可以给妈妈买些什么呢？"

思前想后，涵丹决定去 Sait Koc 的珠宝商那儿给妈妈买一对金耳环，莱曼很喜欢那家店。

"给我的宝贝买一对可爱的耳环。你幻想一下她的短发配上耳环的样子，真可爱。你想想！"

"好啦。"贝希耶说，"我在想，而且我消失了。我被清除了。"

"别惹我笑。你又发脾气了，贝希耶。可这是为什么呢？早餐时你还好好的。因为埃里姆打电话来了。是吗？就是因为他打电话给我，因为我要去见他？"

"我害怕他会伤害你，涵丹。我很担心他会令你伤心。他们全是蠢货。简单来说，他们是自私、脑残的笨蛋。"

"你什么意思？"

"我的意思是，让他们去死吧。"

"贝希耶……为什么？为什么你老是这样对我？"

涵丹瘫坐在金属凳上，哭了起来。贝希耶想翻过栏杆，让自己摔在咖啡店的地板中央。一头扎在某位客人的炸牛排上。摔断脖子，直直地摔在炸牛排上。一只鞋从脚上掉下来，飞进某位女士的古驰包里。那位女士把她的大靴子从古驰包里拿出来。这样她才能把包挂在肩上，继续做她的事。这样她的包才不会被扔进垃圾桶。贝希耶站在涵丹面前，心里想着这些。

"对不起，涵丹。我不知道我在做什么。对不起。我只是担心他们会伤害你。我很怕他们会对你做些什么，或者对我们做些什么。我们要逃去澳大利亚，不是吗？我们不会留在这里，我们不会让他们伤害我们。你看，我通过电话找到了澳大利亚大使馆的网址。我背下来了。我们会离开这里，是吗，涵丹？我害怕。我控制不了。"

贝希耶说话时跪在涵丹面前。涵丹抚摸着她的脸。"我们会走的，贝希耶。请别担心。我也一直在考虑这件事。别害怕，我的贝希耶。"

她们拥抱了一下，上了顶楼。涵丹喝了杯咖啡，贝希耶喝茶。涵丹吃了个甜甜圈。为了忘掉贝希耶的行为。为了原谅贝希耶。贝希耶可以一直这么吵闹下去。

"我知道了，我知道了。我知道我要给莱曼买什么了。"贝希耶说。她马上来到附近的 T 恤打印店，说了她想要什么。她想在白色 T 恤上印：

天秤女
最美丽

这是她送给莱曼的礼物。涵丹很喜欢。

她们手牵手来到万客隆。贝希耶想用榛子、橘子和羊角豆做蛋糕。"这是我一生中吃过的最好吃的蛋糕。造型不是很炫，但味道棒极了。"自制小饼干、小三明治之类的。

她们至少花了一个小时去买东西。她们买了一些装饰品：气球、五彩纸屑，其他杂七杂八的。有翠迪图案的纸盘。有翠迪图案的桌布。

"我们为莱曼准备一个真正的孩子生日会吧。毕竟她要长大了：她要满35岁了。今晚，理性的莱曼降临，情绪化的莱曼将会远去。"

"哇，真甜蜜，我的贝希耶。她会喜欢的。我从来没为她准备过这样的孩子生日会。这可是你的主意。你总是有那么多奇妙的主意。"

"那还用说。贝希耶，奇妙主意创造者。我有给你看过我的名片吗？"

她们提着大包小包，在雅克马尔克兹门前坐上的士。她们让司机在前面调头，开到某个叫多弗的地方，再次调头，驶入一座综合建筑，在门口停车。

的士司机是个彻头彻尾的混蛋。他盯着后视镜看了很久，其实是在看涵丹的胸部。

他总是这样。每次红灯变绿时，后面的车都会按喇叭。他盯着涵丹的胸部，目不转睛。

贝希耶能感受到自己前额的动脉在突突跳动。"看路吧。"她提醒司机。

那家伙转身恶狠狠地瞪了贝希耶一眼。然后继续在后视镜里用目光切割涵丹。这就是贝希耶的感受：仿佛的士司机在将涵丹切成碎片；仿佛他将涵丹的胸部、腿部和腹部一块块地切下来。他用目光切割着涵丹。她觉得涵丹被其他人的卑鄙切碎了、杀死了。

她想保护涵丹。保护涵丹不受恶心生物的侵害。她想要涵丹完好无缺。她想要涵丹保持原样。

涵丹！涵丹！

贝希耶前额的两条大动脉疯狂地跳动着，好像快要蹦出来似的。

的士在大楼外停下，这时贝希耶已经愤怒得快要瘫倒在地了。她像在弦上待发的箭。弓弦紧绷。随时会射出去。

那个混蛋司机跳下车，打开涵丹那边的车门。他假装帮涵丹拿包，在涵丹的胸部上蹭来蹭去。

贝希耶看见了。

"你敢再碰我朋友，你这个变态。"

"你爸才是变态！你居然敢说我是变态。我会让你后悔的！"

贝希耶把手放进口袋里。她穿着这件该死的外套。她没穿夹克。她今天穿的不是夹克。

她看着司机朝她走来。

"贝希耶！贝希耶！"涵丹跳到贝希耶面前，"请你离远些。走开。快！救命！救命啊！"

司机吓了一跳，没想到事情会这样。他跳上车，疾驰而去。

"变态！变态！你祖宗十八代都是变态！"贝希耶像个疯女人在的士后面边跑边骂。

也许是因为惊慌失措，也许是为了解除压力，贝希耶突然用双手狠狠地捶腿。她希望那个坏司机没跑掉。她想看到血。她想让那个混蛋知道她的能耐，即便这意味着要杀死他。她被仇恨冲瞎了眼。她就是这么疯狂。她就是这么疯狂。她已经疯了。

"我的贝希耶，你还好吗？你还好吗，亲爱的？你还好吗？你没受伤吧？吓死我了。我真怕他会打你。"

"我宁愿你没插手，涵丹。我宁愿他杀死我。我也想杀死他。我想用头撞他，像这样。"

"贝希耶，你怎么了？你干吗要这样？他都没真正碰到我。男人有时就是会做坏事，我当然讨厌这样，但我也习惯了。"

"他们不应该碰你。他们不能碰你。他们以为你是什么？难道他们以为你的身体是供他们驰骋的疆域吗？他们可以随意糟蹋你的身体吗？——什么跟什么？他们以为他们是谁？"

贝希耶说不出话。大楼前有一个小花园。她们瘫倒在草地上。很好。她没哭。她停止了吵闹。很好。她思绪飞转。千头万绪。她满脑子都是怒火，仇恨之芯熊熊燃烧。

"没人再来玷污你，涵丹。没人能将你切碎。如果哪个混蛋想动你，想把你当做一件物品那么对待，我会杀了他们。我会把那个变态碎尸万段。你等着瞧。"

"贝希耶。没事儿了。够了。"涵丹从她身后抱着她。她们依偎着躺在草地上。青草拥抱着她们。散发着泥土的芬芳。她们躺在青草的怀里，任由青草紧紧拥抱，这样对她们有好处。对她们有好处。虽然只有一丁点。

莱曼的生日

"没关系，贝希耶。"涵丹说，"你吓坏了。没心情做准备了。我们等下可以去帕里特买蛋糕和别的东西。"

她们在厨房里，把买的东西放进橱柜和冰箱。

"我只是没什么胃口，没什么。我很好。别担心。除了准备生日派对，做榛子饼干和蛋糕，还有什么能更好地治愈愤怒和受伤的灵魂吗？告诉我，还有什么能治愈我？"

涵丹大笑起来。35岁的女人出现在厨房门口，然后又不见了。她要去内文姐姐家喝咖啡。然后直接从那儿去美发店。再从美发店去别的什么地方，然后再回来。

"晚上见，姑娘们。"莱曼说，"别把自己给累坏了。"她使了个眼色，出门了。

"我想，她知道我们在准备惊喜。就让她知道吧。这样更好。她这一整天会更开心。她会兴奋无比，充满期待。不是吗？"

"是啊，是啊。"贝希耶说。她让涵丹离开厨房。这样她才能做饼干，放进烤箱；她才能做蛋糕；才能准备三明治。她想独占厨房。她知道，没有别的事能让她心情变好。

除了做糕点，还有什么能更好地治愈愤怒和受伤的灵魂吗？有吗？有吗？

"好啦，我去房间里。显然，你不想我待在这儿。但如果你需要帮助的话，请大声叫我。我会去看你的书。或者，至少试着看一看。要不你会觉得我是个傻女孩，会厌倦我。"

贝希耶拉过涵丹的头，放在胸前，紧紧地抱着她。她把脸埋在她的颈背上，深呼吸，涵丹的味道流遍她的灵魂。世界上最美的味道，最涵丹的味道。另一个世界的味道。全新的、截然不同的世界。贝希耶不属于散发着这个味道的世界，她不属于另一个世界，不属于另一个大陆。

www.immi.gov.au

她像祈祷一样反复念着这个网址。澳大利亚大使馆的网址——www.immi.gov.au——深深地刻在她的记忆中。她之前没意识到这一点。

"行，我进去了。"

"涵丹。"

"怎么了，亲爱的？"

"我永远不会厌倦你。我永远不会厌倦。我觉得，我不知道该怎么说，就好像你是，就好像我的余生都属于你，就像我属于自己那样。第一次，这是我人生中第一次有这样的感觉。"

"贝希耶。我的贝希耶。"

涵丹抱着贝希耶，亲吻她。"相信我，我不知道该说些什么。"

"什么也别说。去吧，进屋里去。"

"好，我的贝希耶。"

贝希耶做了一盘核桃和榛果饼干，放进烤箱。然后开始做蛋糕。她在席丹家的一本杂志上学过怎样做蛋糕。当天她们就立刻做了一个，在塞维尔阿姨的完美厨房里。那个蛋糕完全不成形，而且没经过烹调。她们准备了巧克力酱，把榛子、橘子和青豆放在上面。好吃极了。

席丹说它看起来像个洞穴蛋糕，因为它完全凹陷了。但味道美极了。席丹吃了整整一半。半小时内，蛋糕就被她们一扫而光。

席丹。

好久没听到过她的声音，好久没见过她了。童年的朋友就是这样。你可以不忠诚，可以伤害她们，可以消失，但你始终觉得她们就在你身边。她们就在那儿，一直都在那儿，永远不会离开。

贝希耶做好了蛋糕。该做三明治了。她切了六七十片面包。每一片面包都抹上黄油、蛋黄酱和芥末。然后放上意大利蒜味腊肠。一半放上黄瓜片，一半放上番茄片。

饼干已经烤好了。蛋糕里充盈着饼干和蛋糕的味道，就像童话故事里女巫的家。

涵丹忍不住，来看了三四次。来的时候，手里拿着莫拉维亚的《罗马女人》。她看中了这个标题。她以为，如果这本书是讲女人的，那应该不会太无聊。

"贝希耶，再不给我吃点饼干和三明治，我马上就要晕倒在地了。因为太饿，也因为嫉妒。没人为我准备过这样的生日派对。总是莱曼临时打电话去订个蛋糕和别的小吃。"

"我们也会为你过这样的生日。别嫉妒35岁的女孩。"

"你向我保证。明年夏天，你会为我过这样的生日。蛋糕看起来有点怪呢，贝希耶。"

"这是洞穴蛋糕。席丹取的名字。但它好吃得能让你把舌头吞下去，你吃了就知道了。"

她在蛋糕上插了五根细细的蜡烛。五团烟火。然后她们用买的东西装饰好厨房。在涵丹家，客厅没有桌子。在这个房子里，几乎所有事情都发生在厨房里。

她们把有翠迪图案的纸桌布放在橘黄色的胶木桌上，摆好有翠迪图案的纸盘。茶杯、刀、叉，等等。

她们给橱柜挂上飘带，吹胀的气球堆满门厅。粉蓝色和白色的气球。就放在前门，这样，莱曼一进门就会被气球包围。她们还在前门挂了张卡，上面写着：

生日快乐。

屋子看起来很欢快，摇身一变成了生日屋：气氛轻松愉快。

涵丹换上粉色T恤和她最喜欢的蓝色牛仔裤。她扎了个马尾，看上去可爱纯真。

贝希耶穿上白色T恤。以及，一如既往的，还是那条她和席丹一起买的蓝色牛仔裤。这条裤子已经垮得屁股都露出一半了。她在衣柜镜子前照了照，决定要给自己买些新衣服。

适合她的衣服。她的新身体。新贝希耶的状态。

她思考着全新的贝希耶，再次打开衣柜，检查夹克口袋。内包里，美元和马克在等待着，等着有一天她们逃到救星那里去。如此安静。外包里放着柳叶刀，也在安静地等待。耐心等待有一天能逃向她们的救星。在贝希耶看来，就是这样。好像柳叶刀在耐心安静地等待。的士司机那张恶心的脸像流星一样坠落在她的思绪中。

灼烧着她。

他给她的心留下了疤痕。一个陨石坑。

如果她当时穿着夹克，如果她的柳叶刀在身边，他就无法这样伤害她。她会将他这张脸从地球上削去。

他就不会伤害她的内心，不会留下一个陨石坑。贝希耶既后悔又内疚，十分痛苦。

贝希耶中止思绪。她不会让那个变态再毁掉她的生活。不会让那个禽兽玷污她的生活。

她走进屋里。

涵丹把书放在咖啡桌上，正在看电视。躲不掉的凯莉·米洛正在唱着让你无处可逃的歌曲。

"我如此爱这个女人。她看起来像我妈妈。"

"莱曼比她漂亮，更丰满，更，我不知道怎么说，更性感。"

"什么？我妈妈性感？"

"平心而论，涵丹。"

就在这时，门铃响了。涵丹跑过去，按下蜂鸣器。

女巫穆济！她做了头发，还化了妆。她走进屋子。

"你们把屋子装饰得真漂亮。可怜的莱曼一定会很开心。好样的，我的小涵丹。"

"不是我，穆济。全是贝希耶的主意。她为我们的蓝色小兔做了蛋糕、饼干和所有这一切。她还给她起了个新名字。35岁的女孩。是不是很甜美？"

涵丹咯咯地笑。穆济的脸上滑过一丝冷笑。她把贝希耶从头到脚仔细打量了一番，没有表现出一点肯定。

"看来你已经成为这个家的一员了，贝希耶小姐。"

贝希耶努力克制自己，才没有说出——你是说我霸占你的床吗，你这副女巫骷髅。她逃进厨房。穆济看上去就像一个木偶，弄丢了衣服、头发和脑袋，声音哑了，说不出话，和剧团失散了。就像所有那些被扔出剧场、被扔进垃圾箱的破旧木偶。还在独自上演着一出戏，停不下来。贝希耶为穆济感到难过。她不相信，但事实就是这样。同情和温柔如此接近，相互交织。

奇怪的感觉。但却真实。

锁孔里，钥匙转动。莱曼进屋，站在气球中间。

"涵丹！贝希耶！太惊喜了！这么多气球！"

她捡起气球，朝她们扔去。快乐的女人，因为她们为她吹了这么多气球。莱曼之美。看着莱曼在门厅里玩气球，贝希耶感到幸福极了。她好像被幸福充胀了，就快要飞起来了。

"我的宝贝妈妈，我的蓝色小兔。所有美人中最美的就是你。"

涵丹抱着妈妈。穆济站在客厅的门道上，看着这对母女，眼里有点湿润。即便是穆济的女巫心也被这样甜蜜美好的场景融化了。

贝希耶差点忍不住去拥抱穆济。她们四个牵着手，跳着生日舞。贝希耶转身跑进厨房，点亮蛋糕上的蜡烛和烟火，关上灯。

"过生日的人。快来厨房。"她大叫。

她们跑了进来。

祝莱曼生日快乐
祝莱曼生日快乐
生日快乐，生日快乐
生日快乐——妈妈!

她们热情高涨地放声歌唱。然后由衷地相互拥抱。

涵丹把礼物递给妈妈。莱曼立刻戴上了这对宝贝耳环。穆济买了个可怕的烟灰缸作为生日礼物。贝希耶这辈子从没见过这么丑、这么暴力的烟灰缸。陶瓷做的。

"这让我想起我妈妈。独一无二的穆济。我下半辈子都用这个烟灰缸。"厨房里洋溢着莱曼的笑声。她抱了一下涵丹和穆济，亲吻了她们。

贝希耶很尴尬，紧咬着嘴唇，把礼物递给莱曼。

"我喜欢，我喜欢。小甜心，我的贝希耶。"

她跑进卧室，穿上那件 T 恤。她穿这件白色的紧身短袖 T 恤是那么好看。她在发光。她引人注目，令人渴望。寿星莱曼。

世界上最有魅力的母女。以前从来没人叫贝希耶"小甜心"。偷心大盗。这对母女会偷走别人的心。她们用幸福、快乐和飞舞的心掌控了贝希耶。飞舞的贝希耶。飞啊，飞啊，虫子。飞到你想去的地方。飞吧。

谎言

她们坐在那儿尽情地享受蛋糕、饼干和三明治。贝希耶不断为她们续茶。

"内文姐姐？我们是不是忘了等她？"

"没事儿。她也许要一小时后才过来。她今晚约了人。奥兹坎在最后关头打电话来，说他今晚方便。"

内文姐姐依照男人的兴致来安排自己的生活。这些女人，只要男人说方便，她们随时可以像哈巴狗一样跑过去。这些女人随时就位，心甘情愿。一群心碎的女人。像内文姐姐一样的女人都遵循这一黄金法则。随时准备好全身心地服从任何命令，打从灵魂深处，百分之百地依赖男人。贝希耶怒火中烧。

涵丹！就在这时，涵丹的电话响了。她接起电话，语气轻快、挑逗，这是她接埃里姆电话的语气。她跑回自己的房间。她要向他辩解。用她那婴儿般的声音告诉他，向他解释，为什么她两天不能见他。她要千方百计地取悦他。

贝希耶的内心翻江倒海。她想让涵丹脱离内文姐姐的法则，远离莱曼的世界。让她别像她们那样。别像她们。否则那将是涵丹的耻辱。

涵丹还没出来，屋里的电话响了。贝希耶坐立不安。涵丹家的电话很少响。找这对母女的人都会打她们的手机。

莱曼不想起身："你能接下电话吗，贝希耶？"

贝希耶心跳加速，跑向客厅。千万别是找她的。千万别是找她的。她拿起咖啡桌上的小电话，声音微弱地说："你好。"

一个深沉的男人声音："我找莱曼女士，她在吗？"

"在，请稍等。我叫她。"

贝希耶跑向厨房。

"找你的。"

"噢，不想站起来。我的手机号所有人都知道，会是谁呢？是男人还是女人？也许是哪个神经病吧。"

"是男人。"

"去问问他是谁，贝希耶。"

"不好意思，能告诉我你是谁吗？"贝希耶对电话那头说。她觉得自己的行为很荒谬，满脸羞红。

"艾汉·阿塔坎。莱曼女士的朋友。"

"请稍等，艾汉先生。"

莱曼冲进客厅："是艾汉吗？"

贝希耶点点头。莱曼一屁股坐在沙发上。她一只手放在胸口，另一只手伸出来接电话。贝希耶把电话递给她。

显然这个来电很重要。艾汉不是普通人。莱曼用手按着胸口，好像心快跳出来了似的。

贝希耶回到厨房，吃掉三块蛋糕。洞穴蛋糕令她心情平静。

她想消失在蛋糕里，想藏到这块洞穴蛋糕里。她不明就里，但感到很尴尬。她的脸又红又亮。脸和心都又红又亮。

"我明天下午约了埃里姆，贝希耶。电话响了，是找我妈妈的吗？"

"是的，没错。一个叫艾汉的人。"

"艾汉？"涵丹的一对猫眼睁得大大的。

"那个没用的混蛋又打电话来了？他从哪里冒出来的？"穆济大声说，唾沫从假牙中喷出。

"小声点，穆济。她会听见的。她正在里面和他通话。我们能怎么办？"

"那条毒蛇又爬出来缠上莱曼的幸福日子了。莱曼最近和新男友过得很好，那人叫谢夫科特还是什么。那男人看起来真被她给迷住了。"

"嘘。她挂电话了，正走过来。"

莱曼没进厨房，而是径直奔向浴室。她打开浴室的水龙头。她们三个竖着耳朵听水龙头的流水声和厕所的冲水声。

"她肯定在哭。她打开水龙头，让我们听不见她的哭声。"

"她为那条百足之虫哭了好几个月。还不够吗！该死的艾汉。去死吧。"

"别咒他，穆济。艾汉深爱着莱曼。只是他们不可能在一起。这些已婚男人最终必须有所抉择。"

涵丹是多么理解莱曼的神秘世界。她多么顺其自然地理解了当中的规则。听到涵丹这么说，贝希耶十分惊讶。她的涵丹！宝贝猫咪女孩！也许涵丹比她更成熟。也许，像涵丹说的那样，贝希耶才是她的宝贝。贝希耶完全无法理解这样的世界。她对"欲望"的规则毫无头绪。我对此话题一无所知。一无所知的贝希耶。

莱曼把脸洗干净后，回到桌旁。

"你们都知道了，他打电话来了。但我们别谈他。他想祝我生日快乐。他忍不住要打电话来。说这，说那。就这样，没什么。"

"我的蓝色兔子的眼睛都肿了。"涵丹说着，爬到她的膝盖上坐着。

"该死的混蛋。祝他早日下油锅。"穆济就像在悄声祈祷一般。

"穆济！这个男人也没办法。他给他岳父打工，三个孩子还小，妻子是他阿姨的妹妹——他深陷其中，无法逃离。别逼我了，穆济。家里没有瑞典伏特加吗？难道你们不觉得我们该来点伏特加吗？"

莱曼站在凳子上，从橱柜顶格拿出一瓶伏特加。

"来，"她说，"谁想来点伏特加兑橙汁？"

接下来四五个小时，贝希耶记不清她榨了多少橙汁，记不清她们听了多少遍塞拉米·沙欣的《谎言》。

她们倒带了大约三十次。听了至少一百遍《谎言》。两瓶瑞典伏特加，再加六瓶啤酒和半瓶泰基尔达葡萄酒。把这些全喝光以后，她们甚至还喝光了家里那种可怕的香黄液体，苦艾酒，她们竟然喝光了苦艾酒！

穆济、涵丹、贝希耶和莱曼。好吧，莱曼喝了大多数。但她们都喝了很多，逼近自己的极限。喝了很多。

今晚的曲目是《谎言》，似乎专为莱曼的生日播放。即使到现在，贝希耶也还记得这首歌。这首歌在她的垃圾曲库里，刺痛着她的心。

谎言、谎言、谎言，我不爱你，这是谎言
我在愤怒的瞬间，说出的谎言
我不爱你，这是谎言

后面有一段歌词，她们放声齐唱。

让他们来，拿走我的一切
相信我，我喜欢与人分享
只有你，我不能与人分享

这是塞拉米·沙欣的这首歌里最重要的歌词。

谎言、谎言、谎言，我已经忘了你，这是谎言
天真烂漫的爱，在我的心底滋生
就在看见你的那一刻

是的，就像爱情大师说的这样。就是这样。

两点左右，传说中的内文姐姐来了。贝希耶喝得太醉，所以当内文姐姐来的时候，贝希耶只记得她是个精心修饰、

爱管闲事的人，头发又黑又多，说起话来喋喋不休。来自外太空的猛兽。她来接管她们的飞船。

在传奇的内文姐姐的坚持下，她们把穆济搬上了客厅的折叠床，当时穆济正趴在桌子上打呼噜。贝希耶记得这件事。

她们沉浸在苦艾酒的香黄毒液中，放纵，堕落。内文姐姐大概也和她们一起喝了酒。最后，贝希耶在她们面前做了一件最丢脸的事。她打口哨。用她的声音打口哨。

后来，当她在厕所里呕吐时，想起了这件事。她躺在浴室冰冷的瓷砖上，想起她们怎样在内文姐姐太空委员会的领导下，费力地把她拖进涵丹的卧室。她记得一半，四分之一，十分之一。她记得。

大约早上七点，她醒来，感觉太阳穴痛得像被针刺一样。她想撒尿。她一站起来，就意识到刚才那些不算什么。她感到强烈的眩晕。胃里翻滚。滚回去，我的胃。滚回你该待的地方去。

十秒内，她垮掉的身躯就趴在厕所前，费力地呕吐。但她没能吐出来。你不可能从昨晚的羞耻中迅速恢复，贝希耶。去吧，承受吧。你宿醉了。你从昨晚的昏迷中掉进了今天！你干吗要喝那么多：有开心事吗？你有什么毛病？你就不能量力而行吗？傻孩子！不省人事的贝希耶。

她看向客厅，太阳穴怦怦直跳。穆济在折叠床上呼呼大睡。她取下假牙后，简直是副骷髅。可怜的破木偶，原谅这个没用的女巫。她心情复杂地看着穆济。然后回到涵丹房间。她们把贝希耶放在了宝贝猫咪女孩的床上。涵丹应该是和妈妈睡在一起。

她想走到莱曼的房门跟前，看着她俩。但她浑身无力。她喝了半杯水，拖着身躯爬上床。水让她的胃更难受。她把头靠在枕头上，想睡觉。如果能好好睡一觉，胃也许会舒服许多。

枕头像针一样刺着头。胃里翻滚着，她觉得自己好像乘着一辆坏掉的汽车，爬上陡峭的山坡。她看了一眼钟，一点了。这就是说，她已经睡了六个小时。尽管头疼、恶心，但她还是睡着了。

她起身来到浴室，对自己的身体状态感到惊讶。虽然胃好受了一点，但依然感到恶心。洗脸刷牙时，一丝力气也没有。每一个动作都如此费力。宿醉的后果。

走她进厨房，看见涵丹和莱曼对坐着喝咖啡。

"来点伏特加，你会好很多。"莱曼说。

"再也不喝了。"贝希耶大声说，"我要死了。"

"以毒攻毒，贝希耶。没别的解药了。"莱曼哈哈大笑。

"我要做烩饭吃。黏糊糊的！烩饭黏糊糊的最好吃。"

"可怜的宝贝，喝得这么醉，晕倒在浴室的地板上。"涵丹说。

"我为自己感到十分羞愧。"贝希耶说。她大声笑着。声音沙哑。

"最好洗个澡。我要和妈妈去雅克马尔克兹看些东西。埃里姆邀请我今晚去他们家。"

"那样啊？你之前没说过你要去他家。"

"是的，没错。他坚持要我去。我猜，是要介绍我给他父母认识吧。"

那个混蛋的父母从没出现过。埃里姆的父亲有个汽车展厅。涵丹跟贝希耶说了上百次。糟糕的有钱人家。

贝希耶扎进浴缸，站在淋浴下冲了很久，很久。久到时间感都扭曲了。她分不清时间的长短。

她洗完澡出来，发现自己一个人在家，无比轻松。她放上"眨眼182乐队"的CD，清洗地板。她想用这些"使人消沉/生活糟透了我又能怎样"的音乐清洗自己的耳朵。然后她又听了"软饼干乐队"：消沉的力量拯救了她的灵魂。

她没力气去做烩饭。她吃了一片吐司加芝士。这似乎让她好了些。很好。现在四点钟。她们要等下才回来。她们回来后会换衫，把刚买的东西放好。

一阵恐慌流遍她的全身。又一整天过去了，没了。她还是什么都没做，没为将来的逃跑计划做任何事！她想去莱文特找家能上网的咖啡馆。还有照片，她和涵丹在市长的摄影工作室拍的照片。照片已经拍好一阵了。她也没去取，她没去取。

突然，贝希耶觉得没有去取照片是件非常可怕的事，似乎把肖像留在那儿很可怕、很危险、很倒霉。陌生人会看到那些照片。邪恶的眼睛，看着涵丹和贝希耶。看到她们如此幸福、美丽，那些人一定会做些什么。

恐慌感越来越强，吞噬着贝希耶，催促着她。她觉得好像失去了掌控一切的力量，好像她因为懒惰和肥胖而失去了力量——这一切正在发生。这一切已经发生了。

不速之客

　　她拿起外套冲出去。她要赶快到市长的摄影工作室去拯救她们的肖像。赶在她们被玷污之前，赶在她们完蛋之前。很快就到。赶在最后一刻之前。

　　她三步并作两步跳下楼梯。她推开大楼的前门，看见有人朝她走来。她找到了她。她正朝她走来，朝着大门走来。她过来了——冲着贝希耶走过来了。

　　"席丹！"

　　"贝希耶！"

　　"你在这儿东张西望什么？你怎么找到我的？发生什么事了吗？你来干什么？"

　　"真是谢谢你，贝希耶。我们十一天没见了，看看我们见面时你的反应！我真好奇。你不是我的朋友吗？我就不能来看看你吗？"

　　"没有关于图凡的消息，是吧？你来找我，和他没有关系，是吧，席丹？求求你，告诉我事情真相。"

"我发誓没有，贝希耶。他去课堂上找你，又让你妈妈来了我家两次，用了这样那样的办法。他找不到任何你的踪迹。不是每个人都像你这么迷人，是吧？"

她牵着涵丹的手上楼，回到涵丹家里。贝希耶泡了茶。

"这些人真可怜。我是说，他们的房子都快塌了。但我认为他们真了不起。而且，涵丹这么漂亮。"

"不是所有人都像你一样住在快乐的宫殿里，席丹小姐。你怎么找到这儿来的？"

"你比我上次见你时，更有礼貌了。也许你会在我们喝茶时打我。"

"你看，我今天是有点不太对劲。昨晚是涵丹妈妈的生日，我喝了太多酒。我想你。昨天，就昨天而已，我想起你。你像泰坦尼克一样进入了我们的水域，席丹小姐。"

"记得那些和涵丹一起去学校上课的孩子吗？我从他们那儿打听到涵丹住在尼斯皮特耶的石油集团里。所以我周围问。后面那家店里的男孩知道这个地址。叫彻尔廷的那个男孩，我和他调情一阵，他就把门牌号给我了。"

"能干的席丹女警。那你现在找到我们了，要做什么？你干吗要数着有多少天没见我？我们是在这儿谈论激情吗，席丹公主？"

"别逗我笑，贝希耶。你疯了，你偷了你疯子哥哥的钱，然后消失了。那家伙一直在找你，涵丹没去上课，手机也停机了。是人都会觉得奇怪。你也许不觉得，但贝希耶，你是我最亲密的朋友。我敢说你一点也没这么觉得。"

席丹正在谈论友谊，门开了，莱曼走进屋子，面色阴沉。

贝希耶不想让席丹撞上莱曼。她为什么没想到带她去莱文特或者别的地方？她一下呆住了。喝酒真让她脑子一团糟！她完全无法思考了。或者，反应迟钝。

莱曼对席丹很冷淡。席丹感觉到了。贝希耶也并非没有察觉。

"我是涵丹在课堂上的朋友。我经过这儿，想着应该来拜访一下。"席丹结结巴巴地说。

"涵丹不在家。"

她表现得就像——这儿有你什么事吗？对贝希耶，她表现的是——对你来说，我们需要的一切就是使朋友开心。她用短短几句话就表现了所有这些想法。

可是贝希耶没法鼓起勇气立刻送走席丹。她的状态也没法立刻做决定。她们表现得好像要继续在厨房喝茶似的。她们两个都想尖叫着逃走，但又都被钉在凳子上动不了。

在这紧张的气氛中，电话响了。"我去接，贝希耶。"莱曼一边往屋里走，一边说。

艾汉·阿塔坎，贝希耶心想。听到电话响这么激动，都是因为艾汉·阿塔坎。

"是的，先生。我是她妈妈。噢，这样啊。没有，我不知道。嗯，我想是的。好的，先生。我明白了。行，谢谢。我会打给你。行。祝你愉快。"

贝希耶和席丹竖着耳朵，听到这段冰冷、正式的对话。反正不是艾汉·阿塔坎。那会是谁呢？莱曼会用这样的语气跟谁说话呢？到底是谁？发生了什么？发生了什么？

莱曼一挂上电话就来到厨房。

"是课程主任打的电话。"她的语气很可怕，"涵丹说她也许会再去注册，但现在她朋友的哥哥在跟踪她，她恳求退回学费。那个笨蛋不知道怎么办，我想你很清楚，贝希耶小姐，他退了钱。他打电话来告诉我这一切。涵丹还会再去注册吗？课程已经全报满了，但还有涵丹的位置，等等。是的，贝希耶小姐，你怎么解释这件丢脸的事？在这之前，我女儿从没对我撒过谎，一次也没有。涵丹不知道怎么撒谎。你有个哥哥在找你吗？所以你才搬来和我们一起住，是吗？来吧，告诉我们，让我们听听你的故事。"

贝希耶看到席丹惊讶得嘴都合不拢，真想给她一巴掌。如果不是因为她来了，贝希耶可能会先去听电话。如果莱曼晚点回家，课程主任打电话来时家里就没人。照片还在工作室呢。她没去取，她去不了，就因为席丹。她不是已经觉得很可怕、很不吉利了吗？——她不是已经想到了吗？她心里不是早就已经知道了吗？看，的确发生了。

莱曼用尖锐的目光看着贝希耶。她正在用目光把贝希耶切成碎片。她正在摧毁贝希耶。贝希耶完了，毁掉了。

就在这时，发生了一件贝希耶生命中从未发生过的事。虽然这件事在莱曼的生活中持续发生：她屋里的手机响了。

她跑进屋里。谢夫科特先生！贝希耶记得莱曼的各种语气。现在，她在屋里，用谢夫科特语气说着话。她正在跟他讲刚发生的事，解释自己心烦的秘密。今天她的声音听起来暴躁的原因，不是艾汉·阿塔坎来电了，而是课程费用。毕竟，家庭灾难能派上用场。贝希耶松了口气。

"起来，"她说，"我们离开这儿。"

席丹挎上包，贝希耶拿起沙发上的夹克，冲出了家门。屋外，美丽清新的十月夜晚呈现在眼前。贝希耶很开心。离开那个屋子，远离女巫莱曼，奔向秋日的夜晚，这令她感觉很好。

"可她真是个漂亮的女人。"席丹说，嘴巴还大张着。"我这辈子从来没见过这么漂亮的女人。她比米歇尔·法伊弗还漂亮。比卡梅隆·迪亚兹还漂亮。她真漂亮。但心肠很坏。"

"我们再为你找些金发女演员。你可以挨着数。走快点，席丹。前面有个摄影工作室，我想在他们关门前到那儿。"

"你让主任退你课程费了吗？那个人有他们家的电话。他告发了你。还好他没把电话号码给图凡。他本来可能会给的。"

贝希耶紧咬着下嘴唇。席丹是对的。她还以为自己和涵丹撕碎了所有表格。这就是说，那个人没有交出所有表格。然后还有贝希耶哥哥的事。涵丹就不可以随便撒个谎吗？多亏了涵丹，所有事情都暴露了。现在她们没脸见人了。

涵丹！你在哪儿？你在哪儿？你妈妈都回家了。你在哪儿，涵丹？

贝希耶心底涌起不可思议的对涵丹的渴望。她含着眼泪。她就像个疯女人，她知道。她前一刻还很开心，下一刻就感到恐慌。因为渴望和悲伤，她流下了眼泪。贝希耶状态非常糟。她精神崩溃了。

市长办公室的门上贴了个告示，上面写着：

市长办公室开放时间
08:30—12:00

可这是摄影工作室啊。这同时也是一间摄影工作室。现在才晚上八点零五分，为什么关门了？为什么关门了！

她踢了百叶门一脚。狠狠地踢了一脚。隔壁商店里的人看着她。

她痛死了。痛得流泪了。痛苦的眼泪。席丹说了些傻里傻气的话安抚邻居。

她取不到照片了，也找不到涵丹。涵丹不见了，照片也不见了。她的脚很痛，痛死了。她想大叫涵丹的名字。她想冲着屋子尖叫、大喊，想奔向涵丹的怀里，把头埋进她的颈项。涵丹！涵丹！她来晚了吗？她失去了涵丹吗？涵丹在哪里？

"贝希耶。你怎么了？发生什么事了？商店只是关门了而已。别这么难过，你可以明天来拿照片。"

贝希耶回过头，看着席丹。眼泪从席丹的眼睛里刷刷流下，滚落在胖嘟嘟的红脸蛋上。她用手背擦掉眼泪，哭得更厉害了。席丹的眼睛哭得又红又肿。她为贝希耶而哭。这使贝希耶感到恼怒。贝希耶很恼怒，很难受——因为脚痛，也因为席丹在哭。

"滚开，席丹。"

"贝希耶！你说什么？"

"滚开！都怪你。"

"贝希耶——我。贝希耶——我没做错什么呀。我不知道她们家的电话号码。我没给过任何人。贝希耶，我做了什么？贝希耶！贝希耶。"

"我叫你滚开。我谁也不想看到。不想看到你，不想看到任何人。我是全新的贝希耶。你不知道。你什么都不知道。另一个我死了。在你呼呼大睡的时候就死了。"

"你伤了我的心。"

"我再跟你说最后一遍：滚开，席丹。"

席丹用手背擦掉脸上的泪水，却有更多眼泪止不住地流下，这让她想起了大雨天汽车上的雨刷器。她跑到街对面。

席丹拦下一辆的士，坐进去。她走了。她走了。现在，贝希耶再也没有童年的朋友了。她为什么要有呢？这是童年吗？她的童年伙伴和她的童年一样，永远离开了她。

不管怎样，她单脚跳回了涵丹家。但她害怕上楼。女巫莱曼在那儿。灾难般的莱曼。

大楼前有个小花园。花园和人行道之间被矮壮的植物隔开。她就在那儿躺下。她希望天赶快变黑，遮住她。笼罩着贝希耶。

很久以前，那是很糟糕的一天。有个坏司机让她和涵丹很难过。她们一起躺在草地上。草地对她们很好，让她们感觉好起来。很久很久以前了。

很久以前，她和涵丹在一起。就是昨天。

但那时涵丹在她身边，现在涵丹不在。涵丹不在她身边。她也没有照片。她没法拿到照片。照片被锁起来了。

涵丹！

快来救我。我正趴在草地上痛苦。来带我走。随便你带我去什么地方。快来找我，涵丹。我要死在这儿了。我在草地上快要悲伤而死了。

绞肉机

　　"贝希耶！我的贝希耶！你怎么了？你怎么不在家里？你干吗躺在这里？发生什么事了，贝希耶？有事发生了吗？你在哭。我看见你的脸上有泪珠。你一直在哭。"

　　她把手里的包扔在一旁，哭着躺在草地上。她看见她了。她找到她。她在这儿躺了多久？贝希耶不知道。也许半个小时。她不想知道。期间有三四个人进出大厦。一个也没看见她。只有涵丹。涵丹发现她躺在草地上。涵丹！涵丹！

　　"涵丹！"

　　"怎么了，亲爱的，告诉我发生了什么？你和我妈妈闹矛盾了吗？走，我们上楼去。天越来越冷了。"

　　"涵丹，我害怕。会有不好的事要发生。我怕我会和你分开，涵丹。"

　　"不会发生不好的事。别担心，别难过，贝希耶。来，我的宝贝，到我怀里来。"

　　涵丹的味道。贝希耶累了，很累，但现在她全好了。只是头很痛。两根针还在钻着她的太阳穴。这也会过去的。涵丹来了。涵丹在呵护她，安抚她，向她承诺许多美好的事情。

"一切都会好的，我的唯一。你等着瞧，我们会离开这里。我们会过上完全不同的生活。耐心点，没多久了，我的贝希耶。"

她们上楼。莱曼不在家。她一定是在贝希耶和席丹走后去了美发店。去内文姐姐那儿，去谢夫科特先生那儿，这是她的工作。

涵丹和莱曼在雅克马尔克兹大吵了一架。莱曼不想给涵丹买她想要的东西，只想让涵丹买些廉价货。

涵丹提起吉尔·桑达和莫斯奇诺。她们开始互相指责，莱曼总是买昂贵的东西，而涵丹只能买廉价货。后来，莱曼给涵丹买了她想要的所有东西。因为她们事先没做预算，否则的话，这样做毫无好处。

后来，埃里姆打电话来。她们在雅克马尔克兹和他见了面。他今晚要和父母一起去叔叔家。今天是他叔叔和阿姨的结婚纪念日，埃里姆必须去。他邀请涵丹和贝希耶过阵子去他家的避暑别墅。别墅在图兹拉，有泳池，非常棒。他们会玩得很开心。可能吧。要是贝希耶也一起去就好了。布拉克也会去。还有坚克和他的女朋友。涵丹呱呱呱地说着。

"那么，你明天要去埃里姆的避暑别墅吗，涵丹？"

"是啊，我答应了，贝希耶。秋天的太阳暖洋洋的。我们可以游泳，晒太阳什么的。那晚我们在大学游泳池里玩得多么开心。我们可以再玩一次。求你去吧，贝希耶，求你和我一起去吧。"

"你怎么能这样说？你怎么能把我们的泳池、那个夜晚、那场梦，拿来同那个混蛋的泳池相同并论？你在玷污我们的泳池，涵丹。你在毁掉我们共同拥有的一切。"

贝希耶捶着墙。她的脚因为踢了市长的百叶门，还很痛。现在，她的右手也很痛。现在，痛得彻底，痛得对称。棒极了。手脚都在抽痛。

涵丹睁开她的猫眼睛，大大的海绿色眼睛，睁得很大。"够了，贝希耶。够了。我受不了。我厌倦了不断犯错。不管我做什么，都会因为犯错受到责怪。和妈妈一起生活已经够糟糕了，现在有你支持我。你干吗老是为难我呢？如果你真的爱我，你会这么为难我吗？"

"塞拉米·沙欣的歌词唱得对，涵丹。就是这样，人们总是为难自己爱的人。如果你不爱他们，干吗要为难他们？如果你不爱他们，你怎么会心烦？"

"你又在奚落我。你看不起我。我不像你读过那么多书，那又怎样？我就知道这些。你不喜欢我，你心里充满了仇恨……"

"什么？"

"别问了，贝希耶。"涵丹哭了起来，"我受不了了。我真的受不了了。"

"你受不了我。我！你知道今天发生了什么吗？席丹四处打听找到了你家。我们在大厦前门正面相遇。后来我们上楼了，因为我是个白痴。然后莱曼回来了，接着电话响了——你猜是谁打来的？"

"是你哥哥吗？"

"是课程主任！你告诉他让他退你钱，你还告诉他你会回去。他找到了你家的电话号码，打给你妈妈。那个贼眉鼠眼的人打电话来了。他干吗要打电话来。课程已经报满了。他为什么非要寻根究底？"

涵丹两手撑着脸，盯着自己的脚，一边哭，一边抽泣。

"我把电话号码留给他了。我以为，如果我能征得你的同意，我也许会回去上课，贝希耶。我不想退课。我想学习，我想进博斯普鲁斯大学。我想离开这个屋子，仅此而已。我同意照你说的做，是因为你如此强烈地要求。我本来想去上课的。"

涵丹吃力地说着这些话。现在她哭得整个人都崩溃了。她大声地哭着，发自内心地、无比悲痛地哭着。全身心地哭着。宝贝在哭。宝贝猫咪女孩在哭。如果贝希耶没把她弄哭，她还会哭得这么伤心，哭得这么翻天覆地吗？涵丹会哭得这么厉害、这么绝望、这么久吗？

"听着，我们这样。我们今晚马上就给你妈妈1000美元。我们向她道歉。我的意思是，我会向她道歉。我会告诉她，这都是我的错。这的确都怪我。那么，澳大利亚呢，涵丹？你想去吗？还是说，是我在逼你去？我真该死。这全怪我。"

"别这么说自己，贝希耶。别责怪自己。别太责怪自己。我也在做准备。我有自己的计划。我对你说了些不好的话，对不起，我的唯一。我很爱你。你是我的第一个，也是唯一一个朋友。真的，你是我人生中第一个朋友。对不起，贝希耶。原谅我。"

涵丹走过来，坐在贝希耶的膝盖上。贝希耶的三个痛处，头、手和脚都过劳了。贝希耶立刻就承受不了了。她需要吃药。否则她会像狼一样嚎叫。她想嚎叫"啊啊啊"。痛苦的哀嚎。

"我的头、手和脚都很痛！我需要止痛药。否则我会像伊斯坦布尔的狼女一样大声嚎叫。"

莱曼有两个抽屉装满了药。涵丹正在找 Apranax Fort。这种药最好。她们找到了盒子，但里面是空的。

她们决定去莱文特找找没关门的药店。商场里的药店开着门。他们给贝希耶开了些 Apranax Fort。她们在"小家庭"吃了肉丸和豆子肉菜烩饭。还吃了一块蛋糕，喝了些茶。

贝希耶还是不太舒服。宿醉总是让你感觉像在往地底下沉。涵丹的话不停地在她脑海中回荡。涵丹说："我受不了你了。"她说："够了。""够了。我再也受不了了。"再也受不了。再。再。再。

她不想跟涵丹说话。贝希耶知道自己的情绪状况很糟。她不想让涵丹卷进来。此刻，她异常恐惧会失去涵丹。这是她一个人的错。与星宿、女巫、舞女、美杜莎、黑暗力量都无关。她如此害怕失去涵丹，只因为她自己，她自己。

她们在莱文特的后街走了一阵。药力减轻了脚上的疼痛。手和头的疼痛已经完全消失。疼痛没再困扰贝希耶。放松，贝希耶。别发疯。放松。好好的。平静。拜托了，贝希耶。拜托——这个词一直在贝希耶脑海中打转，像祷告一样。

"我们可以去雅克马尔克兹吗，涵丹？去美食区。你可以吃甜甜圈，我可以再喝杯茶。"

"如果你刚才想去雅克马尔克兹，你干吗不早点说？那样的话，我就可以在那儿吃饭了。我可以在汉堡王或者阿比家吃饭。"

贝希耶不想回到那所房子里。她害怕碰上莱曼冰冷的目光和恶毒的语言。其实，涵丹说出这样的话是因为不耐烦。无法忍受。她让涵丹精疲力竭了。在涵丹的世界里，贝希耶不再处于原来的位置上。涵丹的世界正在慢慢远离她：远离她的侵害。她惊恐地看着涵丹世界滑走。

她需要冷静。她需要表现得有趣、甜美、冷漠。她需要这样，但怎样才能做到呢？眼看着涵丹世界渐渐远去，变得越来越小，越来越少；涵丹世界变小了，缩小了，贝希耶怎么冷静得下来？她怎么能冷静，怎么有趣，怎么甜美？

她感到恐慌。这才是真的。

害怕侵害。

如果真是这样，她只想躺在地上跺脚。涵丹，别离开我。她想尖叫、大喊、哭泣，让自己丢人现眼——她就想这么做。

她们现在在可怕的雅克马尔克兹。过去几周，贝希耶无数次在这里结束自己的一天，那都是些令人恐惧的回忆。人们在这里过完一生，在这里花光所有时间。一群真实的人，他们的灵魂被沙砾填满。一群可怜人。

贝希耶觉得美食区又挤又窄。她盯着身边的人们。看着这些父母像艾提雷的服务员一样服侍自己的孩子，而这些小孩却只想做雅克马尔克兹的孩子，看着这些可怜的人们，贝希耶感觉像在穿过绞肉机，自己的灵魂被碾碎了。她听见碾碎的声音在耳边响起。

她们的桌前有两个女服务生，看上去已经在那里坐了好几个小时。其中一个脸上一直挂着微笑，然而，久经练习的微笑依然可怜地失败了。她不停地抬头看，并微笑。她一直笑。那笑容似乎在说——有什么建议全都可以告诉我，快来找我。

怎么可能来找你呢，你这可怜的人儿？我甚至不愿去想，找你说话有多么丢人。我不想为你感到难过，将我的灵魂切成一条一条的，放进绞肉机，然后看着它变成虫子钻出来，为你而战。我不想这样。

我想离开这个讨厌的地方。我想逃走。救命！救救我！我想尖叫着离开这个可怕又可怜的地方，永远逃离这里。但这是不可能的，对吧？你会留在这儿，留在这一层，等待诱人的、可怕的或者讨厌的事情发生。你不会三步并作两步地跑下楼梯，然后一头扎进地下的服务生区域。

你不会振作起来告诉自己，要逃离这个地方。我不属于那儿，并且我成功逃离了那个可怕的场面。无论我会成为怎样的人，我都会在这里。无论我变成什么样，事情总会在这里发生。这是我的地方。我从这里来。这就是我。

你不会这么说。你不会这么说。

可怜的雅克马尔克兹生物。你不会离开这片肮脏、不透气、长满青苔的水域，你已经在这里游荡了这么久。不是吗？

"贝希耶！贝希耶！"

贝希耶回过头，看着涵丹，尽量使目光冷酷、镇静和克制。

"什么，涵丹，怎么了？发生什么事了吗？"

"你在哭。你把茶倒在自己手上了。而且你在哭。你甚至不知道你自己在哭，贝希耶。我已经盯着你看了好几分钟，你却不知道。你怎么了？你状态很糟，而且你自己不知道。

你怎么了，亲爱的。告诉我。是因为我吗？"

"涵丹，我们拍的那些照片。"

"是啊，是啊。我们还没去拿呢。"

"我们没法去拿。一切变得很糟、很倒霉。今天我和席丹去过，但他们提早关门了。我们的照片被囚禁在那儿了。"

"什么叫被囚禁了？我们可以早上去取。"

"我们可以吗？我的意思是，我们能够做到吗？"

"当然能，贝希耶。你就为这事儿哭吗？"

"嗯，还有别的事。你说对了，我不知道自己在哭。我状态很糟。你厌倦我了，涵丹。我让你受累了。我已经用光了属于我的涵丹世界。所有一切都从我的脚下溜走了。"

"别这样，我们回家吧。你需要睡觉。明天一切都会好的，贝希耶，不信到时你看。"

她们从雅克马尔克兹的侧门走出去，撞上了布拉克。小伙伴们约好了在家居卖场碰面。家居卖场的孩子。一等的雅克马尔克兹生物。他们消费得起这座商场里的任何东西。他们不是那种只能流着口水看商品的人。他们可以拥有这里售卖的一切。就好像他们很富有似的。

"我们明天在避暑别墅野餐。我和埃里姆早上要去买肉。贝希耶要和我们一起去吗？"

贝希耶是你叫的吗——贝希耶没这么说。她狠狠地看了他一眼，冲出门去。那个死胖子竟然以为我这个周末会去给他们表演猴戏，逗他们开心。泳池什么的。哈，哈，哈！

过了一会儿，涵丹追了出来。"你至少该告诉他你不去。你这样对他们很无礼。"

贝希耶没说话。她把自己的灵魂放入绞肉机，第二次放入，第三次放入，小心翼翼地，像家庭主妇一样。现在，她的灵魂成了红白相间的虫子。她的灵魂仿佛一斤碎肉，坐在蜡纸上。贝希耶想朝着自己的灵魂呕吐。想完全吐空自己。

　　然后将自己的灵魂扔给街边的流浪狗。被吃得干干净净。也许，没有灵魂的她会感觉更好。否则的话，贝希耶会一个跟头翻下山坡。如果她可以摆脱自己的灵魂，也许会有一根树枝、高压电缆或者长板凳接住她。不管怎样。怎样。咆哮，狼嚎。灵魂的哀嚎。嚎叫。嚎叫。没人会听见。

服药睡觉

贝希耶一回到家就爬上折叠床。她累坏了，精疲力竭。同时她也知道，睡觉是不可能的。她像老鼠一样趴在被窝里。她不想和莱曼打照面。在这倒霉的一天中，唯一没发生的一件倒霉事就是和莱曼打照面。她把自己盖得严严实实。老鼠贝希耶。

涵丹说过的话：涵丹最初那几句伤人的话，涵丹第一次表示出厌倦、被打扰和厌烦。这些伤人的话让贝希耶的心碎成了两半。她第一次在涵丹的世界里感受到自己是多余的。她是个多余的人，并且在逐渐变成麻烦。

我皈依于你，涵丹。那又怎样？我的"你会被拯救的感觉"。你来到我身边。我也来到你身边。我的"你会被拯救的感觉"。你要走了，要扔下我了，是吗？你要离开我了吗？

很晚，接近黎明时分，莱曼回到家里。贝希耶一动不动地躺着。她假装睡着了。这样莱曼就不会跟她说话，不会将她赶出屋子。老鼠贝希耶。

很好。上午十点或十一点之前，莱曼都不会从卧室出来。她很晚才回家，她明天会睡到很晚才起床。贝希耶会一大早就起床，为涵丹做好早餐。然后她会跑到市长的工作室。去拯救那些照片。涵丹和贝希耶的照片，因为贝希耶的懒惰而被扣留。懒惰，缺乏纪律性，呆头呆脑——贝希耶以前不是这样。她以前做什么都很准时。甚至提前完成。以前，她掌控着时间。

现在，她没了时间感。一切要不发生太快，要不发生太慢。她没法按时完成。她要不就赶不及，要不就得等很长时间——她不知道。总之，她丧失了时间感。以前贝希耶有生物钟。每个人都有生物钟。贝希耶的钟坏了。贝希耶，你得修好自己的钟。你得控制住你自己。苏醒过来吧。坏掉的贝希耶。

睡眠是口井。你在花园的暗处游荡，因为疲惫，你看不见井。你跌进睡眠之井。你甚至不知道自己已经跌入其中。事情就是这样。

贝希耶睁开眼睛，发现自己睡了好几个小时。她已经错过了清晨。涵丹和莱曼已经醒了。她能听见她们在厨房里说话的声音。她们已经起床了。贝希耶再次晚点了。

她跑向浴室，涵丹朝她大喊："早安，贝希耶。"

她害怕去厨房，但她不得不去。既然她住在莱曼家里，又怎么避开莱曼呢？她给自己打气，然后走进厨房。

"早安，贝希耶。"莱曼说。她从没听过莱曼用这样的声音说话，既不冷酷也不温暖，既不愤怒也不温柔。莱曼的声音如此镇静、坚定，她之前从没听到过。

"早安，我今早又起晚了。"

"贝希耶，我们有好消息要告诉你。我跟妈妈说了课程费的事，我说我们没怎么动那笔钱。我说我们可以交还给学校。我向妈妈道了歉。我的蓝色兔子原谅我们了。而且昨晚谢夫科特先生——妈妈，你自己说吧。告诉贝希耶。"

"谢夫科特先生会再为涵丹付一次学费。我们的所有欠债和所有信用卡债今天都会还清。新的一岁为我带来了好运：我们摆脱了所有债务。涵丹小姐，现在你不会认为你妈妈买包或买鞋奢侈了吧。"

"妈妈，你还真和这事儿杠上了。课程费的事，我真的很抱歉。我们兑换的美元还在贝希耶的夹克口袋里。谢夫科特先生不需要交钱给学校。如果我想回去上课，我会和贝希耶一起去交钱。"

"什么意思，什么叫'如果你想回去'？你之前不是一直缠着我给你弄课程费吗？所以我才费心去找杰夫代特叔叔要钱。再说，你连撒谎都不会。就算你会，那也全是因为受了贝希耶的影响。我现在就当着你俩的面说清楚，我不喜欢你们经常见面。"

贝希耶觉得自己的情绪快要失控了。莱曼在赶贝希耶走！她想让她离开这座房子。贝希耶能去哪儿？她要去哪儿？她没有家。她的家就是涵丹世界。她即将被赶出去。她就要被赶出去了吗？贝希耶要去哪里？去哪里？

莱曼喝完咖啡，起身，把烟头按熄在烟灰缸里。那个烟灰缸是穆济送给她的生日礼物。她有很多事要做。她要去银行还清信用卡债。她要去结账。还有水和电的账单。各种乱七八糟的债。

让她离开厨房。

让她走。让她走！

她离开厨房了。她起身了。贝希耶正在为涵丹做吐司。她烧伤了一点点。但她没力气去感受烧伤带来的疼痛。她像个机器人一样清洁厨房。莱曼洗了澡，正在房里换衣服。涵丹亲了妈妈一下，祝她好运。然后走进客厅，打开 MTV。罗宾·威廉姆斯和妮可·基德曼正在合唱。

然后我去毁掉了一切

我说了些傻傻的话，例如

我爱你，我爱你，我爱你你你

贝希耶一边清洁厨房的地板，一边希望罗宾·威廉姆斯去死。她想走到电视机面前，挖出那对青蛙眼。这样也许能让那烦人的声音停下来。然后整个世界都不必再听从他那扭曲的薄嘴唇里冒出来的伤感歌曲。

不一会儿，涵丹走进浴室。再出来时，她变成了洁净无瑕的宝贝，走进卧室。她装满自己的粉色小背包，从卧室走出来。

"你要去哪儿，涵丹？"

"我今天要去埃里姆的避暑别墅。他们等下来接我，你知道的呀，贝希耶。"

"你妈妈刚才赶我出去，涵丹。她赶我出去，你没听到吗？但我不能回家。我没有家，涵丹，我没有家了。我从来就没有。我从来都没有家。"

"贝希耶，别激动。莱曼只是和你闹别扭。她没有赶你出去。过两天她就忘了。请你别在意，贝希耶。你要和我一起住在这里。我不想没有你。我习惯了有你。你就像我的姐妹。比姐妹还亲。别管莱曼。"

"你今晚要在那里过夜吗？"

"是的。我今晚要在那里过夜。路途挺长，如果我们逛一圈就立刻回来，也太不值了。我明天晚上回来。或者，星期天下午回来。"

"什么？星期天，下午？该死，涵丹。这段时间我自己一个人在这个屋子里做什么？莱曼今天早上才赶了我。就算她不朝我吐口水，那也够呛。"

"那你和我一起去埃里姆的别墅吧。我们会很开心的。没有你，我宁愿不去。"

"那你别去。"

涵丹的手机响了。"好，埃里姆，我马上就来。"

"贝希耶，如果你愿意去，我可以等你收拾东西。不然的话，我要走了。我几天前就答应他们了。"

"我不去。你走吧。"

涵丹飞快地亲了一下贝希耶的脸颊，冲了出去。她正在下楼。运动鞋下楼的声音。声音停了。贝希耶忍不住到厨房的窗口往下张望。

汽车疾驰而去。她记住了车牌号。不管这有什么用。她想把这辆带走涵丹的车的车牌号刻在脑门上。牢牢记住。涵丹坐着那辆车离开了。她第一次扔下了贝希耶。贝希耶感觉自己被驱赶着远离一切。但她用手指牢牢抠住这个不断消退的世界。

她感到羞耻。但她不能走。她不能离开这个地方。她不能没有涵丹。她不能。无耻的贝希耶。被驱逐。被驱逐的老鼠。

今天是星期五。今天是星期五，十月十二日。她应该冲到市长工作室去。星期六可能不开门。但也可能开门。那家摄影工作室的开门时间非常不可靠。照片还在那儿。扣留。

她穿上夹克。她发过誓，不穿夹克不会外出半步。现在是十二点三十分，但工作室开门了。只有市长办公室关着门。

她把单子递给工作室里的龅牙男孩。凭这张单子能取到涵丹和贝希耶的合照。照片有编号：1428-B.

那个男孩把所有信封挨着翻了一遍。"我见过你的照片。昨天还在这儿。"

可是今天照片不在那儿了。照片也不在柜子顶上。这儿没有，那儿也没有。"伊赫桑可能把它们收到哪儿去了。等他回来，我问问。"

"伊赫桑干吗要把我们的照片放在别的地方。有什么特殊原因吗？"

"没有。"他的门牙更突出了，看起来像只不起眼的兔子。他的门牙就长成这样，从嘴里蹦出来。

愚蠢的龅牙男孩。贝希耶紧咬嘴唇，忍住大喊——你把照片藏哪儿了，快拿出来。把照片给我找出来，家伙。你到底把我们的照片藏哪儿去了。快给我找出来！

她只是说："找一下我们的照片，兄弟。"但龅牙兄弟知道她情绪激动。

"我到处都找了。等伊赫桑回来会找到的。如果你愿意的话，可以留下电话号码。我会打给你。"

"我不愿意。把你的电话号码给我。我会打来询问的。快把照片找出来。你们有什么权力弄丢我们的照片？"

"可是，没有弄丢……"

"别惹我！"贝希耶离开摄影店。她在莱文特的某家互联网咖啡吧里，登陆了澳大利亚大使馆的官方网站。签证版块提出了许多要求。当中最重要的是，18岁以下的人需要提交经过公证的、父母签署的同意书。无所谓。

贝希耶发了条信息："我在哪里能找到澳大利亚公民的地址？"就像用漂流瓶寄信一样。

她无法立刻得到回答。现在，到处都关了。所有业务都停止了。关了。照片弄丢了。店面关闭了。

贝希耶受不了了。莱曼赶她走。

驱逐。迷失。关闭。

她今天怎么过呢？明天怎么过呢？涵丹走了。涵丹走了。驱逐。迷失。关闭。

那边有个药店。贝希耶和涵丹一起在那儿买过 Apranax Fort 的那家。

"我好几天没睡着了。能给我一些帮助睡眠的药吗？"她问药剂师助手。甜甜的男助手。

他不能给她任何需要医生处方的药。于是他给了他一种叫做 Unisom 的辅助睡眠药。也很便宜。很好。两百万里拉。

贝希耶想睡一两天。直接睡一两天。什么都不管，睡个一两天。从她的生活里拿出一两天。去迷失。去关闭。去被放逐。去做贝希耶。不存在的贝希耶。

她不停地想，自己还没吃东西。她吃的最后一样东西，是涵丹的香味，以及三杯茶。她不会吃东西。她为什么要吃东西？让贝希耶迷失吧。流浪。无处容身。

回去的路上，她又去了一次市长的工作室。伊赫桑还没回来。龅牙男孩再次露出自己的兔牙。

贝希耶走了。

同意书。管它呢。

家里没人。莱曼黎明时分会回来换衣服。贝希耶不会在客厅的折叠床上。她会睡在涵丹的房间里。她扔了两颗 Unisom 到嘴里。为了保证药效，她又扔了两颗。四颗 Unisom 应该可以让她睡个一两天。她关上涵丹的房门，脱掉衣服。她穿上长 T 恤。T 恤遮住了她的内裤。她钻进涵丹的被窝里。现在，她在涵丹味道的小船上摇晃。她有点想吐。一块海绵盖住了她的脑袋。

这块海绵刚开始在头顶，然后下滑到鼻子、喉咙，直至盖住整个头。

显然，她睡着了。这一觉睡得像昏迷一样，带着她沿着最昏暗的走廊一路向下。

她不知道自己睡了多久。她不是真正在睡觉。她在涵丹的被窝里摇曳着，像嗑了药一样。贝希耶晕了。她不是在睡觉。她是真的晕了。

门打开了。门打开了。

莱曼。

莱曼的脸上一片混乱。这就是贝希耶后来的记忆。莱曼看上去好像精疲力竭了。喝醉了的莱曼。非常恶毒。极其恶毒。

"姑娘，我不是叫你滚出我们的屋子吗？你在这儿躺在涵丹的床上干吗？我今早不是赶你走了吗？要我报警吗？现在这是什么意思？滚出我的家。滚出去！"

"莱曼！"贝希耶费力地从嘴里挤出这个词。她不是真的醒了。更像是在做噩梦。在这样的梦里，你想跑跑不动，想喊喊不出。

"你还说莱曼。你是谁，凭什么叫我莱曼！滚出我的房子。你迷上了涵丹。教唆她退回课程费。你有什么毛病吗，姑娘？你好像爱上我女儿了。离我的孩子远一点。"

贝希耶想说——这样她就能成为像你一样的妓女。有那么几秒钟，她以为她说了。但她没有。她觉得好像有个巨大的拳头塞在她的喉咙里，让她发不出声音。她变哑了。

为什么？

如果聋了，那更好。那她就听不见这些讨厌的话了。或者瞎了也好。那她就不用看见莱曼的脸了。或者死掉也好。对贝希耶来说，可能死了更好。

"离我女儿远一点，贝希耶。滚出我们的家。没人邀请你。现在，你真的被赶出去了。收拾好你那些乱七八糟的东西，明天一早就滚蛋。我不想再看见你的脸。别靠近我的孩子。离我们远一点。"

贝希耶依然躺在那里，头靠在枕头上，看着贝希耶。莱曼站在那儿用目光和话语杀死贝希耶。讨厌的莱曼。这是她所见过的最丑陋的莱曼。最令人憎恶的莱曼。

她想象自己跳起来，给莱曼一耳光。用尽所有力气，扇莱曼一耳光，然后抓住她的头发，把她的头撞向衣柜。撞向衣柜上的镜子。破碎的镜片掉在地上。

这些画面在她脑中一一出现，非常缓慢地切换着。

终于，莱曼走了。

浴室里传来声音。

莱曼没关灯。灯光刺眼。她想下床去按开关。她想关掉灯。

但她没力气。

睡眠再次把贝希耶扔进井里，下沉，下沉。

服药睡觉。

贝希耶睡了几个小时。她在那个房子里睡在涵丹的床上。她已经被赶出了那个房子。服药睡觉的老鼠。服药睡觉。不管怎样，她总算睡着了。

胃痛

贝希耶醒来，看着时钟。钟上显示是五点。今天是几号？

她躺下睡觉时是星期五，十月十二日，下午两点。黎明时分，莱曼进过她睡觉的房间。从她脸上的状态和醉酒的程度来推测，当时应该是凌晨三四点。

她服药睡着后，莱曼硬生生把她从沉睡中叫醒。印象依旧清晰。尽管被中途打断，服药后的睡眠还是继续。贝希耶甚至没法起身关灯——她没关灯。

那么，今天是几号？是星期天吗？

是星期天清晨五点吗？

浴室就在涵丹房间的正对面。她要冲进浴室。她要马上撒尿。

莱曼？莱曼？

她害怕莱曼，但她又不害怕。她很愤怒，非常生莱曼的气。她从床上一跃而起，冲进浴室。她一边跑，一边尖叫"啊啊啊啊啊！"就像漫画书里的主人公尖叫的样子。贝希耶不知道自己还会这样叫。她只是很自然地叫了出来。

她撒了尿。然后洗脸。走出浴室。莱曼不在。贝希耶打开电视机看。现在是星期六下午——时间是五点十分。她的胃感到恶心，头痛。显然，空腹服用四颗药有点太猛了。

她去洗澡。慢慢地穿上衣服。她在 CD 机里放上林肯公园，找回她迷失的灵魂。

可是，等她醒来，更确切地说，等她脑子清醒过来，莱曼的话在她心里变得沉重起来。她意识到这些话中真正沉重的地方。莱曼的话说得很重！

太重了，贝希耶受不了。贝希耶被这些话重重地压个粉碎。莱曼没权力这么说。贝希耶对她的恨意越来越强、越来越猛。恨意猛烈地冲击着贝希耶的心灵港湾。

她想去那个婊子的房间，在她的床上撒尿，剪碎她所有的内衣裤。这种可怜畏缩的报复行径，会让贝希耶显得更加低劣。如果真这么做了，她以后会更羞耻。

但她想警告莱曼，想给莱曼做个标记。她想用红色喷漆在莱曼的房门上画一个大大的 X。你被判有罪。你已经被标记了。X 表明"你时日无多了"。

她想马上去雅克马尔克兹买油漆。顺便还可以填饱肚子。她的胃太难受了。

她要吃东西。她要马上吃很多东西。这一点贝希耶很肯定。她抓起夹克，冲出屋子。她能感受到夹克口袋里 2800 马克和 1000 美元的重量。真是的重量。如果他们没有退回学费，莱曼还会那么凶地叫她滚出那个屋子吗？终究一切都逃不过钱这一关。如果埃里姆不是个有钱的浑小子，涵丹还会对他这么感兴趣吗，还会那么卖力地追求他吗？"埃里姆的爸爸有一个汽车展厅。他们每两个月就换一次车。"无数次，这句废话涵丹说了无数次！

归根结底，雅克马尔克兹现象。全都和钱有关。一切都是因为该死的钱。这是一个只看钱和小鸡鸡的世界。贝希耶就是这么觉得。这个由男人和金钱说了算的世界，把她变成了一只可怜的蚂蚁，一只臭虫，一只备受惊吓、四处流浪的老鼠。这种感觉深入骨髓。

在雅克马尔克兹的美食区有一家"小家庭"。她吃了肉菜烩饭、大米羊肉菜叶包和酸奶。没吃完，但吃了一大半。食物让她的胃舒服了些。心情也好了一些。贝希耶现在觉得精力充沛、情绪稳定。

她根本不害怕莱曼。她想起自己刚才打算剪碎莱曼所有的内衣裤，这样的报复计划真是女孩子气，她感到羞愧。她要回到那所屋子，听林肯公园。听蟑螂老爸和魔数41——她要把自己有的唱片听个遍。她要用靴子踩死内心那只老鼠，杀了它。她要永远除掉那只可悲的、阴险的贝希耶老鼠。到时候，莱曼那个婊子会知道一切都是她咎由自取。

在别人吃了药睡着的时候，出其不意地捉住对方，一通乱吼，这不是很容易吗？要攻击、中伤躺在床上的人太容易了。就连卑鄙小人也不屑于这么做。就连秃鹫、土狼、老虎也不会这么做——"贝希耶，我们为你呈现了一场动物百科。"她自言自语。就像她以前经常听席丹唱的那些歌。

席丹！贝希耶心底泛起一阵煎熬。都怪恶毒的莱曼，让她伤了席丹的心，赶她出门，伤害了她。

席丹，你很生我的气吗？我是不是狠狠地伤害了你？深深的伤害。席丹，你心情恢复了吗？如果我跪在你的脚边求你，你会原谅我吗？我生命中第一个朋友，我的童年小伙伴。

贝希耶买了张电话卡，在公厕外的走廊上找了个付费电话，打给席丹。铃声响了两下，席丹接起电话。"你好，你好，你是谁？你能听到吗？"

很好。她已经平复了心情。她会好起来的。席丹，旋转的陀螺。健康的心灵瀑布。她会自我修复。也许她知道是贝希耶打来的，也许她感觉到了。

贝希耶站在那儿，握着电话，她有种强烈的冲动想打给涵丹。涵丹。你背叛了我，涵丹！你一遇到白痴公子哥就马上扑了上去。我们的感情就这样了吗？这么短暂，这么一文不值吗？你不是我的"你会被拯救的感觉"吗？你不是在那棵悬铃树下这么告诉我的吗？你不是为我而来的吗？

她没拨涵丹的号码。一阵不可思议的焦躁向她袭来。她奔跑着离开雅克马尔克兹。许多人看着她，怀疑是不是有小偷什么的。

她飞奔到石油集团。飞快地奔跑，张嘴喘着粗气。三步并作两步地爬上楼梯。屋里的灯亮着。她从外面看见灯光。贝希耶走的时候没关灯吗？或者，是莱曼回来了吗？真的吗？

她把钥匙插进锁孔转动，门从里面打开了。涵丹站在面前。美丽的涵丹！她回来找贝希耶了。她属于贝希耶。她哪儿也不会去。她不会走。她们是涵丹和贝希耶。没什么能分开她们。

"我的贝希耶，"涵丹跳过来揽着贝希耶的脖子。"你去哪儿了？我回家没看到你，担心死了。我怕你走了，离开我了。"

贝希耶任由涵丹的气味流遍全身，治愈她所有的伤痕。她完全沉浸在涵丹的气味中，这让她感觉很好。涵丹抱着她。涵丹没有背叛她。她从避暑别墅回来找她了。她们彼此相拥，坐在客厅的沙发上。她们就该在这里，事情就该是这样。涵丹和贝希耶，彼此相拥。

涵丹张开嘴。"我饿死了。"她说，"我从昨晚到现在都没吃过东西。"

世界上最饥饿的宝贝猫咪女孩。她总是饿着。贝希耶要不停地喂她。为她做饭。各种食物、饼干、蛋糕和点心。她们的房子里洋溢着热气腾腾的食物气味。令人垂涎欲滴的气味。贝希耶会一天喂宝贝猫咪女孩六次。泡茶的热水常备。涵丹吃饭时，厨房一定是一尘不染。

贝希耶的内心在颤抖。她一定要和涵丹在一起，陪着她，喂养她，照顾她。让她衣食无忧。

但厨房里什么都没有了。只有莱曼生日派对上剩下的一些饼干，除此之外什么也没有。"我会给你做一个土豆煎蛋卷和芝士番茄吐司。如果能煮些茶水搭着吃……"

"亲爱的贝希耶，我的唯一。你是唯一照顾我的人。和你在一起，就像在安乐窝里。你是我的安乐窝，贝希耶。"

涵丹凑过来亲吻了她的脸颊和脖子。只有涵丹才会这种小女孩的亲吻。

她们此刻在厨房里。站在厨房的地板上。两条小铁船停靠在港湾。

"你为什么从昨晚到现在都没吃东西？"

"别问了，贝希耶。我突然厌倦了那座别墅，厌倦了那些人，厌倦了埃里姆。他们一直玩 PS 游戏，玩到凌晨五点。我感觉糟透了。我一直睡到十二点才醒。埃里姆还躺在我身边。我收拾好东西，悄悄离开了。我身上钱很少，我要搭小巴、大巴和渡轮才能回来。"

"埃里姆躺在你身边？"

"别问了。那是个大问题。我和埃里姆昨晚一起睡了。等我醒来时，我一刻也不想多待。"

"你和埃里姆睡了？你什么意思？"

"还能有什么意思呢，贝希耶？我们一起睡了，我不觉得这有什么大不了。"涵丹一边说一边狼吞虎咽地吃煎蛋饼。一口一大块。

"涵丹！"贝希耶想哭。她从来没想到涵丹会去和埃里姆睡觉。她为什么不一起去？真是白痴，贝希耶真是个呆子。瞎了眼。蠢蛋。傻贝希耶。就连生活中最简单、最愚蠢的事，她也想不到。为什么她现在想哭？为什么泪水夺眶而出？因为涵丹？显然，涵丹自己无忧无虑。贝希耶怎么了？

"别这样，贝希耶。事情已经发生了。他安排房间时，就把他爸妈的房间留给了我们两个。然后，黎明时分埃里姆来了我这儿，那我们就一起睡了。你知道吗，没有流血什么的。一点也不愉快，贝希耶。我只觉得胃疼。我想我的处女膜破了。后来我在浴室擦洗时，有一块软软的肉掉在我的手上。至于一起睡觉嘛，不过是胃疼而已。也许因为这是第一次。但一点也不愉快。很快就结束了。"

"有人要求你这么做吗？为什么要这样呢？为什么你觉得你必须得这么做呢？显然这是一段恶心的经历。"

"不是真的恶心。"涵丹咬了一口吐司，喝了些茶。"我们把它叫做无聊的胃痛。反之早晚会发生的。有时，亲吻埃里姆会很愉快。但和他睡觉却不愉快。不管怎样，已经结束了。"

"我要疯了！让它过去吧，反正都结束了，这都是些什么胡话？你把自己的身体向他敞开了，涵丹。那个白痴公子哥进入了你的身体。"

"瞧，这么说吧。"涵丹开始吃第二片吐司。她把空玻璃杯递给贝希耶。"我的意思是，我之前一直跟你说我有计划，我一直在计划。这个男孩的爸妈很有钱，这就对了。我以为，如果我和他睡了觉，如果我们经常一起睡觉，我们会结婚，然后他们会给我们买房子、装修，就在附近某个很棒的地方，艾提雷或者阿卡特拉，按照我们的口味装修，然后再买一条漂亮的小狗。"

"什么？涵丹！我真开始担心你了。"

"别取笑我，贝希耶。我以为，到时候你可以来和我们一起住。我们会有最新款的样板车。我们可以一起上学，我可以进入博斯普鲁斯大学。我们可以一起在家学习。埃里姆的家人会照顾我们，一直到我们毕业。然后……然后，贝希耶，一切都会顺理成章。这样，我们就真的有钱了，有各种机会了，我们可以去澳大利亚。或者我们可以待在这儿，开启自己的事业。这就是我的计划。俘获埃里姆。"

"涵丹，你是这样想的吗？你真是这样想的吗？"

"不对吗，贝希耶？全世界有成千上亿的女孩都这么想。你以为她们在杂志里都写些什么呢？"

"那是什么让你在首次出击后就逃离了战场？你的胃忍受不了，不是吗？你受不了那样的胃痛。"

"总得试一下。我们一起睡了之后，我面朝着他说'我们结婚好吗？'"涵丹大笑。这张世界上最美的脸庞上露出酒窝。她这么甜、这么美。贝希耶心中又涌起剧痛。是疼痛，痛死了。

"那这个婚姻候选人说什么？"

"他能说什么，贝希耶？'姑娘，你疯了吧。我们只不过睡了一觉而已。'他就是这么说的。如果我真的爱埃里姆，我会很受伤。不知道为什么，真有趣，而且……"

"而且？"

"对我来说，这似乎很无聊。"

"胃痛。"

"完全正确。对我来说，一切似乎就像胃痛。我想我做不了，我搞不定这事儿，贝希耶。如果我肯好好弄，大概一年后我能和埃里姆结婚。我能做到。但我不会去做。贝希耶，你知道回来路上那几个小时，我在想什么吗？"

涵丹的声音变了。变小了，越来越小。她那双美丽的猫咪眼睛湿润了。一颗泪珠从右眼夺眶而出，流向粉红的嘴角。

"你想了什么，我的宝贝？你想了什么？我的宝贝猫咪女孩？"涵丹坐在贝希耶的膝盖上，抚摸她的头发。她在玩弄她的头发。

"我有莱曼恐惧，贝希耶。我害怕长大后会成为莱曼那样。我害怕变成内文姐姐那样，但我更害怕变成莱曼。我害怕自己的一生都在日日夜夜地想着男人。我很害怕！我害怕，贝希耶，我忍不住害怕。我吓坏了，一直很怕，一直。"

涵丹把头埋进贝希耶的颈项。她哭得正厉害。"别害怕，我的宝贝。"贝希耶说，"别担心，宝贝，你不会像莱曼那样。你不会那样。别怕，我的宝贝，别害怕，我的唯一。我会保护你。我会保护你。"

她们起身走进客厅。涵丹不哭了。她进去洗了个澡。她是个干净的宝贝，现在，她们正一起看电视。

"莱曼也许一会儿就回来。我不能待在这儿，涵丹。昨晚，要不就是今天清晨，她赶我走了。她对我说了非常严厉的话。"

"她那时喝醉了，不知道自己在做什么。她今晚不会回来。她和谢夫科特先生去波兰村过周末了。明天深夜之前，她都不会回来。别在意。莱曼会忘了这一切，这就是她的性格。"

"我在这屋里待腻了，涵丹。走，我们去塔克西姆。我们可以沿着独立大街走走。也许我们能听见某个地方传来音乐声。我在屋里待腻了，我们出去好吗，涵丹？"

"好啊，贝希耶。等我穿好衣服，我们就出去。如果我的唯一觉得无聊，我们就出去。我觉得很胀，贝希耶。不只是我的胃，我的整个身体都在痛。我感觉像屎一样糟糕。"

"说话小心点。"贝希耶说，"你以前从来不会这样讲话。近朱者赤近墨者黑。"

"我醒来变成了斗鸡眼。"涵丹大声说。她高兴地拍手，就像发现了密码。贝希耶污染了涵丹的语言和灵魂吗？这个宝贝猫咪女孩长大后的路会因为她而变得更加艰难吗？

　　不仅仅是我，贝希耶心想。我们念完了高中。然后发现了彼此。我们被生活所困。生活不停地轰击着我们的门。生活会把我们带去哪里？请让生活带我们去个美好的地方吧。遥远的好地方。可怜可怜我们吧，生活。别对我们做坏事。拥抱我们吧，可怜我们吧。为什么不这样呢？啊，为什么？

事变

　　她们在塔克西姆，手挽手沿着独立大街漫步。她们手挽手穿过星期六夜晚拥挤的人潮。一起。

　　她们一句话也没说。两人都累了，活得很累。但她们牵着手，她们在一起，天气很好。她们将秋天的夜色吸进身体里。她们深吸着彼此的气味。贝希耶牵着涵丹的手，很开心，不仅如此，她甚至感到宁静。涵丹的手如此柔软，如此优雅。世界上最美丽的手。她想一辈子牵着涵丹的手。贝希耶别的什么都不想要。什么都不想要了。牵着涵丹的手，就够了。

　　就这样走着，手牵手，贝希耶的幸福感没有停止，并且不停上涨。幸福感不断叠加，越来越强烈。贝希耶一边走一边笑。她的手在涵丹手里，她好开心。幸福感不断膨胀，她开始担心自己会像气球一样飞走。全靠涵丹的手拽着她。

　　贝希耶此刻只想感受心中的幸福。她不想担心，不想担心莱曼。她不想担心失去涵丹，不想去担心可能发生的事——她不想让自己的幸福被担忧糟蹋掉。她只想被囚禁在此刻的幸福中：这就是她所想要的一切。

她们一起逛贝希耶最喜欢的书店。只是瞎逛，贝希耶没买东西，也没偷东西。特尔克斯回廊商场的某个地方会放音乐。贝希耶在哪里听说过。她们先去了那里，但时间还早，那里一个人也没有。

在独立大街的一条后街上，她们走进一家酒吧，喝起了酒。内心荒芜，但并不完全空虚。涵丹喝啤酒。贝希耶喝伏特加。伏特加兑橙汁，她从莱曼那儿学来的。

一群男孩过来，和她们一起玩。一群盯着涵丹目不转睛的男孩。他们穿着超大号的 T 恤和看上去大了 40 倍的蓝色牛仔裤。他们的鼻子、眉毛和耳朵上都穿了环，搭在裤包外的不是腰带而是链条。典型的在阿特拉斯回廊商场玩的孩子。

他们当中没有坏孩子。其中两个还非常有趣。埃里姆身边的白痴没一个有趣的。他们只会重复不停地讲从杰姆·耶尔马兹① 那里听来的笑话。

"别又来。"涵丹说。她担心自己又转向埃里姆这个话题，破坏了好兴致。

贝希耶连续喝了四杯伏特加橙汁。她喝得非常快。她不停地喝，好让自己继续在幸福的蹦床上弹跳，好让自己的兴致不被破坏，还有别的这样那样的原因。

涵丹喝了两杯啤酒。然后她就厌倦了、累了、饿了。毕竟已经凌晨一点了。"走，贝希耶，我们回家吧。"她唠叨着。贝希耶的宝贝猫咪女孩累了、饿了。宝宝们就是这样，

---

① 土耳其杰出的喜剧演员、电影制作人、漫画家。

能有什么办法？

她们走进街头的一家三明治店。涵丹吃了一个鸡肉三明治和胡萝卜汁。贝希耶喝了橙汁。她一边喝一边想象里面有伏特加。喝起来就是那味道。伏特加的味道。

她们坐上的士，回家去。涵丹要立刻睡觉。她疲惫不堪。累得没了力气。

"你不在的时候，我睡了你的床，涵丹。"

"没事儿，贝希耶。"

"我当时担心莱曼进来发现我睡在折叠床上。但她还是发现我了。她打开门，怒气冲冲。骑着恶龙的女巫莱曼。小孩的噩梦。清晨的莱曼姐姐！用语言把你切成碎片的莱曼物种。全国最棘手的睡眠女巫。"贝希耶滔滔不绝地乱说，笑个不停。

"走啦，拜托，我们去睡觉吧。"

"涵丹，我不喜欢睡折叠床。那样就像睡在车站里。不知道为什么，像睡在公交站或某个公共场所。我可以睡在这里吗？就睡地板上。"

"睡地板不舒服。我怎么能让你那样睡呢？来睡在我旁边吧。我们一起睡，肩并肩。"

涵丹刷了牙，穿上小狗睡衣。贝希耶穿上睡觉的 T 恤。她们爬上床。涵丹在贝希耶脸上小小地亲了一下。"晚安，亲爱的贝希耶。"说完，她转过身背对着贝希耶。

贝希耶用手抱着涵丹的腰。她听见涵丹的呼吸声。贝希耶把鼻子埋进涵丹的头发里。像今晚这样肩并肩睡在一起，难道不应该存储一些涵丹气味吗？储够用之不尽的涵丹气味？为什么应该存储起来呢？涵丹哪儿也不会去。她不会走。她会一直在这儿。和贝希耶在一起。

她想看看涵丹的脸。但要看涵丹的脸就得坐起来。她怕自己一动就会吵醒涵丹。也许涵丹会说，我们这样睡不舒服，然后让贝希耶去睡折叠床。

贝希耶的心怦怦直跳。她太幸福了，她害怕自己会从中间裂开。碎成两半。但一切都很好。很好。很好。她如此幸福。她把鼻子埋进涵丹的头发里。她轻轻地把头发拨到旁边。她从颈项里深吸着"涵丹气味"。她心都快跳出来了。她如此高兴，欣喜若狂，一直到清晨才睡着。

涵丹很早就醒来起床了。贝希耶假装睡着了。她假装自己睡得很沉。她听着涵丹在浴室发出的声音，渐渐入睡了。她陷入深深的睡梦中。没有涵丹，没有任何打扰，她睡了好几个小时。

醒来时已经下午一点二十分了。涵丹坐在客厅看报纸，报纸上很多裸女。涵丹饿死了。她不想叫醒贝希耶。"走，我们去希萨尔。我们可以在那儿吃饺子。行吗，贝希耶，赶快穿上衣服，我们走。"

她们去的是贝希耶和涵丹第一次见面的地方！贝希耶兴奋无比。她相信一切都恢复正常了，一切都在好转而且会越来越好，一切都会变得神奇，会走好运，会很美妙。贝希耶想轻快地唱歌。她想靠在涵丹的肩上，一直唱。

她满脑子都是关于幸福的荒谬想法。唯一的不快是，因为昨晚的伏特加，她头痛。她觉得头像是要裂开了，但另一方面她想跳舞、演奏、唱童歌。多么美好。如此美好，够了。

因为涵丹太饿，不想走路。她们坐上的士。道路很拥堵。她们讨厌待在车里。司机是个正直的人，没做不得体的事。只是十月的太阳烤着玻璃，她们困在车里四五十分钟，感到厌烦。而且贝希耶的头疼和胃疼加剧了。

"你开吃，我去那边拿点伏特加。"

"贝希耶，你干吗在下午这个点喝伏特加？"

"伏特加是最好的宿醉解药，这可是莱曼说的。我只是抿几口缓解头疼。当药喝：伏特加药。"

贝希耶跑开了，回来时拿着伏特加。她们进了一间茶室。贝希耶偷偷喝着伏特加。她喜欢悄悄地喝。她喝了又喝，笑了又笑。

离开茶室时，她惊讶地发现自己已经喝了半瓶。

"你就像个孩子，贝希耶。这个时间喝这么多，合适吗？这伏特加本不该有药效的吧？你不是只喝一点点吗？瞧，真的，你醉了，醉得一塌糊涂。"

贝希耶不停地笑。她真的"醉了"。她找到了自己的心、灵魂、涵丹和一切。真好。贝希耶好开心。如此美好，够了。

她们走到贝贝克，在那儿搭的士回家，当时是下午四点四十五分。贝希耶没喝酒了。但半瓶报纸包着的伏特加还在她手里。

贝希耶想要坐在大楼前的草地上："来吧，涵丹，这是我们的草地泳池。我们一起跳进草地里。不知道有多少次，你把我带到这里，治愈了我的心。涵丹，有件事我过去从没跟你讲过。你知道你是什么吗？你是我的'你会被拯救的感觉'。在你来之前，你在一棵悬铃树下通知了我。"

"走啦，贝希耶，我们回家吧。我没精神去草地泳池了。我累了，我从昨天累到现在。"

听到涵丹这样说，贝希耶感到好像胃被重击了一下。她不知道为什么，但就是这个感觉。重击。在胃里。

她们上楼。涵丹在包里找钥匙，这时，门开了：莱曼！她一动不动地站在门口，似乎在用一把机枪对着她们扫射。莱曼在杀她们。就在门垫这里。

贝希耶想跑，想逃离莱曼。她恐惧的心提到了嗓子眼，可怕的怒火——巨大且失控，升至眼球。现在，她也厌恶地看了莱曼一眼。目光交战。女巫莱曼，你吓不倒我，灭不了我。我的幸福不会被你化为灰烬。

"你回来啦？妈妈。我还以为你等下才回来。"

涵丹的声音微弱、充满恐惧。看着她的不是"我的蓝色兔子"，也不是快乐的目光。她面色羞愧地走进房间。看到涵丹这么怕自己的妈妈，贝希耶感到有把刀插在自己身上。这让贝希耶很痛。

"我回来得早，你不开心吗？涵丹小姐。这不是我自己的家吗？我想什么时候回来，就什么时候回来。"

"当然啦，妈妈。我只是想说……"

"你想说什么？她还没走吗？我不是跟你说清楚了吗？我不想她在我们的家。让她收拾好乱糟糟的东西滚出去！快。我受够了。再见，贝希耶小姐。赶快回家去。"

贝希耶看着莱曼，眼睛睁得像两颗水晶球。她看着莱曼，就像看见什么不可思议的东西。

"你用那种眼神看什么呢，姑娘？你让我觉得不舒服。

你让我们觉得不舒服。我不想再让你影响我的孩子。我有义务把你当做客人吗？去吧，贝希耶，去收拾你的东西。那1000美元你留着。当是我们给你的礼物。"

贝希耶突然不自觉地放声大叫："去你的。去你的1000美元。你有毛病吗？你这讨厌的女人。你不能把涵丹变成像你一样的婊子——就是这样，不是吗？我影响了她，我这样了，我那样了——这全是狗屁。全是狗屁。别跟我说这些废话。"

"嘿，跟我说话礼貌一点。你就是这样跟长辈说话的吗？这些无礼、不敬、可怕的话……"莱曼说不出话了。她瘫坐在扶手椅上，哭了起来。"走，听见没？走，滚出我家。否则我会报警。"

"你滚出去。我哪儿也不会去。涵丹在哪儿，我就在哪儿。你滚出去。去内文婊子联盟或者随便哪里。"

"妈妈！贝希耶！够了，你们两个，够了！"涵丹大声尖叫着。

贝希耶跑进涵丹的房间，去拿夹克口袋里的钱。她速度太快停不下来，手直接穿过了衣柜的镜子。镜子碎了。手上鲜血直涌。

贝希耶回到客厅，把沾着血迹的钱扔给莱曼。"这些钱你拿去。你只懂钱。你只懂钱，只爱钱，你为钱而生，不是吗？说啊，说啊，你这个吸血鬼！拿着钱，离开我们！"

涵丹坐在莱曼对面的扶手椅上，眼睛都哭肿了。

莱曼从座位上起身，拿起包，走出去，狠狠地摔了一下门。

贝希耶看着手上流出的血。她无法相信眼前发生的事。

这是怎么回事？本来一切都很好。本来贝希耶很开心。这一切是怎么发生的？怎么回事？怎么会这样？怎么会？

她想像野兽一样尖叫着跑向涵丹。大叫，涵丹原谅我！尽其所能地大叫。但她只是站在那儿。也许这不是真实的，也许她还在睡觉，做了一个噩梦。

几分钟前的她那么开心。当时她想和涵丹一起在草地里游泳。为何所有一切一瞬间变化如此巨大？为什么一切就这样被摧毁了？这一切真的发生了吗？不可能。这不可能发生在真实生活里。

她的血滴在扶手椅的垫衬上。

涵丹哭得眼睛都肿了。布上的血迹很显眼。贝希耶的手也在发疼。如果她在做梦，手会这么疼吗？涵丹在哭。涵丹在流泪。这是真实的。

一切都崩溃了。一切都崩溃了。她现在要做什么？她怎么从这一堆废墟中走出去？怎么走？

搜捕

贝希耶瘫在地板上。她倚靠着染上血迹的扶手椅，坐在地板上。她坐在地板上。她坐着。如果她一动，上面的客厅就会塌下来，上面的一切都会塌下来。似乎所有一切都用一根线系在她腿上，只要她一动，她和涵丹就会被困在所有一切的最底下。

无论怎样，她们困在了所有一切的最底下。

整个世界在她们上方坍塌了。世界坍塌了。

涵丹的手机响起。涵丹没有起身。手机响了20次，30次。吵得让人头疼。但涵丹似乎没听见。

打电话的人再次打来。又来了。又来了。

终于，她接起电话。"妈妈，什么事？好，我没事。没发生什么。她也没事。我们就在这儿坐着。好，妈妈，我没事。我挂了。别一直打电话。没有哪里不对劲。我要去睡觉了。行了。好。"

莱曼打电话来检查。这个怪兽有吃掉她女儿吗？有伤害她女儿吗？莱曼妈妈打电话来了。

终于，涵丹站起身，走向浴室。这是她的性格，在坏事或难过的事发生之后，去洗个澡。之后一切就会好起来。一天的开始和一天的结束。涵丹正在不停地清洗自己。

贝希耶听着流水的声音。但她没起身。她不想起身。她真想挖个沟钻进去。她想沉入地底下。

涵丹洗完澡进了房间。她进厨房拿扫帚和簸箕。她不懂扫地这件事。她没法把碎片扫起来。

"我来扫，涵丹。"贝希耶费力地发出微弱的声音。

"没事。我来。这不算什么。"

她的声音冰冷。涵丹的声音冰冷。这不算什么。这种回答路人的话。她把贝希耶赶出了她的世界。她把她扔了出去。

她听见碎片被扔进了垃圾箱。很吵。太吵了。涵丹走进自己的房间，关上门。没说晚安。没有晚安吻。

她和你完了。你懂吗？滚出这屋子吧。趁她在睡觉，悄悄进去拿你的夹克，然后滚出这屋子。离开她们。离开。离开。

但贝希耶活不下去。太痛了。她会枯萎。她会燃烧。她会发出烧焦的味道。她活不下去。不可能。

前一刻她还是幸福的，一切都变了。一切能变回原来的样子吗？能从可怕、无望变回幸福、美好、与涵丹重聚吗？有可能发生如此巨变吗？整个世界、地面、涵丹都在她脚下远去。能把这一切还给她吗？还给贝希耶好吗？还给可怜的贝希耶。

可怜。可怜。可怜的贝希耶。

此刻，贝希耶坐在那儿哭，不停地对自己说："可怜。

可怜。可怜的贝希耶。"她的心在灼烧。她的心在炙痛。她的心受不了这样的痛。她的心会突然碎裂，会化为乌有……

可怜。可怜的东西。可怜的贝希耶。

涵丹关掉灯。她在睡觉。她在睡觉吗？昨晚贝希耶身旁还躺着涵丹。她深吸着涵丹气味，害怕自己会幸福得爆炸。今天，此刻，她看着自己的手，血还没止住，她不敢动。她看着自己的手，看着血，因为没别的可以看了。

贝希耶受不了。她怎么能受得了？她怎么会受得了？可能受得了吗？这对任何人来说都太难了。太痛，任谁也受不了，撑不住。太痛。太痛。非人所能承受。

讨厌的伏特加包在报纸里，立在进门处，就在过道上。贝希耶不敢站起来。一切都会塌在她身上。仿佛一切已经塌在她身上。她爬向走廊，拿到伏特加，再爬回刚才坐的地方。

她从报纸里拿出酒瓶。她需要用酒精洗手——这方法很蠢，思绪一闪而过，她把伏特加倒在了手上。手灼痛。像在被火烧。痛得就像她在伤口上撒了把盐。灼痛、火烧，但很好。既然她的体内像被火烤一样，内心在灼痛，那就让肉体也灼痛吧。还有灵魂也一起吧。灵魂是什么？灵魂是什么？

她仰头将剩下的伏特加一饮而尽。其实，她不太清楚自己在做什么。她也不想知道。

她受不了喝下这么多伏特加。她的胃在剧烈翻腾，快翻到嗓子眼了。贝希耶弯下腰，对着包裹伏特加的报纸呕吐。恶心！一切都令人恶心！恶心的贝希耶！归根到底，你就由这些东西组成：血、呕吐物和疼痛。这就是你。这就是你的构造。你被构成，你被造就。构造。我讨厌这个词。贝希耶想对着"构造"这个词作呕。如果可能的话，她想把这个词平摊开来，对着吐。吐。这比"呕"友善多了。更确切。吐出来。贝希耶吐了。吐出贝希耶。滚出去。让贝希耶滚出这场游戏。贝希耶被罚了一张牌，不管那是什么颜色。

她坐在那儿，怀着满脑子愚蠢的想法，她的心在痛，在漏，在烧，不知道过了几个小时。贝希耶不知道她这样坐了几个小时。

终于，她站起身来，收起报纸和上面的呕吐物，扔进垃圾桶里。然后拖客厅。她用灼痛的手，一遍又一遍地拖客厅地板。她拖得很彻底，令人出奇。

然后她用海绵和清洁剂擦扶手椅。谢天谢地，垫衬是深色的。谢天谢地，是合成材料。是这个名称，不是吗？合成材料。贝希耶的材料是呕吐物、血和疼痛。能这样说贝希耶吗？

一旦她擦干净这个扶手椅，其他的扶手椅和沙发就显得很脏。于是贝希耶开始清洁它们。她清洁，清洁，清洁。接着，她清洁了咖啡桌。以及其他小桌子。贝希耶清洁了她在客厅里找到的一切，她清洁，清洁。

黎明时，她累死了。她没法打开折叠床。她躺在沙发上，没有打开窗。贝希耶可以说是晕倒在没有打开的折叠床上。可怜。可怜。可怜的贝希耶。

早上，又传来涵丹的水声。贝希耶被水声弄醒了。她立刻翻身坐起。涵丹要做什么？她会把贝希耶赶出屋子吗？涵丹真的会把贝希耶赶出去吗？会把她赶出自己的生活吗？涵丹不是来到她身边了吗？涵丹不是毫无条件、毫无保留地向她敞开了所有大门吗？

贝希耶跑向厨房，把茶放在火上。

也许，只要她煮好茶，只要她做好吐司，只要她表现得好像一切正常——卑微的贝希耶。老鼠。老鼠贝希耶。别赶我走，涵丹。别把我从你的生活里赶走，涵丹。

涵丹的手机响了。她从浴室里出来，跑向房间。

"好的，妈妈。嗯，妈妈。好。一切正常。好。嗯，妈妈。好。好，妈妈。"

涵丹从房里出来，穿着第一次见贝希耶时的那件粉色羊毛衫，梳着马尾。粉色的小毛球在胸前弹动。她站在厨房门口看着贝希耶，身上穿的羊毛衫不太像小女孩的，更像婴儿的。

涵丹眼里含着泪水。涵丹没哭。但她眼里有泪水。她穿上了她们第一天见面时她穿的那件衣服。

贝希耶哭了起来："我拖了客厅地板，涵丹。我清理了扶手椅。我还把钱上的血也擦干净了……"

"好的，贝希耶。"

好的？贝希耶？

"我给你煮了茶，涵丹。"

"贝希耶，我妈妈想让我马上去内文姐姐家。她叫我马上去。我过去看看有什么事。也许她态度会软化一点。我不清楚。你把一切都毁了，贝希耶。贝希耶……"

"涵丹！"

"再见。"她背上包。涵丹跑出屋子。她逃走了。她在逃避贝希耶。这就是莱曼想要的。她也逃走了。她在逃避贝希耶。她走了。涵丹走了！涵丹！涵丹！

贝希耶瘫坐在厨房的凳子上，哭了起来。现在她要怎么办？她要去哪儿？去哪儿？而且，涵丹会回家。她过一阵就会回来。也许她会征得莱曼的同意。也许会征得莱曼的同意。

她从涵丹的房间里拿出夹克。助眠药还在夹克左边口袋里。她之前吃了4片。还剩16片。16个圆圆的粉蓝色小药片。涵丹蓝的药片。

如果贝希耶把药全吞了，她会真的睡得很好。她会睡啊睡啊睡啊。也许她睡着的时候，一切都会恢复正常。也许涵丹能让她妈妈的态度软下来。也许莱曼不会把一个熟睡的人赶出去。如果吃掉16片药，贝希耶会死吗？

她不会死。她会睡着。睡很长很长的一觉。

贝希耶把药一片一片地拿出来。盯着它们。她煮了茶。好茶。好茶是最好的东西。好茶能让一切都变好。热尔德兹是这么说的。

她想起了自己的妈妈。她有多久没想起自己的妈妈了。她爱自己的妈妈，她喝茶不是因为她真的想喝。她在承受着痛苦。她已经在承受着痛苦。她能承受更多的痛苦吗？有可能吗？

贝希耶给自己倒了杯茶。将助眠药一片一片地扔进嘴里。这样吃容易一些。更愉快。她扔了两颗糖到嘴里，这样味道没那么糟糕。她开始喝茶。

门铃响了。大楼前门的门铃。涵丹回来了！涵丹受不了，回来了！她会说"我的贝希耶"，然后用手臂揽着贝希耶的脖子。她会用涵丹之吻使贝希耶窒息。贝希耶屏住呼吸，按下门铃。她冲出门跑进过道。

"涵丹！"她朝着楼梯大叫。"涵丹！你回来了吗？"

两个人上楼的声音。"贝希耶，我的女儿。贝希耶，我的孩子，贝希耶！"

是她妈妈和图凡。

他们找到贝希耶了。他们找到贝希耶了。贝希耶逃回屋内，当着他们的面"砰"一声把门关上。"走开！滚开！离我远一点！走开，走开。"

她使劲大叫。声音沙哑，讨人厌。她在大叫。她在大喊。

"开门，你这疯贱人。开门，听到了吗？别把这该死的门关着。马上开门。我要杀了你，贝希耶，你这叛徒！我要剪掉你的胡萝卜色头发，扔得远远的！"

图凡大声叫喊着。贝希耶想掉下楼死掉。掉下楼，当场死掉。她妈妈戴着头巾。她看起来像个善良的、备受煎熬的一家之母：大衣和头巾。贝希耶为妈妈感到羞愧。在这场悲剧中，她为自己因为妈妈感到羞愧而羞愧。但她讨厌图凡。她讨厌图凡。她要干掉图凡。

她跑进屋里，穿上夹克。图凡开始撞门。她紧握着柳叶刀。图凡正在用熊一样的身体撞门。他正在朝里面推门。他把门撞坏了。图凡就站在她面前。她妈妈站在后面。她妈妈在哭。她用头巾的边缘捂着嘴。

"我来教教你怎么当着我的面甩门。我来教你怎么偷我的钱，你这奸诈的贱人！疯子！你太过分了，你太过分了！"

图凡抓着贝希耶的头发，把她的头往墙上撞。

她的妈妈尖叫起来："放开我女儿，图凡！放开我女儿！

图凡！图凡！"

贝希耶手里还握着柳叶刀。但好像浑身的力量都流向地板、流向了瓷砖。也许是因为助眠药。也许她身体里一丝力量也没剩。她能用什么还击呢？她的力量去哪儿了？贝希耶的手在哪里？手臂在哪里？

"我的钱呢？"图凡说，他放开贝希耶的头发。他没再拿贝希耶的头去撞墙。贝希耶立刻瘫倒在地。她闭上眼睛，她头晕想吐。

图凡朝贝希耶的胃踢了一脚。朝她的腹部踢了一脚。

"天杀的！"妈妈扑向地板，"你没看见她都成这样了吗？放开我女儿，我告诉你。"

"我问你我的钱在哪儿？"

"在咖啡桌上。"她用尽全身力气说。她费力地呼吸着。至少感觉是这样。她好像要死了。

"这不是我的钱。"图凡把马克塞进包里，"起来。我们离开这座该死的房子。"

"贝希耶，你怎么了？贝希耶，你看起来很不好。贝希耶，我的女儿，我的孩子，你瘦得皮包骨了。"妈妈把贝希耶的头揽在怀里哭。

"行了，妈妈。起来，我们要走了。"

他们抬起贝希耶。妈妈抬着她的手臂，他们下楼，来到大楼外面。莱曼在门前的的士里等着。她一看到他们，就从的士里走出来。

"我不得不撞坏门，抱歉，莱曼女士。"图凡语气里满是敬意。

他们把贝希耶放进莱曼刚才坐的那辆的士。贝希耶的妈妈爬进后排，坐在贝希耶旁边。图凡和莱曼握手，然后进来坐在司机旁边。

　　"去火焚柱。"他对司机说，"我会在中途的辛塞尔利库尤下车。"他转过身，"对不起，我失控了，妈妈。"图凡说，"她惹我发脾气了。我都不知道自己在做什么。"

　　"这是你妹妹，图凡。"

　　"什么妹妹！她只是个麻烦。"

　　"你怎么了，我的贝希耶？把头靠在我膝盖上，宝贝。你别一直睁着眼。"

　　"谢天谢地，莱曼知道从课程主管那里拿到席丹的电话，然后找到我们。否则，我们怎么会找到这姑娘？我这周本来打算去警察局。我本来不打算听你和爸爸的话。不过，她可真是个美人。她看起来一点也不像是个当妈妈的人。眼睛真蓝。你看到她的眼睛了吗，妈妈？"

　　"塞维尔打电话来说到'贝希耶'，我的心都差点跳出来了。谢天谢地，我们找到了这孩子，她安全无恙。谢谢老天，我们找到了我的女儿。天知道过去 15 天我多么痛苦。我的祈祷得到了回应。我找到了我的宝贝。"

　　"我们不把这样的人叫做'宝贝'，妈妈。我们叫他们'麻烦'。兄弟，在这儿放下我吧。再见，妈妈。今晚见。"

　　妈妈没有回应图凡。她抚摸着贝希耶的头发。"这样睡觉是个什么意思，女儿？发生什么事了吗，贝希耶，回答我。司机，带我们去医院。我想让医生看看我女儿。这样睡觉可不正常。"

贝希耶睁开眼睛，看着妈妈，"我没事，妈妈。别带我去医院。让我睡吧。我很困。我困。别带我去……"

"好吧，我的孩子。好，贝希耶。你上床去睡个好觉。你只剩皮包骨了，我的宝贝。我的女儿。我的贝希耶。"

妈妈在哭。她默默地流下热尔德兹眼泪。她用头巾捂着嘴，这样就没人能看见。

"当妈这项差事真难。"司机说。

"别问。"妈妈说，"天知道过去15天我有多痛苦。火到之处，就会燃烧。"

火到之处，就会燃烧，贝希耶对自己说。火到之处，就会燃烧。能燃烧的东西，就会引来火。火烧。火焰覆盖了一切，灼烧着一切。贝希耶在熊熊燃烧，事实上，她没在燃烧。她在坠落。贝希耶在坠落。坠出煎锅，坠进火焰。坠进内心未知的区域。她在坠向自己。

城市

这一切持续了 15 天。

所有的一切：15 天。

从在悬铃树下遇到"你会被拯救的感觉"，到那场搜捕将她带离涵丹的家，一切发生在 15 天内。

这么快。这么短暂。

贝希耶完全不明白。她以为是很多很多天。她的一生。新贝希耶的一生，就是如此。

现在，她在数自己被关在家里多少天了。图凡下令将她关在家里一个月。她的妈妈和爸爸——可怜的沙林——同意了。

她妈妈不去店里了，她没去。她监护贝希耶，就像护卫／护士／可怜的女警。她在"等着她的女儿"。

贝希耶一直睡，一直睡了又吃。她吃了很多助眠药，以及抗抑郁药。有一点点作用。席丹去药店开了些助眠药和镇静剂。贝希耶只见席丹。席丹和她妈妈。从图凡回到家里的那一刻，到他离开的那一刻，贝希耶不会踏出房门半步。有几次，她同意见她爸爸。除此之外，贝希耶锁在自己的房间里生活，锁在家里。她被禁止出门。她被禁止一个月不能外出。

她数着日子。30 天是许多天。她数着，但日子却没完。

有四五次，当她妈妈在上厕所或者睡觉时，她给涵丹家里打过电话。电话响了又响，却没人接听。电话响了又响，却没人接听。显然，她们关掉了声音，不会接电话。

有一次，电话占线。贝希耶的心都快跳出来了。然后，再次响了又响，却没人接听。显然，她们只往外打电话，不接电话。

贝希耶给涵丹的手机打了六次电话。每一次都听到同样的话，刺痛了她。

你所拨打的号码不在服务区。

有好几次，她求席丹，让她给涵丹家里打电话。"我发誓，她们没接电话。"席丹说，"电话响了三十几次。"

她联系不上涵丹。不管怎样，涵丹会找到她。她会打给席丹，要贝希耶的电话。涵丹会打给贝希耶。她会找到她。

也许她也在被罚。也许她不能打电话给贝希耶。是这样吗？就是这样。不，不是的。

贝希耶害怕。她不敢给涵丹打电话，不敢离开家。再说，贝希耶被抓那天，涵丹听了妈妈的话，逃去了内文姐姐家里。她知道图凡和他妈妈要来找贝希耶。她不可能不知道。她一早就知道。她知道。

涵丹厌倦了她。忍无可忍，精疲力竭，疲惫不堪。贝希耶一回想起她们的最后一晚，就露出了酒窝。她要等。要恢复。要冷静。然后她会找到涵丹。她会解释。不管她要解释什么。涵丹会听她说，会明白。不能就这样结束。涵丹和贝希耶不能就这样结束。不能就这样结束，不能就这样结束。不能这样。

她还是不敢打电话给涵丹。她不敢离开家，不敢上床睡觉。她像是在数着日子过每一天，度日如年。而且她确实在数着日子。她等涵丹的电话等得快疯了。涵丹可能会打给贝希耶，会原谅她，说自己多么想念她。然后贝希耶会跑。不管愚蠢的图凡做了什么。他似乎给了莱曼一个承诺。谄媚的白痴。恶心的图凡。总有一天，贝希耶会让他好看。目前她暂时只能等待。

一直等。她浑身乏力。一直睡。还好，有助眠药。她一直睡，一直吃，吃妈妈做的食物。席丹给她带来蛋糕和药。睡觉。吃药。她心里很清楚，在踏出家门冲上大街之前，她还要睡多少觉、吃多少药。涵丹。涵丹！

她在心里建了一面水泥墙，往心上倒了好几卡车沙子。她埋葬痛苦。她度日如年。她在等待。她在等待。涵丹！我能忘了你吗？对我而言，忘记你，真的有可能吗？

在这最蠢、最不恰当的时刻，她突然掏空了自己。她哭了起来，哭得像个疯女人。她接连哭了一个小时左右。她害怕哭空自己。

一个月还没到。但已经过了三个星期。这够吗？21天。到今天为止，她从涵丹家里被带走已经超过21天了。21天。21天。没错。

下午，她坐在客厅里看土耳其电影。土耳其老电影：萨德里·艾里施克的电影：《穆兹杨》。萨德里·艾里施克深爱着穆兹杨。很爱很爱。但他们分开了。有一天萨德里·艾里施克在大街上遇见穆兹杨。他们说了话，穆兹杨有了一个儿子，她给他起名叫科拉伊之类的。镜头给了萨德里·艾里施克一个特写。"忘了吗？"他说。

"忘了穆兹杨？"

忘了？忘了涵丹？贝希耶哭起来。泪水流过面庞。

她无法承受这样的剧痛。她不想吃助眠药。她不想。她受不了。

她进房间穿好夹克。柳叶刀还在口袋里。静待出场。或者说，贝希耶是这么觉得。

妈妈在厨房弄东西。她溜到前门，出去了。现在她到了外面。21天里第一次在外面。

贝希耶身上没钱。她开始往前走。蓝色清真寺、艾米诺努、卡拉柯伊、托普哈内、多尔玛巴切宫、贝西克塔斯。她爬上巴尔巴罗斯大道。基斯劳努、辛塞尔利库尤、莱文特。走到莱文特时，她的膝盖已经在颤抖了。她既疲惫又紧张，两腿直发抖。

石油集团。她正在走进石油集团。贝希耶的心怦怦直跳。疲惫和紧张令她晕眩。她头晕想吐。

她按下涵丹家的门铃。十秒后，门开了。贝希耶上楼。

"是谁？"有人在过道上往下看。穆济！

"啊，贝希耶，是你吗？莱曼，莱曼！贝希耶来了，莱曼！"

莱曼出现在公寓门口。莱曼。莱曼。

"贝希耶！"

贝希耶看着莱曼。泪水哗哗流下。她忍不住，眼睛就像两个喷泉。

"进来，我的贝希耶。"莱曼的声音、面容和衣服都很糟。贝希耶从来没见过莱曼这样。莱曼毁了。

贝希耶感到自己被香烟和酒精包围了。这屋子的烟酒味。好难闻。

莱曼坐在扶手椅上，光脚盘着腿。她的眼睛下方有紫色的圈，眼睛是红色的，而且肿了。她的声音完全沙哑了。贝希耶立刻明白一定发生了特别严重的事。

"涵丹？涵丹在哪儿？涵丹呢？"

"涵丹走了。涵丹走了。"莱曼喘了口气，就像动物会发出的那种喘息声。很明显她已经哭够了。她哭得太厉害，哭不下去了，只好喘息。

"去哪儿？她去哪儿了？"

"她离开了我们，抛弃了我们。四天前，她跑去了澳大利亚。之前她四处打电话，找她爸爸的亲戚。那些亲戚给她爸爸打了电话，跟着哈伦就来了。他们还偷偷见了面。不到三天，他们就搞到了涵丹的护照。涵丹跟她爸爸姓。你懂的，孩子跟着爸爸姓。他们不需要找我签同意书什么的。哈伦带走了我女儿。她才 16 岁。我能怎么办？我女儿从我这儿逃走了。她抛弃了妈妈，她不想要我，贝希耶。她不想要我。她甚至说出了口。就在你离开之后，她说了这样的话。她说：'你不应该那样做。我永远不会原谅你，妈妈。'她讨厌我。讨厌，讨厌，讨厌。"

莱曼一边喘息，一边努力想哭出来。但她哭不出来。莱曼已经哭干了眼泪。

"我的宝贝说她受不了我了。我做了什么？我对你做了什么，贝希耶？我对她做了什么？我觉得你们两个正在往悬崖下滚。我以为你们两个应该分开。你很清楚你对我做了什么，贝希耶。你对着我大叫，你打碎了镜子，还弄伤了我的手，你知道的。我感到害怕。我不知道，我害怕。"

莱曼哽咽了。穆济去厨房给她拿了杯水。"别哭，我的莱曼。"她说，"别哭，我的美人。你太累了。"

"我做了什么，贝希耶？我爱我女儿。我这么爱的涵丹。没了她，我怎么活得下去？"

莱曼嚎哭起来。贝希耶从没听过这样痛苦的哭泣。就像某种野兽的声音，失去幼崽的野兽发出的尖叫。莱曼发出了贝希耶从未听过的声音。

贝希耶握紧拳头，放进嘴里。她受不了莱曼的嚎叫。她受不了这非人的尖叫。

贝希耶到了街上。往前走。莱文特、辛塞尔利库尤、梅西迪耶科依、希什利、哈比耶、塔克西姆。贝希耶不停地走。泪如泉涌地往前走。

独立大街街头，假喷泉前，盲人们把电子键盘放在塑料桌上，正在演奏音乐。大大的扩音器摆在两旁。音量一路飙升。他们边弹边唱。弹着，唱着。

贝希耶不知道他们在唱什么。她的头嗡嗡作响，她听不见他们在唱什么。她听不见歌词。

盲人歌手一边唱一边点着头微笑。贝希耶恨不得用脚踢键盘和扬声器。踢到地上。她恨不得这样做。

贝希耶可怜这些盲人。他们又穷又瞎。但他们愉快得就好像一切都很顺利，微笑得好像一切都正常。那样固执、坚持的笑容，蔓延在音乐里，在歌声中，充满活力。

贝希耶的心在燃烧，在被火烤。她想为那些盲人哭泣。她真令人恶心，之前竟然觉得他们烦。真可怕。现在，贝希耶想趴在这些盲人的脚上，用眼泪清洗他们的双脚。原谅我。你们在努力求生存。你们会原谅我吗？

但是为什么呢？为什么事情如此糟糕？谁在欺骗这些盲人？谁让他们收集这些歌？谁让他们唱歌？谁告诉他们要假装一切顺利、一切正常？谁为这一切负责？是谁？

涵丹，是谁分开了我们？为什么他们要做出这么不合情理的事？为什么要做这样的坏事？这深深地伤害了我，使我痛苦？

街上很多人。大道很拥挤。人们你推我攘，艰难地行走。你不在于这座城市。你走了。你把我一个人留给了这座麻烦、邪恶的城市。这座没人想要我、没人接受我的城市。你离开了我，涵丹。

我要拿这邪恶怎么办？我要怎样清洗这座邪恶的城市？我要怎样分辨好坏？

谁有权势，谁就是坏人。

谁有权势，谁就是坏人。

贝希耶在广场上瘫倒在地。她太累了，她想就蜷曲着睡在那儿。

贝希耶太累了，她倒了。

她内心深处所有的贝希耶都倒了。

"涵丹！"她说着，用夹克袖子擦拭眼泪。

涵丹和贝希耶。

她们完了。她们完了。完了。

伤口

1）什么类型的创伤是伤口？是由工具还是物件造成的？

2）尸体上有多少个伤口？如果不止一个，那所有伤口都属于同一种类型吗？

3）伤口造成的伤害程度如何？

4）有致命伤吗？哪些是致命伤？

5）伤口和死亡之间有必然的因果关系吗？

6）伤口是何时造成的？

7）伤口是在死亡前还是死亡后造成的？

8）伤口是谋杀、自杀还是意外？

9）受害者受伤后活了多久？